Bukre Kalp

Bazı Hikâyeler,
Bittiği Yerden Başlar

Kahraman Tazeoğlu'ndan

DESTEK
yayınları

DESTEK MEDYA GRUBU

DESTEK YAYINLARI: 1024
EDEBİYAT: 310

KAHRAMAN TAZEOĞLU / BUKRE KALP

İmtiyaz Sahibi: Yelda Cumalıoğlu
Genel Yayın Yönetmeni: Ertürk Akşun
Yayın Koordinatörü: Özlem Esmergül
Editör: Özlem Esmergül
Son Okuma: Devrim Yalkut
Kapak Tasarım: İlknur Muştu
Sayfa Düzeni: Cansu Poroy
Sosyal Medya Yöneticisi – Menajer: Pamir Numanoğlu

Destek Yayınları: Kasım 2018
Yayıncı Sertifika No. 13226

ISBN 978-605-311-502-1

Abdi İpekçi Caddesi No. 31/5 Nişantaşı/İstanbul
Tel. (0) 212 252 22 42
Faks: (0) 212 252 22 43
www.destekyayinlari.com
info@destekyayinlari.com
facebook.com/ DestekYayinevi
twitter.com/destekyayinlari
instagram.com/destekyayinlari.com

menajer@kahramantazeoglu.com.tr

Deniz Ofset – Nazlı Koçak
Sertifika No. 40200
Maltepe Mahallesi
Hastane Yolu Sokak No. 1/7-B
Zeytinburnu / İstanbul

DESTEK yayınları KARAKARGA BEYAZ BAYKUŞ genç DESTEK

Bukre Kalp

Kahraman Tazeoğlu'ndan

DESTEK
yayınları

Doçent Doktor Saygın Türkyılmaz'a, Serpil Kılıç'a,
Pamir Numanoğlu'na ve Ağva'ya
teşekkür ederim.

Önsöz

Aşk yazıldığı gibi okunmuyordu...

Bazen anlamadan yaşadığımız bir heyecan ve o anda yaptığımız küçük bir hata ilerde yaşayacağımız tüm anları zehirlemeye yetiyordu. Yani yitirdiklerimiz, kazandıklarımızı hep eksik bırakıyordu. Ne giden dönüyordu ne gelen yanımızda duruyordu. Payımıza, kalanlarımıza sarılıp gidenlerimize ağlamak düşüyordu.

Ve bir yerlerde birilerinin hikâyesi biterken başka birilerinin hikâyesi başlıyordu. Kimi hikâyelerse tam biteceği noktada, en başa dönüyordu.

Önemli Not:

Bu kitabı **Kahraman Tazeoğlu Mavi Ada** uygulamasını indirerek yazarın kendi sesinden dinleyebilirsiniz. Korsan kitap satın alanlar bu hizmetten yararlanamaz.

-1-

Güneş iyice yatmıştı artık. Eyüp Sultan Camii avlusuna akşam çöküyordu yavaş yavaş... Cem, elinde gitarıyla avlunun gözlerden uzak bir köşesinde Bukre'yi bekliyordu yüreği ağzında. Ne var ki Bukre gelmek bilmiyordu bir türlü... Saniyeler dakikaları, dakikalar saatleri kovalayıp duruyordu ama Bukre, hiçbir yerde görünmemişti hâlâ...

Yolladığı son mailine Bukre'nin cevap yazıp yazmadığını bile bilmiyordu Cem. Zaten bir cevap beklediği de yoktu. Söz vermişti kendine. Bakmayacaktı maillerine. Avluda Bukre'yi bekleyecekti sadece. Gelirse her şey yeniden başlayacaktı. Gelirse, affedildiğini anlayacaktı. Gelirse içi dışı bayram edecekti. Öyle ya... Bazı şeyler biterken başlardı...

Sonunda tanıdık bir çift göz belirdi kalabalığın arasında. Şükür ki gelmişti beklediği... Hatta birkaç metre ötesinde duruyordu Cem'in. Seslense duyacak kadar yakın... Bunca zaman sonra onu yeniden görmek kalp atışlarını hızlandırmıştı. "Hâlâ atıyormuş" dedi içinden. İnce bir sızı hissetti derinlerde.

Bukre ağır adımlarla ilerliyordu. Cem gözlerini ayırmadan izliyordu onu. Dudakları kurumuştu heyecandan. Bukre, yaklaştıkça büyüyor, büyüdükçe güzelleşiyordu adeta. Fakat tarifsiz bir tuhaflık vardı halinde. Bir şey tutuyordu elinde. Beyaz bir sayfa... Sanki bir mektup...

Cem, güçlükle de olsa Bukre'nin elinde tuttuğu kâğıdın bir mektup olduğunu seçebilmişti. Kızın gözleri kâğıdın üzerinde geziniyordu şimdi. Adımları yavaşlamaya başlamıştı üstelik. O küçük aralıklı adımları satırlar uzadıkça daha da yavaşladı, yavaşladı ve durdu sonunda. Bukre sanki avlunun orta yerinde vurulmuştu.

Cem gitarını kılıfından çıkarmaya çalışırken Bukre'ye doğru yürümeye başladı ama adımları tereddütlüydü. Dizleri titriyordu. Sanki yürümeyi yeni öğreniyordu. Kalbi yerinden çıkacak gibiydi. Birazdan Bukre'nin önünde diz çökecek, af dilemek için bestelediği şarkıyı söyleyecekti ona.

Ne var ki Bukre hâlâ aynı yerde duruyordu hiç kımıldamadan. Elindeki mektubu okuyordu gözleri buğulu ve şaşkın. Kalbi kendini parçalayacak kadar hızlı atıyor, her satırda nefesi kesiliyor, gözleri yaşla doluyordu. Cem, onu bu kadar sarsan, benliğini ele geçiren satırlarda ne yazdığını bilmiyordu henüz. Acaba ona yolladığı son mailin çıktısını mı almıştı? Ama neden böyle bir şey yapsındı ki?... Saçmaydı!

Ve bir anda Bukre'nin gözyaşlarına boğulduğunu fark edip olduğu yerde kalakaldı Cem. Bukre ağlıyordu. Hem de hıçkırarak ağlıyordu... Cem ne yapacağını bilemez bir halde donup kalmıştı oracıkta. Keşke böyle duracağına koşup gözyaşlarını silebilseydi onun. "Neden ağlıyorsun?" diyebilseydi ama demedi. Diyemedi...

Çok geçmeden neyin ne olduğu anlaşıldı. Bukre ani bir kararla geri dönüp hızlı adımlarla, elinde mektup, gözünde yaşlarla uzaklaştı oradan. Cem arkasından seslendi ama Bukre duymadı bile. O an sadece bir kişiye odaklıydı aklı. Kaderine varmasına ramak kalmıştı artık. Koşarak boynuna sarıldığı kişi Selim oldu. Bukre'yi Cem'e götüren Selim... Bukre'nin can dostu, birlikte büyüdüğü, "diğer yarım" dediği Selim...

Biri diğerinin kuzusu, öteki yavru kuşu...

Cem için dünya durmuştu o an. Çakılıp kaldığı yerden izledi onları. Duyduğu acı, gözlerinden kalbine aktı.

Evet!

Bu keder çok fazlaydı ona. Göğsü daraldı. Gözleri karardı. Gördüğü bu sahne yıllarca hafızasından silinmeyecekti. Kim bilir, belki de Cem çoktan hak etmişti bunu.

Bukre, ağlayarak koşmuştu Selim'e. Sıkıca sarmıştı kollarını boynuna. Cem için bundan daha büyük bir acı olamazdı. Birbirlerine kenetlenmiş halde öylece sarılıp kaldılar. Sanki bilmeden intikam aldılar.

Cem kalbini tuttu bir an. Galiba atmıyordu bu kez. Ölmeden gömülüyordu toprağa. Kalbi acıyordu. Ve sonunda acı yordu. Hem de çok yordu onu. Sıkıca tutunduğu gitarından güç alarak ayakta kalabiliyordu ancak. Kendi ayaktaydı belki ama kalbi durmadan yere düşüyordu. Kalbi düştükçe içi üşüyordu. Çünkü orası artık bomboştu... Cem, bir gemi olsaydı eğer, kendi ağırlığından batardı.

Ağlayarak onları izledi bir süre. Selim, Bukre'nin gözyaşlarını siliyordu eliyle. Sonunda yıkıldı Cem'in son umuda bağladığı köprü. Selim, Cem'e "Sen artık bu hikâyede yoksun" dercesine Bukre'yi öptü.

Hiçbir zaman sarılmayacak, sarılsa da kapanmayacak bir yarası daha olmuştu Cem'in. Elinde gitarı, dudağında şarkıları, boğazında hıçkırıkları, dilinde cam kırıkları vardı şimdi. Konuşsa kendini kanatacaktı. Öyle dikilip dursa avlu başına yıkılacaktı. Koşsa ayakları dolanacaktı. Bu bir yangındı. Bu bir sınavdı... İçi yandı. İçi yanarken dışı dondu. Etrafta kimseler yoktu. Ya da ona öyle geliyordu.

Durdu!

Durmaktan başka elinden hiçbir şey gelmiyordu. Bir yerlerde sessiz çığlıklar koptu. Cem, o çığlıkları nasıl susturması gerektiğini bilmiyordu. Tıpkı şu anda ne yapacağını bile bilemediği gibi...

Keşke göğsüne oturan bu ağrıya, nasıl acı veren bir ağrı olduğunu hissettirmenin bir yolu olsaydı. Belki insafa gelip biraz hafiflerdi.

Kızgın bir sobanın üzerine bir su damlacığı düşmüştü sanki. Döne yuvarlana hareket ediyor, hareket ettikçe buharlaşıp yok oluyordu. Çaresizliği anımsatan tiz bir ses duyuluyordu. Kulaklar yırtılıyordu. Bu ses, Cem'in içinin kavrulan sesiydi. Bukre, Selim'in arabasıyla uzaklaşırken, arkalarında bıraktıkları yıkıntının iniltileri bile bu sesi bastırmaya yetmiyordu. Oysa yıkıntı demek bile az kalırdı bu ıstıraba... Cem'in son gördüğü şey, Bukre'nin yüzündeki mutluluk olmuştu sonunda.

İkisinden geriye sadece Bukre'nin yere düşürdüğü mektup kaldı. Cem'in ayaklarının dibine konan öksüz bir mektup... Cem'in ancak mektubu yerden alıp okuyacak kadar gücü kalmıştı. Hem ne kaybedecekti ki şu saatten sonra?... Zaten kazanacağı tek şey de elinden kayıp gitmişti. Üstelik tam da gelirken arkasını dönüp gitmişti. Bu belki de Bukre'nin gidişi değil, Cem'in ona gelmekte geç kalışıydı. Bundan sonrası hikâyeydi işte. Üstelik yepyeni bir hikâye...

Cem, mektubu yerden alıp kuytu bir köşeye çekildi usulca. Kâğıdın üzerinde Bukre'nin sıcaklığı var gibiydi hâlâ. Cem'in elleri yandı o an. Bir duvara yaslandı güçlükle. Kendi hikâyesini bitirirken bir başka hikâyeyi başlatan o büyülü satırları okudu, göğsünü ezip duran, taştan ağır bir kederle.

***

"Merhaba yavru kuşum. Allah bize bir hayat verir, biz de ömrümüz boyunca onu düzeltmek için uğraşırız. Halbuki o kadar basittir ki çözüm. Belki de yanı başımızda duruyordur.

Belki her sabah o çözümle uyanıp, yüzümüzü kuruladığımız havluyu üstüne atıyoruzdur. Burada suç, kimsede değil; göremeyen gönül gözündedir. Başka yerlerde aramaya gerek yoktur. Allah yaratır, insan mahveder. Bu böyle sürer gider.

Ah Bukre... İnsan bazen gözleri açıkken de göremez. Evet doğru, insan gözü her şeye bakar ama her şeyi göremez işte. Aslında ben insanları kocaman bir göze benzetiyorum biliyor musun? Göz gibidir insan; dünyayı seyreder ama kendini göremez. Sadece aynada kendini görebilir ama o zaman da dünyayı göremez. O kadar isterdim ki doğru olanı bulmanı. Ya da sana gösterebilmeyi... Aldığın karar seni doğru kişiye götürür mü bilemem ama sadece şunu söyleyebilirim sana: Bir insanın doğru insan olup olmadığına karar veremiyorsan, o kişi doğru kişi değildir zaten. Bu yüzden gözlerini seyretmek için değil, bakmak için kullan. Ve sakın unutma! Bazı insanlar gözleriyle konuşur Bukre. Ve bu insanlar yıllardır senin gözlerinin içine bakıp dilini lal etmiş olabilir. Geç olunca fark edilir onlar. Bazı kitaplar gibi... Bazı kitaplar, yazarı ölünce doğar.

Hayat çok zor yavru kuşum. Bir de tüm bu zorlukların içinde bizim gibiler, kolay olanı reddeder. Halbuki kolay olana inanmak, zoru sorgulamaktan daha kolaydır. Ama bizim dünyaya gelişimiz bile kolay değildi be gülüm. Zengin dünyanın yoksul iki insanıydık seninle. Ve bizim mücadelemizin adı farklıydı kitaplardakilerden.

Bilirsin, sevmem ben zenginleri. Çünkü zenginler güzel ölebilmek için yaşar, biz daha iyi yaşayabilmek için ölüyoruz. Yaşamı hak etmeyen canlılarla ölümü hak etmeyen ölüler biliyoruz. Çocukluğumuzu düşün yavru kuşum.

Yoksul olduğumuzun farkında bile değildik; çünkü varlığın ne olduğunu bilmiyorduk. Hayat korkutuyordu bizi. Ve korkularımız büyüdükçe, çocukluğumuz uzuyordu.

Çocukluğun yaşı olmaz bilirsin. Yoksulluğun çocukları olgunlaştırmadığını, yalnızca eksik bıraktığını çok iyi biliyorum. Biz birbirimizin zenginiydik Bukre. Bunu anlatmaya çalışıyorum. Bu yüzden güzeldik. Kimse bozamazdı hayat makyajımızı. Zenginliğin çirkini güzelleştirdiği doğrudur; ama yoksulluğun güzeli çirkinleştirdiği görülmemiştir. Güzel olan bizim kalbimizdi yavru kuşum. Ama saftık. Ama temizdik. Ama korunmasızdık. Ama ürkektik. Ama çok ama'lıydık. Bu yüzden ben sana yavru kuşum dedim. Bu yüzden sen bana kuzu dedin.

Sarıldık birbirimize ve büyüdük. Birimiz düşse, ötekinin dizi kanadı. Dizleri yarasız çocukluk olmazdı. Düşe kalka güçlü olmayı öğrendik. Bizim birlikte kazandığımız güç, güçlü olduğumuzda bizi ezen güçlüyü ezmeyecek kadar güçlü bir güçtü. Biz seninle yokluğu da paylaştık varlığı da... Tokken değil, açken bölüşülen ekmek gerçek paylaşımdır dedik. Biz seninle paylaşmayı da paylaştık. Biz, kendimizde yara açacak olsa da dostumuzun yarasını sarmayı bildik. Her ne kadar sen benden daha yaralıymış gibi görünsen de aslında yara değildir seni yaralı yapan; o yaranın sende bıraktığı izdir. Ama bazı yaraların izi yoktur yavru kuşum. Çünkü gerçek yaralar, tenin altında kanar.

Birbirine koşarken insanlar, kimleri çiğnediğini fark etmiyorlar.

Şimdi sen ona giderken, beni büyük bir yalnızlığın içinde bırakacaksın. Yalnızlığım, sen gittiğin için değil, gidişinle herkesi ve her şeyi de beraberinde götürdüğün için bu kadar büyük olacak. Aslında yalnız kalmaktan değil korkum, gittiğin yerde yalnız bırakılmandan...

Dilerim Allah'tan aldığın karar doğrudur. Kişinin seçtiği, kendini anlatır. İnsanız, yanılırız. Gece yatağına uzanıp düşünürken beyninin içinde dolaşıp duran fikirler, sabah kılık değiştirebiliyor. Ya da doğru düşünüp yanlış davranabiliyor insan. Tek istediğim yanılmaman ve hak ettiğin değeri bulman.

Kimse bilemez ne olacağını. Aşk, bir bilinmezin içine bilerek düşmek değil midir zaten?... Sen çok fedakâr bir insansın. Sevdiğin için yapamayacağın iyilik yoktur, bilirim. Ve sen bir kalbe tutunurken, neleri bırakacağının hesabını yapmazsın asla. Ama her aşk bir fedakârlık olsa da her fedakârlık bir aşkı getirmiyor yanında.

Sadece mutlu olmanı istiyorum yavru kuşum. Bazı insanlar sevmedikleriyle yaşar, unutamadıklarıyla ölür. Hangisi olacağız Allah bilir. Kalp anlamaz, yalnızca sever. İşte bu yüzden bazı mevsimler bir günde biter. Hayatına Cem'den önce girenler aşk katiliydi. Öldürmek için senin ayağına geldiler. Dilerim Cem, bir cellat değildir; ölmek için ayağına kendi ayaklarınla gittiğin...

Çok zordur uğruna açtığın yollardan boynu bükük geri dönmek. Biz ki ölüm geldiğinde 'Hayırdır?' diye soracak kadar iyi niyetli insanlarız. Çıkarsız sevecek kadar hoşgörülü, karşılığını alabileceğimizi düşünecek kadar safız. Hak etmiyoruz bazı ölümleri. Belki ölmekten değil ama unutulmaktan korkuyor insan. Umarım yine terk edilmezsin.

Giden bir kere gider ama çok sevmişsen eğer, sen o gidişi her hatırladığında yeniden terk edilirsin. Yaşayamazsın. Bazı acılar bazı acılara benzemez yavru kuşum. Sana nasihatimdir; kurduğun hayalleri sakın unutma. Kurulan hayaller onu kuranda değil, unutmayanda değerlidir. O hayaller yoldaşın olsun; günaydınların bile aydınlatamayacağı karanlık günlerinin feneri olsun ama yolunu hep gerçekler aydınlatsın.

Biz insanlar, hayat denen koca bir yalanın içinden seçtiklerimize gerçek diyoruz... Unutmayasın... Kötülükleri tanırsın; Allah seni iyilik kılığına bürünmüş kötülüklerden korusun. Hak etmediğin acılarla büyüme. Hak edilmeyen acılar insanı olgunlaştırmaz...

Bir dostun sana yazdığı ilk satırlar bunlar; mükemmelliğine mükemmellik katmayacak olsa da...

Bilmediklerim beni hep şaşırttı, bildiklerimse işe yaramadı. Dilerim senin işine yarar ve keşke demezsin hayatta. Ha bu arada, keşkeler hatalardan beslenir unutma. Beni her şeyimle hatırla... Çünkü hatırladığı kadarına değer veriyor insan.

Evet, yavru kuşum. Artık içime atıyorum senden geriye kalan her şeyi. Ve onlar daha şimdiden, yan yanayken bile özlüyorlar birbirlerini, seni...

Gitmenin zayıf bahaneleri, kalmanın güçlü gerçeklerini yenermiş. Yenildim ve gidiyorum. Bunları yazarken gözlerimi görmeni isterdim. Kelimeler anlatamıyor gözlerim kadar. Artık kendimle baş başayım ve birbirimize anlatacak bir şeyimiz kalmadı. Belki yol daha bitmedi ama benim yolculuğum burada bitiyor. Gerçek aşka gidiyorum. Allah birdir ve ondan başka aşk yoktur... Hoşça kal yavru kuşum."

***

Cem avluda hareketsiz kalakalmıştı. Elinde mektup, yüreğinde ölümcül bir sancı... Kanayan bir ruhu vardı ki artık o bile yalnız bırakmıştı Cem'i. Satırlar, satır olup kalbine inerken, deliren yaralarıyla titriyordu içi. Dudakları, kalbi, elleri, içi, sesi... Her yeri ve her şeyi...

Selim meğer ne çok sevmiş Bukre'yi. Sevmek de mesele değildi belki. Ama içinde biriktirdiği bu büyük sevdayı nasıl da saklamıştı onca zaman. Ayrıca Cem nasıl olur da anlayamazdı Selim'in Bukre'ye karşı beslediği hisleri? Çıktığı yolun başından, ta sonuna sürgün edilmişti şimdi. Tam olayım derken yarım yamalak kalıvermişti.

Selim mektubunda "Belki yol bitmedi daha, ama benim yolculuğum burada bitiyor" derken, tam da şu an kendisinin içine düştüğü durumu anlatmıştı farkında bile olmadan. Cem artık bu ayrılığı bir nişan gibi ömrü boyunca göğsünde taşıyacaktı.

Geçmişi düşünüyordu oturduğu duvar dibinde. Pişmanlıkları, gözünün önünden bir bir akıp geçiyordu. "Keşke aldatmasaydım" dedi içinden. "Ayrılık denen o soysuz köpeği yanımda taşımasaydım hiç... Ne olurdu bağlılığa azıcık idmanlı olsaydı şu kalbim, sevdiğim henüz koynumdayken..." Zamanı geriye alabilmeyi ve o büyük hatayı hiç yapmamış olmayı ne çok isterdi oysa.

"Gitti" diye sayıkladı kendi kendine.

"Bukre gitti..."

Şimdi ne el gibiydi ne de dost gibi... Gitti işte. Bildiğin gitti. Cem'i bilemeyecekleriyle bırakıp gitti.

Gece aheste adımlarla Eyüp Sultan avlusuna çökerken, gözyaşları içinde durmaksızın aynı şarkıyı söylüyordu Cem.

Bak yıkıldı gökyüzü
Değişti yaramın yüzü
Saklı kaldı yüreğimde
Terk ettiğin günün hüznü

Bir ölürsün bir dirilir
Her gün eksik bir gün gelir
Geçer gider tüm sancılar
Senden kalan yalnızlıklar
Haksızlıklar
İsyanlar

diye mırıldanıyordu dudakları... Bukre'ye hiç söyleyemediği şarkısıydı bu...

***

Sevilenin sessizliği seveni de susturur. Peki ya bağıra bağıra gidenler? Onlar yalnızca ayrılığı konuşturur. Anlar, zamanla anılara dönüşür ama yine de anılara yeni anlar katamazsın yaşadığın hiçbir anda. Geçmiş geçmişte kalır, geçmeyenler kapında... Sahiden susmuştu Cem'in sesi soluğu... Kelimelerin tükendiği kıyıya çoktan varmıştı. Bundan böyle sadece şarkılar konuşacaktı. Ve bütün şarkılar sadece ayrılık söyleyecek, ayrılık çalacaktı...

Zordur içinden geçen cümlelerin içinde kalması. Zordur susmaların gideni değil de kalanı anlatması. Tuhaf bir ıstırabı vardır o susmaların. Dilini sessize alır, sana sunulan mecburi istikametten bile vazgeçersin usulca. Bunu yalnızca kalanlar bilir. Ve her katil cinayetini özleyip mutlaka geri gelir. Katilin halini yalnızca gidenler bilir!

Susmak aslında çok şey söyler. O, anlatamadıklarının sessiz ilanıdır. Ama bunları kendine değil, anlayabilecek olana der. Kendi ağırlığıyla kendini batıran bir taş gibi olsa da susmak, içinde hep gizli bir umut barındırır. Çünkü bazen konuşulanlardan çok susulanlar duyulur. Susarsın ve bir çalım daha atarsın kadere... Dilindeki kederli sessizliğin eşliğinde... Ama insan nasıl yaşayabilir ki; kalbinde taşıdığı ve bir daha hiç hayat veremeyeceği bir ölüyle?

"Biliyorum Bukre. Konuşsam da bu kalp sana hiçbir zaman ulaşmayacak. O halde artık hiçbir söz bu dile bulaşmayacak" dedi Cem ve sustu. O artık yeri gelince değil, yâri gelince konuşanlardan olacaktı.

-2-

Bir an...

Bir anda çatlar tohum. Sonra filiz yavaş yavaş toprağın altında yol alır hiç görmediği güneşe doğru.

Tohum, çiçek olacağını bilir mi acaba? Yoksa içinden gelen ses mi güneşin peşine düşürür onu? Toprağın altında, karanlığın zifirisinde, öldüğümüzde gömüldüğümüz yerde bir filiz güneşi arar, hayat bulmak için yukarıya çıkmayı arzular. Belki güneşi de bilmez, belki çiçek olmayı hayal bile edemez. Yalnızca bir sestir onu yücelten. Henüz sessizlikte duran, fakat tüm sesleri birdenbire susturuveren gizli ama kuvvetli bir ses... Tohumu çatlatan güç, içbükey bir sese dönüşür içinde.

Ve işte bir an...

Çatladığı an tohum ölmüştür artık. Ve filiz doğmuştur doğaya. Oysaki tohumdu önceden. Yasını tutmaz tohum olarak bildiği varlığının. Artık kendisinin dışındadır tamamen, yol alacaktır nereye gittiğini bilmeden. Mecburdur kendisini zorlayarak uzamaya güneşe doğru. Yoksa toprağın derinliklerinden hiç çıkamayacak, çürüyüp gidecektir. Ölüp gidecektir güneşi göremeden, birçokları gibi hiç yaşamadan gömülüp gidercesine...

Kimse görmez, kimse bilmez toprağın altında doğup yine orada ölenleri. Güneşten habersiz çürüyüp gidenleri.

Bebek yavaş yavaş büyür ana karnında. Sancıyla doğar. Yavaş yavaş büyür çocuklar düşe kalka, yavaş yavaş yaşlanır insan. Ama kaç yaşında olursa olsun bir anda ölür herkes. Ölüm bir anda keser nefesi.

Karabulutlar yavaş yavaş birbirinin içine geçer. Ama şimşek birden çakıverir. Bir an için aydınlatır gökyüzünü ve sönüp gider. Bir yıldız ansızın kayıp gider. Ardında kalırsa, sadece bir dilek kalır. İnsan sonsuzca yaşar kısacık ömrünü ama ölüm bir anda son verir sonsuzluğa. Yeni bir hayat başlar, başka bir sonsuzlukta. Ardında kalırsa, sadece bir dua kalır...

***

Selim'in mektubu Bukre için aşka davet, Cem içinse bir ölüm fermanıydı. Ruhen ölmüştü Cem ki bu dayanılmaz bir acıydı. Ama içinde kırık bir ses kalmıştı. Bukre'nin bir serap gibi geldiği ve sonra Selim'in kollarında buhar olup uçtuğu o an, Cem çatlayan bir tohum gibi son buldu. Hayat karardı, ağrılı bir hikâye başladı. Selim'in satırlarını okurken kalbine satır satır hançerler saplandı. O gün, o avluda sevdiğinin gelişine doyamadan gidişine katlanmak zorunda kalan bir adam vardı. Zira giden yârdi. Artık gerisi yalandı.

Cem, Bukre'yi kaybettiğini biliyordu. Mektubun her satırı ona bu gerçeği yeniden hatırlatıyordu. Her okuyuşunda Bukre tekrar tekrar gidiyordu. Cem'i öldüren belki Bukre'nin gidişiydi ama pişmanlık ateşiyle yanıp kavrulmasına neden olan, okuduğu o mektuptu. Her satır, yüzüne bir tokat gibi çarpıyordu.

Cem aşkın yabancısı, hayatın acemisi olduğunu o mektubu okurken anlamıştı. Başka bir zaman okumuş olsaydı belki hiç umursamazdı o büyük aşk itirafını...

"Karasevdalı bir zavallının yazdığı acıklı satırlar işte" deyip burun kıvırırdı. Fakat o mektup aslında Bukre'nin gelirken, neden birdenbire gittiğinin en güçlü cevabıydı. Mektubun yere düşüp sonrasında Cem'in eline geçmesi ise, muhtemelen kaderin bir çalımıydı. Belki de yıllar yılı birbirini susarak seven ancak o gün o avluda birbirine kavuşan ve yeni hayatlarına gitmek için sarmaş dolaş oradan ayrılan hakiki âşıkların, bir daha ayrılmamak üzere esen yele bıraktıkları intikamıydı.

İnsan nasıl sevmeli, nasıl yaşamalı ve nasıl ölmeli? O mektup, Bukre için bir dost nasihati, Cem için bir hayat dersiydi. Cem o güne kadar kendinden çok emindi, fakat o gün boşuna yaşayıp gittiğinin farkına vardı, açıldı gözleri. Sevmeyi bilmediğini, yüreğine hiç destek olmadığını, kendine yaslanmadığını o gün anladı. Dünyayı hiçe sayarken birdenbire sadece bir hiç olduğunu kavradı. O güne kadar ömrünü dev bir hiç olmak için harcamıştı. Dev bir hiç olmak için yaşadığını anladığı an balon patladı. Gökten buruş buruş olmuş bir halde yere düştüğünün ancak farkına vardı. Yerçekiminin karşı konulmaz baskısına ve toprağın amansız acısına ayıldı.

Gökyüzünde patlayan bir balon gibi buruş buruş yere düştüğünü sanıyordu şimdilik; ama zaman içinde gerçeği yaşayarak anlayacaktı. Hayır, balon patlamış değildi, sadece bir tohum çatlamıştı. Yerçekimine karşı, toprağın altındaki karanlıktan gün yüzüne çıkmak için çok güçlü bir baskı... İçinde gizli bir ses vardı ama o sesi istese de duyamazdı henüz.

***

Bazı insanlar başka insanların dünyalarını kendi yokluklarıyla doldururlar. Aslında yokturlar ama yokluklarıyla var olurlar. İşte böylesi bir duygu sarmalının içindeydi Cem.

Haftalar, aylar, yıllar sızıyla geçti. Ve hep çok özledi Bukre'yi. Onun yokluğunda tek yoldaşı sesler oldu. Ömrünün kalanını en sevdiği ve ayağa kalkmak için tutunabileceği tek dal olan müziği ile doldurmuşu. Ömrünü tüketen eski hayatı da bir anda son buldu. İyi ki de öyle oldu. Cem de anladı ki, aslında onun bir hayatı yoktu. Sadece şarkıları vardı. Bukre'yi anarak ona şarkılar yazdı, şarkılarda yandı.

Evet! Ölmüştü ve yanmaya devam ediyordu. Bukre giderken durmuştu kalbi ama hâlâ kendine yanıyordu. Boşa geçen hayatına, seçtiği yanlış insanlara, yaşadığı yanlış duygulara ve yanlış arzularına...

Başkalarının yaşamak için yanıp tutuştuğu ateşe koşarak gitmişti. Başkalarının yakıp tutuşturduğu ateşe bilmeden atmıştı kendini. Ölümüyle o ateş sönmüş, küllenmişti. Şimdi sadece kendi ateşinde yanıyordu. Hiç kaçamayacağı pişmanlık ateşi kalbini yaka yaka kanatıyordu. İşte kanarken yanmak, yanarken kanamak tam da buydu.

Katilin mutlaka cinayet mahalline geri dönmesi gibi, Cem de sık sık ruhen öldüğü yere, Eyüp Sultan Camii'ne gidiyordu. Sanki Bukre yine gelecekti buluşmaya ama bu kez elinde mektup olmayacaktı, her şey yeniden başlayacaktı. Ne yazık ki öyle olmadı. Bukre oraya hiç gelmedi, bir daha hiç gelmeyecekti.

Cem, birlikte vakit geçirdikleri yerlere gidiyordu sürekli. Gözleri hep onu arıyordu. Her an onu görecek gibi kalbi hızla çarpıyordu. Ama Bukre yoktu. Kalp çarpıntısı yerini beklenen, hep yinelenen hayal kırıklıklarına bırakıyor, acıdan nefesi kesilecek gibi oluyordu.

Cem umudu tükenene, yenilgiyi kabul edene kadar aynı yerlerde böyle deli divane gezindi. Geçmişte Bukre'yle yaşamış olduğu bütün eşsiz anlar, zihninin köşelerinde hep çakılı durdu.

Ne Bukre'yi unutabiliyordu ne de onu sevmeyi. Beraberken sürekli birbirlerine söyledikleri söz, şimdi nasıl da acıtıyordu kalbini.

"Beni sevmeyi unutma..."

Onu sevmeyi hiç unutmadı... Gelmeyeceği yerlere gitmeyi de... Yürüdüğü kaldırımlarda ayaklarının izini aramayı da... Ona çıkmayan bütün sokaklarda karşısına hep ona benzeyen kadınlar çıkıyordu oysa. Bazıları haddinden fazla Bukre'yi andırıyordu ama hiçbiri o değildi. Bestelerinde bile hep Bukre'yi söyledi sözleri... Ama onu asla geri getirmedi masalarında saatlerce beklediği hiçbir çay bahçesi.

Hatırlamak istedikleriyle unutmak istedikleri birbirine karışıyordu bazen. Buluştukları yerlere boşu boşuna gittiğini bildiği halde, kendine engel olamıyordu. Televizyonlarda klipleri dönüyor, radyolarda şarkıları çalınıyor, şehrin en kalabalık yerlerinde boylu boyunca afişleri asılıyordu. Ama bunların hiçbiri Cem'i mutlu etmeye yetmiyordu. Etrafı sevenleriyle dolup taşsa da, bir yanı hep eksik kalıyordu. Yarınları, yarınlarına umut bağlamaya çalışırken tükeniyordu. Çoğu geceler ağlaya ağlaya uykusundan uyanıyor, pencereyi açıp avazı çıktığı kadar "Ne bitiyor ne geliyorsun!" diye haykırıyordu. Sesi, kaldırımlara çarpıp geri dönüyordu ama Bukre'yi geri getirmiyordu...

Kim bilir hayranları ona nasıl da imreniyorlardı. Özel hayatını ne çok merak ediyorlardı. Şarkılarını ezbere biliyorlardı ama hayatıyla ilgili tek bir haber bile duyamıyorlardı. Onlar için çok sevdikleri bu sanatçı kocaman bir sırdı. Konserlerinde yanına bile yaklaşamıyorlar, öylece uzaktan bakıyorlardı. Ve şuna çok şaşırıyorlardı; sadece uzaktan bakabildikleri bu sırlı adam, şarkılarında nasıl bu kadar gerçek, bu kadar içten anlatabiliyordu herkesin içindekini...

Cem, hayranlarına gerçek kadar yakın, hayal kadar uzaktı. Herkes o şarkıların satırlarında kendinden izler bulabiliyor, yaralarını iyileştirebiliyor, hayata tutunabiliyordu. Cem, dinleyicileri için bir hayat kaynağıydı, yol göstericiydi. Oysa kimsenin gördüğü gibi bir adam değildi. Aksine... Yolunu kaybetmişti ve derbeder bir hayat yaşıyordu.

Vazgeçemediği tek tutkusu müzik oldu. Yalnızca şarkılarıyla var olabiliyor, ayakta durabiliyordu. Ne var ki şarkılarıyla kazandığı şöhret, aynı zamanda onu yok ediyordu. Yıllar yılı peşinden koştuğu şöhrete sonunda sahip olmuştu ama karşılığında benliği kaybolmuştu. Ve kaybetmişti... Önce Bukre'yi... Tertemiz bir aşkı... Ardından değerini bilemediği her şeyi... Buydu hayatın kuralı, buydu insanın yazgısı. Kendi değerini de hiç bilememişti ki Cem, o yüzden heba olup gidiyordu hayatı. Yine de aramaya devam etti. Sadece Bukre'yi değil, kendisini de arıyor, fakat bir türlü bulamıyordu. Hiç durmadan, içinde büyüdükçe büyüyen o boşluğa düşüyordu. Hiçbir şeye tutunamıyordu. Bu yüzden şöhreti de bırakamıyordu.

Böylelikle ikiye bölündü Cem'in karakteri. İki ayrı uca doğru giden iki ayrı adam var gibiydi içinde. Biri istemeyerek de olsa şöhret basamaklarını hızla tırmanıyor, sahte yaldızlarla sarıp sarmalanıyor, diğeri karanlık bir boşlukta, dibe doğru yuvarlanıp gidiyordu.

***

Bir gün yine Eyüp Sultan Camii'ne gitti Cem. Avluda oturuyor, içi boş bakışlarla etrafına bakıyor, gelmeyecek olanı arayıp duruyordu. Tanınmamak için şapkasını giyip gözlüğünü takmıştı yine. Siyah gözlüklerinin arkasına gizliyordu kendini.

Şöhretinden dolayı tanınmaktan değil, tanıyanların, gözlerindeki acıyı okumasından korkuyordu. Yaşadığı acıdan daha güçlü olmak zorundaydı.

Saatlerce avluda bir bankta oturup düşündü kendi kendine. Dilinin ucuna gelen şarkıların hiçbirini mırıldanmadı. Çünkü artık onlar bile kalbindekileri anlatmaya yetmiyordu. "Şarkılar da yalanmış" diye geçirdi içinden. O sırada ezan okunmaya başladı. Kalbindeki acıyla dinledi ezanı. İçindeki ses, ezan bitene kadar suskun kaldı. Yıllar yılı şarkıların peşine düşmüş, sessizliğe hasret kalmıştı. Ezanı dinlerken kavuştuğu bu ani ama ruhani sessizlik ona huzur vermiş, acısını biraz olsun dindirmişti. Yaşlar, gözlerinden aşağıya sessizce inmişti.

Tam o sırada hiç beklenmedik bir şey oldu. Önünden geçen bir kadın onu görünce birdenbire durdu. Tam karşısında, birkaç adım ötesinde... Cem birinin ona baktığını hissetti ama başını kaldırıp kimseyle yüz yüze gelmek istemedi. Belli ki bir kadın, ünlü şarkıcıyı tanımıştı. Kendiyle baş başa kalmak istediği bu eşsiz yalnızlık saatlerinde tanımadığı biriyle göz göze gelmeyi istemedi. Fani dünyadaki her şey gibi, herkes gibi o da geçip gider diye bekledi. Ama kadın gitmedi.

Üstelik gelip yanına oturdu. "Cem!" diye seslendi. "Neyin var?"

Cem yanıt vermedi. Şaşkınlığını gizledi. Normal şartlarda dışarıda onu tanıyanların hiçbiri "Cem" diye hitap etmezlerdi. Garip... Belli ki bu kadın eski tanıdıklarından biriydi. Zaten sesi de hiç yabancı değildi. Ama bazen eski bir dost sesi de olsa hiçbir ses çıkaramaz insanı içinde boğulmak istediği sessizlikten... Çünkü o an sese değil sessizliğe ihtiyacı vardır insanın; saatlerce, günlerce... Söylenecek bir şey kalmadığında yere bırakılan bir kuş tüyünün sessizliğine... Yani yalnızlığın kardeşine... Konuşmaya değil, sükûnete...

Halbuki Cem, Eyüp Sultan Camii'nin avlusundaki insan uğultusunun tam ortasında Bukre'nin sessizliğini duymaya gelmişti. Nereden çıkmıştı şimdi bu kadın? Ve neredeydi kendisine eşlik eden sessizliğin bekçileri? Birden *Hayat Güzeldir* filmindeki bilmece geldi aklına.

– *Adını söylediğinde artık orada olmayan şey nedir?*

– *Sessizlik.*

"Cem... Beni tanımadın mı?" diye sordu kadın bu kez.

Cem ağlamaktan yorgun ve bitkin bir halde başını kaldırıp kadına doğru çevirdi. Ve ansızın dipsiz bir şaşkınlık kuyusuna düşüverdi. "Bu kaderin bir oyunu olsa gerek" diye geçirdi içinden. Geçmişte yaşadığı felaketlere sebep olan kadın oturuyordu yanında. Rüya! Yüzünde dingin bir ifadeyle bakıyordu Cem'e.

Onu görür görmez Cem'in hafızası geçmişteki o kasırgalı günlere savrulup gitti.

Hayır!

Bu işte bir yanlışlık vardı. Yanındaki kadın Rüya olamazdı. Bukre'yi aldattığı kadınla, tam da Bukre'yi beklediği yerde karşılaşmaları nasıl bir kaderdi?

Rüya, eski Rüya değildi. Başka biriydi adeta. Onu son gördüğünde sarı saçlarıyla ve her genç kızın giymeye cesaret edemeyeceği açık saçık kıyafetleriyle duruyordu karşısında. Ama şimdi...

"Rüya?" dedi Cem. Yarı şaşkın, yarı tedirgin bir tavırla...

"Rüya değil, Büşra... Artık ikinci adımı kullanıyorum."

"Çok değişmişsin."

"Biliyorum. Eski halimden eser yok değil mi? Artık örtündüm. Kendime başka bir yol çizdim. Rabb'imin yolundayım. İkinci hayatımı yaşıyorum."

Cem'in şaşkınlığı yatışmak bilmiyordu. Olan biteni anlamaya çalışıyordu. Kafasını toparlayıp Rüya'nın söylediklerine kulak verdi.

"İnsan eksik doğar" diye devam etti Rüya. "Tamamlanmak için yaşar. Ve bunun için tek yol vardır. Hayat denen bu sınavda Allah yolunda tamamlamaya çalışıyorum kendimi. Kaç sınav yaşıyoruz şu hayatta bir bilsen; kimimiz seçtiklerimiz, kimimiz seçmediklerimiz ya da seçemediklerimiz yüzünden. Doğru insanı beklerken kaç yanlış insana katlanıyoruz kim bilir... Seni burada tek başına ağlarken görünce şaşırdım doğrusu. Böyle bir karşılaşma beklemiyordum. Nedir bu halin Cem?"

"Hayat, yaptığım hatanın bedelini çok ağır ödetti bana. Yaşadıklarımın da yaşayamadıklarımın da... Dağları yıkar da bir kalbin altında ezilirsin ya bazen. İşte onu yaşıyorum şu anda. Bazı duygular acı çekmeden öğrenilmezmiş. Acımı yaşıyorum ve hâlâ Bukre'yi bekliyorum. Ben öldüm, biliyor musun? Kimseye değil, kendime ağlıyorum."

"Ne mutlu sana Cem. Öldüğünle kalma, yazık etme kendine. Yeniden doğmak için çaba harca. Yeni bir hayata başla. Ben öyle yaptım. Yıllardır bir kapıyı açmaya çalışıyorsun belli ki... Halbuki o kapı içeriye doğru açılıyor... Belki de bunu göremiyorsundur. Kendini kendi ellerinle hapsediyorsundur. Hayat değil, sen öldürüyorsun kendini. Kapıyı içeri doğru itsene."

"Teşekkür ederim Büşra. Elimde olsa, dediğin gibi yapardım. Belki de ölmekten ziyade ölememek benimkisi. Bazen ölememek öldürür ya insanı. Yaşarsın işte... Ölümden yapılma bir hayatın içinde... Her şey o kadar kötü ki. Yaldızlara sarılmış bir dünyam var. Ama içimi kimse bilmiyor. Dışıma bakma. Sağlam gibi görünüyor olabilirim ama ruhum çürüyor. Ve bunu kabullenmekten başka elimden hiçbir şey gelmiyor."

"Bedeninin sağlam olması ruhunun çürümediği anlamına gelmez, evet. İnsanların çoğu öyle zaten. Hayat bana bunu öğreteli çok oldu. Her şey elimizden gelmez Cem. Bazı şeyler kalpten gelir. Hayatı elde edemezsin mesela... Kalp yaşar, sen de buna şahit olursun. İkinci hayat böyle bir şey işte. Sen bildiğin yolu dene. Yürüdüğün yolda adımların yavaşlasın, tökezle. Önemli değil. Sen geri dönmemelisin. Sevgin öfkeye dönüşmesin. Çünkü sevgi öfkeye dönüşürse taşıması daha da zorlaşır."

"Bir gün biri çıkar karşına. Hayat o sanırsın. Sonra o, başkasına gider ve sen yaşadığın hayattan utanırsın. Benimki de tam anlamıyla bu işte. Hiç konuşamadık ki... Deprem kadar gürültülü bir ayrılık olduğu halde, tek söz bile çıkmadı ki ağızlarımızdan. Bir kerecik olsun konuşabilseydik keşke... Yokluğuna kendimi hiç alıştıramadığım o kadın, başkasına gitti... Gel de yaşadığın hayattan utanma şimdi..."

"Öyle deme Cem. Siz kısa da olsa çok kıymetli bir aşk yaşadınız. Eğer böyle dersen onu da suçlamış olursun. O seni güzel sevdi."

"Sevmeyi bilmedi demedim ki zaten..."

"Diyemezsin de... Öyle dersen buna önce ben karşı çıkarım. Ben aşkınıza şahitlik ettim Cem. Yapmayacağını biliyorum ama onu, sevmeyi bilmemekle suçlama sakın. Başka birine gitmiş olsa bile suçlama. Gerçek sebebi bilemezsin. Ya kalbinde kırılacak başka yer kalmadıysa? Bunu hiç düşündün mü? Keşke bir de onu dinleyebilseydin... Dinlemek önemlidir. Hiçbir şey anlatmayacak bile olabilir. Ama yine de dinlemelisin. Birinin bir şey anlatmadığını anlamak için bile önce onu dinlemen gerekir."

Canı sıkılmıştı Cem'in. Yıllar sonra Rüya'nın gelip ona hayat dersi vereceğini aklının ucundan geçirmezdi. Ama Cem, yine de bir gerçeği kabul ediyordu, ona belli etmese de...

Rüya gerçekten çok değişmişti. Aradan geçen zaman, Rüya'yı geliştirmiş, olgunlaştırmıştı. O büyük fırtınanın sebep olduğu hasarı yarasız atlatmış olması Cem'i şaşırtıyor hatta özendiriyordu da gizliden gizliye. Sebep oldukları felaketin rüzgârları ikisini de aynı anda vurmuşken nasıl olmuştu da Rüya o cehennemden büyüyerek ve doğru yolu bularak çıkmıştı? Peki ya kendisi neden hâlâ o fırtınanın içinde savrulup durmaya devam ediyordu? Bunu nasıl başarabildiğini sormak isterdi Rüya'ya, ama aradığı cevabı az önce almıştı zaten... Cevap karşısında duruyordu işte.

"Neyse" dedi Cem. "Eski Rüya'yı burada gördüğüme çok şaşırdım ama diğer yandan seni tanıdığıma memnun oldum Büşra. Bambaşka birisin sen."

"Bukre'nin attığı tokat beni kendime getirdi Cem. Herkesin hayatında bir dönüm noktası vardır. Benimki de o tokat oldu. Demek ki gerçekleri yüzümde patlatacak sağlam bir tokada ihtiyacım varmış. Hiçbir yalanın gizli kalmayacağını öğrendim o gün. Gerçekler günün birinde mutlaka ortaya çıkıyor. Ve yalandan yapılmış hiçbir perde gerçekleri saklamaya yetmiyor. Bazı acılar zamanla geçmiyor; sadece zaman geçip gidiyor. Ama o acılardan alınan tecrübeyi de sana bir tek o geçip giden zaman verebiliyor."

Rüya'nın bu son sözleri çok dokunmuştu Cem'e. Bukre'yi aldattığında söylediği yalanlar geldi aklına. Bir kez daha hatırladı her şeyi ve bin kez daha pişman oldu. Rüya sustu. Onun da söylediği sözün altında ezildiği, defalarca yüzleştiği ve tiksindiği geçmişini bir kez daha hatırladığı bu anlık susuşundan belli oluyordu. Sanki o günlere kısa ve yorucu bir yolculuk yapmıştı. Gözleri daldı. Bir süre sustular karşılıklı... Sessizliği bozan Rüya oldu yine.

"O olaydan sonra seni bir daha hiç göremedim Cem" dedi. "Sen de beni aramadın. Benim içimden de seni aramak gelmiyordu zaten. Dipteydim. Kolay atlatılır şeyler değildi yaşadıklarımız, başkalarına yaşattıklarımız... Acı çektiğini, Bukre'yi hâlâ sevdiğini biliyordum. Fakat yanına gelemezdim. Yaralıydın ve iyileşmen gerekiyordu. Elbette herkesin bir yarasının olması mesele değil... Mesele o yarayı kimin nasıl sardığı... Yaranı saracak insan ben olamazdım zaten..."

"İyi ki o günlerde çıkmadın karşıma."

"Neden?"

"Yaralarımı kendim iyileştirdikten sonra, yaramı sarmaya geleni en çok ben yaralardım çünkü..."

Rüya anlayışla ve olgunlukla dinliyordu Cem'i. Küçük, haylaz bir çocuğa bakar gibi bakıyordu ona. Küçük bir tebessüm eşiğinde "Seni ve şarkılarını artık dinleyemesem de ne büyük bir şöhrete sahip olduğunu biliyorum" dedi. Cem karşılık vermedi onun bu sözlerine. Rüya'nın yüzündeki buruk gülümseyiş acılı ve meraklı bir hal aldı. Gözleri caminin avlusunda gezindi bir süre. Cem'e döndü sonra:

"Peki şimdi söyle, bu hale nasıl getirdin kendini Cem?" diye sordu.

"Hep kaybettiklerini mi sever insan? Ya da kaybedeceklerine mi sarılır hep? Ben onu severken, onun kendinde sevmediklerini bile seviyordum. O benden geçerken ben hâlâ onda duruyordum. Ama şimdi o kadar sahipsiz ve biçareyim ki... Biraz olsun sevilmeye hiç mi hakkım yoktu? Bak! Kalabalıklar içinde yapayalnızım."

"Yalnız kalmak, bizi kalabalıklarda yalnızlaştıran birileriyle olmaktan daha iyi değil midir Cem? Yanında olması değil, senin olmasıdır önemli olan. Senin yanında olan birinin kalbi başka birisi için atıyorsa, o sana ait değildir, sadece senin yanındadır.

O artık başka birinin Cem. Belki yanındayken de öyleydi ama farkında değildi. Artık bunu kabullen."

"Bilmiyorum. Artık hiçbir şey bilmiyorum inan. Kendimi suçlamaktan başka bir şey gelmiyor elimden. Kızıyorum kendime. Belki de hak ediyorum bu yalnızlığı."

"Dalların terk edilmiş olmasının suçlusu kuşlar değil kışlardır. Her şeyde kendini suçlama. Gerçeği görmeye çalış. Bazen başımıza gelen kötülüklerin tek suçlusu olarak kendimizi görebiliriz. Ama kader denen bir şey var, unutma. Rabbim belki seni bu yalnızlıkla sınıyordur ne biliyorsun? Rüzgâr her zaman senin yelkenine uygun esmez. Rüzgâr kaderdir ve nereye doğru eseceğini kendisi tayin eder. Sen yelkenini doğru tut yeter. Ötesi zaten kader..."

"Onu hâlâ çok seviyorum ama o artık bir başkasının. Bazen bize cefa olanlar başkalarına sefa olabiliyor, ne acı... Ama buna o kadar da üzülmüyorum artık. Tek tesellim, onu hak eden birine gitmiş olması. Kayıp bir hayalin peşinde kayboldum ben. Sadece bir serap görmek için çöle düştüm. Ama neye tutunsam, sadece bir avuç kum vardı elimde. Kızgın bir kum. Ben ateş gibiydim bir zamanlar. Ama şimdi neye tutunsam yanıyorum."

"Ayrılık çekeni değil çektireni güçlendirir. Ama sen yılma. Yine ateş gibi ol. Kimseyi yakma. Hiçbir şeyi tutma, hiçbir şeye tutunma ya da... Kollarını havaya kaldır, avuçların göğe baksın. Seraptan vazgeç, sen çölü geçmeye bak ve dualara sarıl."

"Peki nasıl Büşra? Nasıl geçerim ben bu çölü? Onsuzluk hiçbir yere varamayacağını bildiğin halde her gün aynı yolu yürümek gibi. Varamadıkça büyüyor, bulamadıkça uzuyor."

"Herkesin yolu ayrı, cevabı farklıdır. Sıradan bir hayatın içinde mucizeler aramaya çalışma. Ama mucizelere de inan. Ayaklarına sözün geçmiyorsa bunun için yolu suçlayamazsın. Ne biliyorsun; belki de ulaşamadığında mutlusundur...

Ama bunu öğrenmek için önce yola çıkmalısın. Gideceğin yönü iyi tayin etmelisin. Yolu bulamamış olsan da hatayı başkasında aramamalısın. Unutma, arabanın silecekleri yağmuru dindirmek için değil, önünü görmen için vardır. Ve vazgeçmek de bir erdemdir. Senin cevabın bende değil Cem. Mademki soruyu buldun, artık cevabı ara. Hislerine güven bu süreçte, mantığına değil. Beynin kalbini anlamaz bazen. Sakın korkuya kapılma. Korkusuna yenilen korkuyu, korkuyu yenen kendisini büyütür."

Derin bir nefes aldı Cem. "Allahım beni benden koru" dedi kısık bir sesle.

Birbirlerinden helallik dileyip ayrıldılar sonra. Bir daha hiçbir yerde rastlaşmayacaklarından habersizdiler henüz... Gitmeden evvel Rüya'nın Cem'e söylediği son sözler, kulaklarında çınlamaya devam etti bir süre:

"Kalp sokaklarının yollarını güllerle döşeyenleri görmezden gelirsen, izbe sokaklarda kaybolursun."

Cem, bu dostane konuşmadan sonra aradığı cevabın peşine düştü, zor da olsa Bukre'yi aramaktan vazgeçti artık. Aradığı bütün cevaplar, Selim'in mektubunda gizliydi zaten.

***

Selim'in Bukre'ye yazdığı o mektup, bir insanın bir insanı nasıl sevmesi gerektiğini öğretiyordu. O mektup, insanı daha önce yaşadıklarına aşk demeye utandırıyordu ki Cem'in o zamanlar anlamadan yaşadığı aşk, yıllar sonra göğsüne bir taş gibi oturmuştu, her geçen gün daha da ağırlaşarak... Nereden bilecekti ki bu kadar derin ve sızılı olacağını? Anneannesinin, sağlığında sıklıkla söylediği bir söz geldi aklına birden:

"Leyleğin ayağını kesmişler, 'Nasıl olsa kanatlarım var' deyip uçmuş. 'Acısını konduğun zaman duyarsın' demişler arkasından."

Cem kanatlanıp gitmişti ama şimdi yere konduğunda fena halde yanıyordu canı. Bir zamanlar ertelediği o ağır bedelleri, şimdi misliyle ödüyordu geri...

***

Şarkılarına tutunup kendine yaslanmaktan başka çaresi kalmamıştı Cem'in. Başkalarının bakışlarına, arzularına, beğenilerine döndü sırtını, aldırmadı. Sadece ve sadece içindeki sese kulak verdi. Şarkıların içinden çıkıp geldiği o sessizlik denizinde, kıyısızlığına vurup vurup çekilen bir dalga vardı. Belki de sadece dalgayı yakalamak onu mutlu kılacaktı. İçindekileri şarkılarla akıtmak istiyordu ama bir türlü olmuyordu. Çünkü önce Selim gibi âşık olabilmek gerekiyordu.

Cem'in müzik yeteneği, yüreğindeki acısıyla parlıyordu, şarkıları her geçen gün daha kuvvetli, daha tesirli ve daha güzel geliyordu dinleyenlerine. Yine de ne yaparsa yapsın aşk, Selim'deki gibi durmuyordu üzerinde.

O mektubu yıllarca sakladı. Suçlu bir çocuk gibi gizliden gizliye okudu yalnızlığında. Ölüm fermanını hep taşıdı yanında. Çok yorulmuş, çok yıpranmıştı. O mektubun açtığı yaralardan fışkıran acılarla, kederine son verecek, ateşini söndürecek bir senfoni bestelemek istiyordu ama olmuyordu işte. Olamazdı da... Çünkü Selim koca bir ömür vermişti Bukre'ye... Oysa Cem yalnızca kendisi için yaşamış, aşkı aşk gibi yaşayamamıştı. Evet, kabuğu kırılmıştı, kendisinin dışında kalmıştı ama kimseye de varamamıştı. Çaresizlik içinde kıvranarak Bukre'ye şarkılarıyla sesini duyurmaya çalışmıştı.

Şan şöhret değildi artık gayesi. Sadece yüreğinde saplı kalan hançeri çıkarmak ve onu öpüp başına koymak istiyordu. Derdi de dermanı da bir olmuştu.

Neyse ki, muhtaç olduğu bütün cevapları Merve'nin çocuksu masumiyetinde, coşku dolu neşesinde buldu. Kalbinin sokaklarını güllerle döşeyen kişi, on beş yıl sonra çıktı karşısına. Hem de Bukre'yi rüyasında gördüğü gecenin sabahında... Üstelik o rüyada Bukre gülümseyerek şöyle diyordu Cem'e:

"Geride bıraktığın kiri, elbet gelip siler biri..."

-3-

15 yıl sonra

Ağustos

Ne güzel geçiyordu bu yaz tatili de. Bukre, şemsiyenin altında, birazdan havuzdan çıkacak olan kızı ve oğlu için yiyecek bir şeyler hazırlıyordu. Ara sıra havuzda eğlenen çocuklarına bakıyor, babalarıyla mutluluk içinde oyunlar oynarken duyduğu sevinç çığlıklarına el sallayarak karşılık veriyordu. Mutlu bir aile olmanın iç huzuru vardı Bukre'nin yüzünde. Allah onlara, biri kız diğeri erkek iki güzel çocuk vermişti. Buse on üç, erkek kardeşi Emre on yaşındaydı.

Hep birlikte havuzdan çıkıp, şezlonglara kadar yarıştılar sırılsıklam. Her zamanki gibi babaları kaybetti tabii...

"Yavaş, yavaş" dedi Bukre gülerek. "Islattınız sandviçleri... O kadar uğraştım halbuki..."

"Anne!" dedi Emre. "Tutma beni sakın, kurt gibi acıktım!" Emre, gözünü bile kırpmadan saldırmıştı yiyeceklere tüm sevimliliğiyle.

Selim kurulandıktan sonra yan taraftaki şezlonga uzandı. Mutlu ve huzurluydu. Bukre, çocuklarını ve kocasını izledi bir süre tarifsiz bir keyifle... Yaşadığı bu huzuru hiçbir şey bozamazdı. Çocuklar, yemeklerini yerken, babaları da güneşlenmeye çekilmişti artık. İyi bir aile babasıydı Selim, mükemmel de bir koca...

Saçlarına düşen birkaç beyaz tel, onu daha çekici, daha karizmatik gösteriyordu. Aradan bunca yıl geçmesine rağmen, Bukre hâlâ âşıktı kocasına. Uzun uzun seyretti hayat arkadaşının, insana güven veren anlamlı yüzünü. Ve böyle güzel bir eşe sahip olduğu için Rabb'ine bir kez daha şükretti.

"Anne babam yanacak güneşten" dedi Buse yemeğini atıştırırken. "Krem sür ona, ıstakoz olacak yine..."

Buse, ailenin ilk göz ağrısıydı. Anne ve babasının isimlerinin ilk iki harfinin yan yana gelmesiyle oluşuyordu Buse... İki büyük aşkın bir arada okunuşuydu adı... Buse... Plaj çantasından güneş kremini çıkarıp eşinin yanına gitti Bukre.

"Sırtına krem sürmemi ister misin kuzu?" dedi aşk dolu sıcaklığıyla...

"Senin ellerin değdikten sonra, kezzap bile sürebilirsin yavru kuşum."

***

Neşe içindeydi hepsi. Selim, her hafta sonu eşinin ve çocuklarının yanındaydı. Evliliklerinin ilk yıllarında gezi rehberliği yapıyor, turistleri dolaştırıyordu. Şimdiyse turizm sektörünün ileri gelen büyük şirketlerinden birinde yönetici olarak çalıştığından otel otel gezip duruyordu. Şirketin otellerini sıklıkla ziyaret edip denetliyordu. Her zaman çok meşguldü. Boş vakti neredeyse yok gibiydi. Bir zamanlar Bukre'nin gözünde miskin bir kediden farksızdı ama baba olduktan sonra canını dişine takarak çalışan, kariyerinde hızlı adımlarla yükselen başarılı bir işadamı olmuştu Selim... Kazancı yüksekti. Varını yoğunu ailesine adamıştı. Bukre hayranlıkla ve hayretle izliyordu eşinin azmini ve başarısını... İşkoliklik, tek kusuruydu artık Selim'in.

Bukre, hâlâ ilk günkü gibi seviyordu kocasını. Birlikte büyümüşlerdi ne de olsa, zorluklara birlikte katlanmış, hayat yollarını birleştirdikten sonra mutluluğu birbirlerinde bulmuşlardı. İkisi de çoktan hak etmişti bu huzurlu ve güven dolu hayatı... Dünyaya getirdikleri iki çocuk mutluluklarına mutluluk katmıştı. Selim elinden gelen her şeyi yapmıştı Bukre'nin hayallerini gerçekleştirmek için.

Bukre hep deniz kıyısında, sakin bir yerde, ağaçların gölgesinde, denize bakan bir evi olsun istemişti. Evlenirlerken gözlerden ırak, kendi halinde, güzel bir yuva hayal etmişlerdi. Fakat iki çocuk sahibi olunca hayalleri biraz değişmişti tabii; çocukların arkadaşlarıyla oynayabilecekleri güvenli bir sitede yaşamaya karar vermişlerdi. Deniz kıyısındaki bu havuzlu sitenin en güzel dairelerinden birinde yaşıyorlardı. Palmiyelerin arasından denize bakıyordu evin pencereleri. Çocuklar parkta, havuzda, plajda oynuyorlar, denize girip çıkıyorlar, yaz boyunca eğlenceli bir tatil geçirebiliyorlardı. Selim bazı zamanlar denetim için gittiği otellere ailesini de yanında götürüyordu. Özellikle yaz aylarında çok keyifli ve çok renkliydi hayatları... Çocuklar babalarına en az anneleri kadar hayrandı. Selim çok iyi bir eş, düşünceli ve şefkatli bir babaydı.

Mutlu bir kadındı Bukre... Yuvasına ve çocuklarına düşkün bir anneydi. Kocası seviyor diye saçlarını sarıya çalan hoş bir renge boyatmıştı. Bu renk, güzelliğine güzellik katmıştı adeta. Çocuklar da çok seviyordu annelerinin bu halini. Bir zamanlar aşktan yana yaşadığı hayal kırıklıkları zincirin halkaları gibi üst üste dizilmişken, hayat yoldaşını yanı başında bulmuş, sonrasında zaman su gibi akıp gitmişti.

Acı dolu yıllar mazideki yerini çoktan almış, gerilerde kalmıştı artık. Yüzü hep yarınlara dönüktü Bukre'nin. Nasıl ki Selim çocuklarına iyi bir gelecek kurmak için canla başla çalışıyorsa, Bukre de yalnızca gelecek güzel günlere bakıyordu.

Ne bir pişmanlığı vardı geçmişe dair ne de dönüp arkasına baktığı bir an. Yalnızca, Selim'in yazdığı o mektubu kaybettiğine yanıyordu zaman zaman. Hayatının tek eksik parçasıydı o mektup... Alyansı kadar değerliydi Bukre için... Fakat ne yazık ki kayıptı. Onu bir hatıra olarak saklamayı, şimdiki günlere nerelerden geldiklerini unutmamak için o mektubu ara sıra yeniden okumayı çok isterdi.

Eyüp Sultan Camii avlusunda birbirlerine kavuştukları o günden sonra bir daha hiç ayrılmamışlardı. Selim iş seyahatine çıktığında bile defalarca konuşuyorlardı telefonda, sürekli mesajlaşıyorlardı. Birbirlerinden bir an bile kopmadıkları için Selim, aşk dolu satırlarla bezeli bir mektup daha yazmamıştı karısına. Evlilik yıldönümlerinde, Bukre'nin ve çocukların doğum günlerinde mutlaka hediyeler alırdı Selim. Birkaç satırlık güzel şeyler de yazardı karısına ama bir aşk mektubunun başına oturmayalı çok olmuştu. Zaten doyasıya yaşıyorlardı aşkı.

***

Bukre, Cem'in yaptıklarını hiç unutmamıştı ama içinden onu sessizce bağışlamıştı. O zamanlar çok kızmıştı Cem'e, hiç kimse kalbini bu denli gaddarca kırmamış, kimse canını zalimce acıtarak yakmamıştı. Yine de zamanla bağışlamıştı onu. Cem yaptığı haksızlıklardan pişmanlık duyarak Bukre'yi yeniden aşka davet etmeseydi, Selim o mektubu yazacak cesareti bulamayacaktı belki de. Bukre de belki kıymetini bilemeyecekti Selim'in.

Elbette Bukre sayesinde ünlü olmuştu Cem. Bukre'nin kendini paralarcasına sarf ettiği emekler olmasaydı eğer, şöhretin kapıları belki de hiç aralanmayacaktı Cem'e.

Ne yazık ki o çok arzuladığı şöhret Cem'i şımartmış, yoldan çıkartmıştı o dönem. On beş yıllık bir sürgünle bedelini ödediği büyük bir hataya düşmüş, zaaflarına yenilmişti maalesef... Onca zaman içinde şöhreti hiç tükenmedi Cem'in.

Hâlâ radyolarda şarkıları çalınıyor, müzik kanallarında klipleri dönüyordu. Buse ve Emre bile onun şarkılarını dinliyor, severek eşlik ediyorlardı. Bukre bundan hiç rahatsızlık duymuyordu. Cem'e bu yolu kendisi açmıştı bir zamanlar ve bundan dolayı asla pişmanlık duymamıştı. Bilakis yaptığıyla gurur duydu hep. Cem'in şarkılarını sevenler, ona hayranlık duyanlar hiç bilmeseler de alkışladıkları adamı Bukre'ye borçlulardı aslında.

Bukre, güzel anıları hatırlamayı çok seviyordu... Büyükbabası hayata veda ederken biricik torununa yalnızca güzel şeyleri hatırlamasını tembihleyip kapatmıştı gözlerini. Bu her insanın kendi seçimiydi. Herkesin hayatında iyi günleri de olurdu kötü günleri de... Hepsi mutlaka gelir geçerdi. Fakat kötü şeyleri hatırladıkça, insan bilmeden kötüyü besler, karşısına benzer kötülüklerin çıkmasına sebep olurdu. Bir de yanında kendini iyi hissetmediği insanlardan hiç sorgusuz sualsiz uzak kalmasını öğütlemişti büyükbabası.

Bu iki öğüt Bukre'nin kulağına küpe olmuştu, bir bakıma bu öğütler sayesinde Cem'i de ardında kalan herkes gibi bağışlamıştı. Cem'in şarkısını duymak, dinlemek Bukre'yi gururlandırırdı ve her seferinde onun da mutlu olmasını dilerdi. Yine de Cem hakkında hiçbir şey bilmek istemezdi. Zaten Cem de hayatının akışını hayli değiştirmiş, iyice kabuğuna çekilmişti. Sessiz ve alçakgönüllü bir müzisyendi. Medyada yer almaktan hoşlanmaz, magazine malzeme olmaktan kaçınırdı. Öylesine kendi yağında kavrulan bir şarkıcıydı ki, yanında menajer bile taşımazdı. Her işini kendi hallediyordu.

Sadece şarkılarıyla var olmayı seçmişti. Cem'den hep böyle bahsediliyordu. Bukre de sağda solda Cem hakkında "kendine özgü bir sanatçı" sözünü işitmekten memnuniyet duyuyor, onun iyi bir yolda ilerlemeyi seçtiğini düşünüyordu. Hiç karşılaşmamışlardı bir daha, karşılaşmak da istemezdi zaten. Hiç gerek yoktu. Bukre eşi ve çocuklarıyla mutlu bir yuva, küçük ve tertemiz bir dünya kurmuştu. Her şeyi tamdı. Kin tutarak kalbini lekeleyecek bir kadın değildi o.

***

Cem hayat dersini erken almıştı, şöhrete çoktan doymuştu. Şöhret sayesinde zengindi, şarkılarını dinletebilmek için kimseye yalvarmıyor, albüm çıkarmak için kapı kapı dolaşmıyordu. Zoru aşmış, özgürlüğüne kavuşmuştu. Küçük bir dünya kurmuştu kendisine, kabuğuna çekilmişti.

İstanbul'u terk edip İzmir'e yerleşmişti. İstanbul'da güzel bir evi olduğu halde İzmir'den dönmemişti bir daha... Sadece konserleri veya işleri için İstanbul'a uğruyor, en fazla bir iki gece buradaki evinde kalıyor, sonrasında hemen ayrılıyordu.

İzmir'deki müstakil evinin bir katını stüdyoya çevirmişti. Her şey elinin altındaydı ama hiçbir şeyin elinde olmadığını da biliyordu. Esin kaynağı hiç tükenmemişti, yepyeni şarkılar bestelemeye devam ediyordu. Zaten yegâne esin kaynağı hep aynı yokluktu, adını koyamadığı yoksunluktu. Cevabını bir türlü bulamadığı bir soruydu. Milyonlarca insanın kalbine şarkılarıyla dokunabildiği halde, tamamen müziğe adanmış onca yıl ve bestelediği onca şarkı, kendi kalbinin kilidini açmaya yetmiyordu. Belki de karatahtaya kara tebeşirle yazılmış bir hikâyeydi Cem.

Yıllardır büyük bir sadakatle sakladığı ve her fırsatta açıp açıp okuduğu o mektubu yakmaya karar verdiği gün değişmeye başlamıştı kaderi... Olacaklardan habersiz, yepyeni bir hikâyenin eşiğine gelmişti. O mektubu yakmaya karar verdiğinde bulmuştu aradığı cevabı.

-4-

1 yıl sonra
Ocak

İzmir'de, deniz kıyısında çok sevdiği bir çay bahçesi vardı Cem'in. Denize en yakın masaya oturur, dalgaları seyrederdi uzun uzun. Denize bakarken dalgaların ritmine kapılır, dalıp giderdi. İşte yeni besteleri de hep bu derin dalgınlığı sırasında geliverir, dudaklarına konar ve Cem yeni şarkısını mırıldanmaya başlardı. En sevdiği andı bu işte... Şarkılarının doğduğu an... Tadını çıkararak mırıldanırdı ilk notalarını, şarkı ortaya çıkınca evine gider, gitarını eline alır ve heyecanla çalışmaya başlardı.

Bu salaş çay bahçesi yeni açıldığı dönemlerde sadece bir çay ocağı ve birkaç tabureden ibaretti. Hatta bir adı bile yoktu. Cem koydu adını sonradan... Kıyısızlar Çay Bahçesi... Kısa zamanda büyüdü burası. Kapalı bir salonu da oldu sonra. Kış aylarında salon tıklım tıklım dolmaya başladı. Geç saatlere kadar eğlencesi de, müziği de bitmezdi. Cem turnede değilse ya da konseri yoksa mutlaka her cumartesi akşamı bu çay bahçesinde şarkı söylerdi. Mekânın sahipleriyle dost olmuştu. Gitarını eline aldığında müşteriler hemen sarardı etrafını. Cem hiç susmasın isterlerdi. Eğlencenin de keyfin de tadına doyum olmazdı. Çay bahçesinin müdavimleri en çok da Cem'i dinlemek umuduyla gelir olmuşlardı mekâna.

Bu minik resitaller Cem için de çok özeldi. Hayatın ona verebileceği en güzel şey şarkılardı ve şarkıların da verebileceği en güzel şey dinleyicileriyle buluştuğu bu küçük ama cana yakın, sıcacık keyif saatleriydi.

Mekâna gelenlerin çoğu birbirini tanıyordu. Cem, cumartesi resitallerinin hiçbir yerde duyurulmaması şartıyla şarkı söylemeyi kabul etmişti ama zaman içinde kulaktan kulağa yayılmıştı bu küçük konserler... Cem'i dinlemek için başka şehirlerden gelenler bile oluyordu. Cem de artık herkesi tanıdığı için aralarına katılan yeni yüzleri hemen fark ediyor, çok geçmeden yenilerle de ahbaplık kuruyor, onlarla sohbet etmeye başlıyordu. Böylece resitalin yeni müdavimleriyle eskileri kaynaştırmış oluyordu. Cem'in sloganı belliydi zaten: "Burada hepimiz birbirimizi tanıyoruz, biz bize yeteriz..."

Yalnızca bu mekânda söylediği özel şarkıları vardı Cem'in. Kıyısızlar Çay Bahçesi'nin şarkılarıydı bunlar. Hiçbir albümünde yer vermemişti o şarkılara.

Herkes çok seviyordu "Kıyısızlar Çay Bahçesi" ismini... Denizin dibinde duran, birkaç adımlık çakıl plajı bile olan bu çay bahçesinin adının Kıyısızlar olmasını ilginç buluyorlardı. "Neden Kıyısızlar?" diye soran da çok oluyordu haliyle. Çay bahçesinin sahipleri "Cem'e sorun. Biz de bilmiyoruz" diyorlardı. Cem de kimseye hiçbir şey açıklamıyordu.

Kıyısızlar Çay Bahçesi'nin resital müdavimleri Cem'den hiçbir albümünde yer vermediği özel şarkılarını bir kayıtta toplamasını ve "Kıyısızlar" isimli bir albüm yapmasını istiyorlardı ama "Bir şarkı eksik" diyordu Cem. Yeni bir şarkı dinlediklerinde "Şimdi tamam mı?" diye soranlar mutlaka oluyor fakat Cem yine aynı yanıtı veriyordu onlara: "Hâlâ bir şarkı eksik..."

Şaka yollu da olsa ille biri çıkar ve "Neden Kıyısızlar?" diye sorardı yine. Ama bir yanıt alamazdı. Çünkü Cem de bilmiyordu cevabı...

Soruyu bulmuştu ama cevabı hâlâ arıyordu. On altı yıl su gibi akıp geçmiş ama içindeki çölü hâlâ bitirememişti Cem.

***

Kıyısızlar Çay Bahçesi'nin denize en yakın masası Cem'indi... Bütün masalar ve örtüleri değiştiği halde sadece onun masası aynı kalmıştı. Yalnızca bir sandalye vardı o masada. Cem'den başkası oturmazdı. Herkes bilirdi Cem'e ait olduğunu. Masa boşken, sandalyesi masaya yaslı halde dururdu.

Sağanak yağmurlu bir kış günü Merve geldi çay bahçesine. Yağmur yeni dinmişti, bahçedeki bütün masalar, sandalyeler sırılsıklamdı. Merve uzun yoldan gelmişti. Sağanak yeniden başlayana dek açık havada oturmak istedi. Bahçeye bakındı önce, sonra kıyıya en yakın masaya yürüdü. Masaya yaslı duran sandalyenin kuru olabileceğini düşünmüştü. Nitekim yanılmadı da, sandalyenin oturulacak kısmı kuru sayılırdı. Çantasından bir mendil çıkardı ve sandalyenin nemli yüzeyini iyice kurulayıp oturdu.

Günlerden cumartesiydi... Güneş de batmaya yakın... Kapalı salonda oturanların hiçbiri bahçedeki Merve'yi fark etmedi. Çok geçmeden Cem geldi, bahçe bomboştu. Burayı nemli bir ıssızlıkta bulmak çok hoşuna gitmişti. Sağanak tekrar bastırmadan bahçede sıcacık bir çay içmeyi geçirdi içinden. Kıyıdaki masasına doğru yürürken, kızı fark etti bir an. Yabancı olduğunu tahmin etti, orada birini görmek çok hoşuna gitmişti. Merve'nin yanına yaklaştı ve "Çay ister miydiniz?" diye sordu.

Merve denize bakarken yol yorgunluğuyla da dalıp gitmişti. "Evet, lütfen" dedi gayriihtiyari... Başını çevirmiş ama doğrudan Cem'in yüzüne bakmamıştı bu sırada.

"Hemen getiriyorum" diye karşılık verdi Cem.

Merve, konuştuğu kişinin Cem olduğunu anlamıştı sesinden ama Cem çoktan arkasını dönüp salona doğru yürümeye başlamıştı bile. Merve uzun uzun baktı arkasından. Peşinden gitmek istediyse de yerinde kaldı. Çok utanmıştı. Nasılsa geri gelirdi. Sahiden gelir miydi? Yoksa garsonu mu gönderirdi? "Tüh!" dedi Merve içinden. "Kaçırdım..." Oysa onca yolu yalnızca Cem'i görmek ve başka yerlerde söylemediği o özel şarkılarını burada dinlemek için gelmişti. Baş başa konuşmayı çok isterdi. Çok merak ediyordu onu, nasıl biriydi acaba? Anlık bir dalgınlık yüzünden her şeyi berbat mı etmişti yani şimdi? Düşününce canı sıkıldı Merve'nin.

Cem'in Kıyısızlar Çay Bahçesi'ndeki resitalleri büyük bir sır değildi artık. Hayranlarının sosyal medyada hakkında en fazla konuştukları konuydu. Başka şehirlerden, hatta başka ülkelerden gelenler bile vardı Cem'i dinlemek için. Merve de onlardan biriydi. Paris'ten gelmişti. İnce yapılı, zarif bir kızdı. Uzun ince bacakları, koyu kumral saçları, iri kahverengi gözleri vardı. Saçlarının doğal hali kıvırcıktı ama Merve sürekli düz fön çektirdiğinden kıvırcık olduğunu hatırlayan pek yoktu. Her haliyle çok güzel bir kızdı. Göz kalemi kullandığı için, zaten iri olan gözleri normalden daha büyük görünürdü. Her zaman içi gülerdi gözlerinin. Yüzünde, onu asil gösteren bir ciddiyet vardı. Gülümsediğindeyse ciddiyeti dağılır, sevimli, küçücük bir kız çocuğu oluverirdi. Öylesine candan, öylesine içtenlikli... Gülmek çok yakışıyordu Merve'ye. O gülünce dünya da gülümsüyordu gözlerinde.

Tipik bir İkizler burcuydu. Hızlı düşünürdü. Oldukça akıllı ve zekiydi. Hafızası çok güçlüydü. Detaycı ve inatçı bir kişiliğe sahipti. Aynı anda birkaç işi birden yapar, rahatlıkla üstesinden gelirdi her şeyin. Yönetici bir ruha, ciddi bir asalete sahip olduğu kadar, sadece hayatındaki özel insanlara gösterdiği çocuksu bir yanı da vardı.

Gün içinde hem çok mutlu, hem çok mutsuz olabilirdi. Değişken bir ruh hali vardı.

Kararlılığı ve kafasına koyduğu her şeyi yapabilme iradesi sayesinde okul hayatında başarılı bir öğrenci olmuştu. Haddinden fazla kitap okur, okuduğu hiçbir kitabı unutmaz, sevdiği insanlara kitaplar armağan ederdi. En sevdiği şey, hayranı olduğu yazarların dinleti ve söyleşilerine katılmaktı. Sanatsal ve kültürel faaliyetlerin neredeyse hiçbirini kaçırmazdı. Şiiri ve tiyatroyu çok seviyordu. Zaman zaman edebiyat ve resim atölyelerine de katılıyor, bundan büyük keyif alıyordu. Sanatın her dalına hayrandı Merve. Toplumların eğitim, sanat ve edebiyatla gelişebileceğini savunurdu.

Aşk hayatı pek parlak sayılmazdı ama. Hep yalnızdı. Şimdiye kadar karşısına çıkan erkekler zekâ ve kültür açısından hayli gerisindeydi Merve'nin. Belki de Merve'nin seviyesi hepsinin üstündeydi demek daha doğru olur. Merve'nin uzun zamandır yalnız olmasının sebebi entelektüel donanımının yüksekliğiydi kuşkusuz. Bu açıdan kendini o kadar iyi yetiştirmişti ki, hayatına giren erkeklerin kültürel seviyelerini eşitleyebilmeleri için uzun yıllar kitap okumaları gerekirdi. Bu yüzden ilişkileri genelde kısa sürüyor, hüsranla sonlanıyordu. Onu taşıyabilecek bir erkek henüz çıkmamıştı karşısına.

Cem salonda karşılaştığı misafirlerle selamlaşıp doğruca ocağa gitti ve iki çay söyledi. Bardakları tepsiye yerleştirip bir de sandalye aldı yanına. Bir elinde tepsi, diğer elinde kuru bir sandalyeyle bahçeye çıkıp Merve'nin yanına gitti. Sandalyeyi yere bıraktı önce, sonra tepsiyi koydu masaya dikkatle.

"Çayınızı getirdim" dedi gülümseyerek. "Size eşlik edebilir miyim?"

Merve çok heyecanlanmıştı.

"Tabii, tabii" dedi. "Buyurun. Ne demek. Memnun olurum."

"Teşekkür ederim" dedi Cem. Getirdiği sandalyeye oturdu ve "Benim adım Cem" dedi elini uzatarak. Merve sıcacık gülümsedi.

"İyi bildiğim isimlerden biri" dedi. "Ben de Merve."

Tokalaştılar. Cem'in eli sıcacıktı. Merve'nin elleri üşümüştü, soğuktu. Sıcaklığı daha güçlü hissetti. Kalbi ısınmıştı. İçinde bir kıpırtı oluştu Cem'in. Sanki yıllardır susan bir senfoninin ilk notalarının ayak seslerini duyar gibiydi. Gözlerini Merve'nin gözlerinden ayıramıyordu. Gözlerinden çok, gözlerindeki ışığı seyrediyordu aslında. Çok etkilenmişti. Yeryüzünde gördüğü hiçbir gözde böylesi büyülü bir ışığa rastlamamıştı daha önce. Merve'nin bakışlarından saçılan ışık, Cem'in karanlıkta çürümeye yüz tutmuş kalbini aydınlatıyor, ona yol gösteriyordu. Bir deniz feneri gibiydi adeta. Aşkın ışığı olduğuna yemin edebilirdi. Midesindeki kelebeklerse, çoktan uçuşmaya başlamıştı...

Cem, muzip bir tavırla "Eliniz üşümüş. Isınana kadar bende kalabilir mi?" diye sordu.

Merve gülümseyerek diğer elini de uzattı. Cem, kızın ellerini iki elinin arasına aldı. Bir süre bakıştılar öylece. Hiç konuşmadan. Cem'in alçakgönüllü, şakacı, samimi yaklaşımı Merve'yi sımsıcak sarmıştı.

Merve akademik kariyerini sürdürmek için gittiği Paris'e hayran kalıp yerleşmişti. Ne var ki sıla hasreti de gittikçe büyümüş, yurdunu çok özlemişti. Onca yıl memleketiyle kurduğu en güçlü bağ, Cem'in şarkıları olmuştu aslında. Cem'in fan grubunun da en aktif üyelerinden biriydi Merve. Bu yüzden doğruca İzmir'e gelmişti, Cem'in sımsıcak atmosferiyle ünlenen Kıyısızlar Çay Bahçesi resitaline katılmak istemişti.

Cem, ellerini sımsıkı tuttuğunda aslında memleketinden çok, bu sıcaklığa hasret kaldığını fark etti Merve. Ne de çabuk kavuşmuştu eksik kaldığı sıcaklığa. "Eliniz üşümüş. Isınana kadar bende kalabilir mi?" demişti Cem ona. Bu sözü hayatı boyunca kalbinde saklayacaktı Merve.

Çay bahçesindeki masasını yıllardır boş görmeye öylesine alışkındı ki Cem, burada Merve'yi görünce hiç sorgulamamıştı olan bitenin anlamını. O masaya başkasının oturmayışını kendine tanınan bir ayrıcalık gibi görüyordu hep. Oysa şimdi yerinde bir başkasını, ıssız bir bahçede, deniz kıyısında köhne bir masada tek başına oturan genç ve güzel bir kızı görünce, yaşadığının ayrıcalık değil, koskocaman bir yalnızlık olduğunu anladı. Şarkıları ve samimiyeti sayesinde birçok dostluk kurmuş, kendine küçücük bir dünya inşa etmişti belki ama, kaç şarkı söylerse söylesin, hep bir yanı eksik ve hep kıyısız sürüyordu hayatı ki bir anda farkına vardı bunun. Masasında oturan kızı merak ediyordu. Onu tanımak istedi. Yıllar sonra ilk kez bir kadına yakın olmak arzusu duydu.

"Seni ilk kez görüyorum" dedi Cem. "Nereden geldin?"

"Sen" diye hitap etmişti Merve'ye.

"Ait olmadığım yerden" diye cevap verdi Merve.

"Peki ya nereye aitsin?"

"Galiba Kıyısızlar'a aitim. Hiç katılmadığım bir cumartesi akşamına, aralarına karışmadığım insanlara ve hiç dinlemediğim şarkılara aitim galiba. Ya sen?"

"Bahçeye girip seni görene kadar ben de kendimi sadece Kıyısızlar'a ait sanıyordum. Hep katıldığım bir cumartesi akşamına, aralarına karışınca buharlaştığım insanların sıcaklığına ve onlara söylediğim şarkılara ait olduğumu sanıyordum. Meğer öyle değilmiş. Ben yalnızca bu masaya aitim."

"Bu bir itiraf mı?"

"Sadece bir uyanıştı. Sana söyleyince itiraf oldu."

"Ben de sana bir itirafta bulunayım mı?"

"Lütfen."

"Şimdi anlıyorum ki ben yalnızca seni görmek için gelmişim. Seni tanımayı çok istiyordum. Beni hayal kırıklığına uğratmadığın için sana teşekkür ederim. Hayranlığımı hak ediyorsun."

"Ama bu bir itiraf değil, iltifat oldu" dedi Cem. Bu zarif iltifatlara karşılık Merve'nin elini nezaketle öptü. Sonra "Dünyama gözlerindeki ışıkla geldin. Hoş geldin Merve" dedi, yavaşça ellerini bıraktı.

Merve'nin kalbinde bir kırlangıç fırtınası koptu. Cem'den çok etkilenmişti. Çok ani olmuştu her şey. Hayranlığı aşka dönüşmüş, bir anda aşka tutulmuştu.

Oturduğu masanın Cem'e ait olduğunu bilmiyordu Merve. Yalnızca bu masaya ait olduğundan bahseden Cem'in "Hoş geldin Merve" derken, onu hem ait olduğu yere, hem de küçük dünyasına davet ettiğinin henüz farkında değildi. Daha sonra, bu masaya Cem'den başkasının oturmadığını öğrenince, işittiği bütün bu sözler çok daha derin anlamlar ifade edecekti onun için...

Cem'in temiz kalpli, açıksözlü, gönül alan bir adam olduğunu düşünmüştü, haklıydı da ama dahası vardı. Kalp kalbe karşıydı işte... Cem de âşık olmuştu bir anda ve içindeki çölü geçebilirdi artık.

-5-

Temmuz

Büyülü bir güzelliği vardı Merve'nin. Bakan dönüp bir daha bakardı zarafetine, inceliğine, sudan berrak tenine... Üniversitede edebiyat okumak istemesine rağmen, iletişim öğrenimi görmüş, bitirdikten sonra da akademik kariyer yapmaya karar verip Fransa'dan kazandığı bursla birlikte hayatına Paris'te devam etmişti. Memleket özlemi ağır basınca Paris'te okuduğu üniversiteye sunacağı doktorasını Türkiye'de hazırlamayı tercih etmişti. İlginç de bir doktora konusu seçmişti kendine. *Popüler kültürün cazibesi...* Popüler kültür üzerine ilginç akademik araştırmaları vardı Merve'nin. Popüler kültürün doğuşu, toplumsal ve bireysel etkileri, cazibesi, popüler kültürden kaçma arzusu gibi pek çok alanda önemli çalışmalar yapmıştı.

Merve, Fransa'dayken, annesiyle babası peş peşe emekli olmuşlar, İstanbul'u terk edip Marmaris'e yerleşmişlerdi. Merve her boş zamanında Marmaris'e gidip gelmiş, emekli olduktan sonra annesiyle babasındaki belirgin değişimi yakından gözlemlemişti. Sanki artık daha yorgun, daha sessiz, daha kaygılıydılar. Çalışmayı bırakınca, hayatlarında açılan geniş boşluğu doldurmak için kendilerine yeni meşgaleler icat etmeye başlamışlardı.

Hayatında eline şiş almamış annesinin artık bir örgü tutkusu vardı mesela. Babası da kendini bahçe sanatına vermiş, küçücük balkonunda türlü çiçekler ve balkon sebzeleri yetiştirmeye başlamıştı. Doktorasını verdikten sonra Merve'nin doçentlik tezi, metropolden taşraya göç edenlerin yaşadığı psikolojik ve sosyolojik değişimler olacaktı muhakkak.

Bu ziyaretinde doğrudan Dalaman Havaalanı'na uçup ailesini görmek yerine önce İzmir'e uğramayı istemişti Merve. Uzun yıllardır hayranlıkla şarkılarını dinlediği Cem'i yakından görmek, onu ait olduğu küçük dünyasının içinde tanımak istiyordu. Büyük şöhretine rağmen, kendine mütevazı bir yaşam inşa etmiş olan bu müzik dehası, Merve'nin doktora tezi için bulunmaz bir cevherdi. Üstelik onu yakından tanıyor gibi hissediyordu.

Merve hem bir akademisyen hem de sıkı bir hayranı olarak Cem'i doktora tezi için yakından tanımak ve anlamak istediğini açıkladı hemen. Cem'in de bir itirazı olmadı bu teklife. Merve'nin tezi sayesinde hem daha sık görüşüyorlardı, hem uzun uzun sohbetler ediyorlardı, hem de birlikte güzel vakit geçiriyorlardı. Sadece İzmir'de değil, İstanbul'da da buluşuyorlardı zaman zaman; Cem'in buradaki evini de görmüştü Merve. Ayrıca birlikte keşfettikleri şahane kafeler, korular, parklar ve kitapçılar vardı ki artık İstanbul'un tadı da anlamı da çok daha özeldi ikisi için. Kuruçeşme'de keşfettikleri sahaftan kitap alışverişi yaptıkları bir gün Merve aile kabristanına götürmüştü Cem'i. Anneannesiyle büyükbabası yatıyordu burada. Kanserden ölen küçük dayısı da... "Uzun zamandır uğramamıştım, hazır buradayken izin verirsen beş dakika gidip dua edebilir miyim?" demişti. "Ben de geliyorum" demişti Cem. "Seni daha yakından tanımak istiyorum."

Birlikte aile kabristanının başında dua ettiler o gün. "Dünyada hiçbir şeyin garantisi yok.

Kesin olan tek şey bir gün hepimizin öleceği" dedi Merve, ince parmaklı küçük ellerini yüzüne sürerken. "Bu yüzden ölümün ne zaman ne şekilde geleceğini bilmiyor olmamız bizim hem cezamız, hem de ödülümüz aslında..."

Cem, her buluşmada biraz daha büyüleniyordu Merve'nin güzelliğinden, zekâsından ve yeteneklerinden. Gençliğini deli divane yaşamış, sonrasında kendini dipsiz bir avareliğin içinde bulmuş bir adamın aydınlığı olmayı başarmıştı Merve. Cem, aradığını bulmuştu nihayet. Yokluğunu duyduğu bütün güzel hisler, Merve'deydi işte. Birbirlerine olan aşklarını da itiraf etmişlerdi sonunda.

Bu eşsiz karşılaşmanın zamanlaması şaşırtıyordu Cem'i. Yıllardır sürüp giden Kıyısızlar Çay Bahçesi'ndeki cumartesi akşamı resitallerine artık son vermek istediği bir dönemde çıkıp gelmişti Merve. Ne de iyi etmişti... Yanında huzuru da, umudu da getirmişti... Milyonlarca seveni olan, konserden konsere koşan, turnelerden başını alamayan, varlıklı ve şöhret sahibi bir adam olarak bütün hayallerine kavuşmuş olmasına rağmen hep bir yanı eksik kalan Cem'i iyi niyetiyle, koşulsuz sevgisiyle ve o doyumsuz güzelliğiyle tamamlamaya gelmişti işte.

Gerçek aşkı hiç yaşayamamıştı Cem... Tadına varamamıştı bir türlü... Kalbinin ücralarında hissedememişti hiç. O çay bahçesinde, kıyıdaki öksüz bir masada denizi izleyip uzaklara dalarak gerçek aşkı bekleyip duruyordu ve ne yazık ki dalgalar aşk yerine ona hep yeni şarkılar getiriyordu.

O günlerde on altı yıldır yanında sakladığı ve her fırsatta açıp açıp okuduğu mektubu bile yakmaya karar vermişti Cem. Çay bahçesindeki cumartesi resitallerini sonlandıracak, evine dönüp mektubu yakacak ve sonrasında beklenen *Kıyısızlar* albümünü çıkarıp müziğe de veda edecekti ki o gün Merve gelip oturmuştu masaya. Hayatının eksik parçası gelmiş, artık tamam olmuştu Cem.

Merve'yi o ıssız bahçede, kıyıdaki masada bir başına otururken izlediğinde, kendine bakmıştı aslında. Aşka hazırlıklı ama âşığına henüz kavuşamamış bir âşıktı gördüğü...

Cem, o masada bir başına oturan ve umutsuzca gerçek aşkı bekleyen avare bir adamdı sadece. Ne kadar çok sevilse de, ona ne kadar imrenilse de, bu gerçek değişmiyordu hiç. Cem içindeki çölü geçemeyen bir derbederdi nihayetinde. Merve gelince dünyası değişti birden. Kanatlanmış uçuyordu artık. Kıyısına vurduğu denize bulutların üzerinden bakıyordu şimdi, on altı yıllık o sorunun yanıtını da bulmuştu şükür.

– *İçimdeki çölü nasıl geçerim?*

– *Uçarak...*

Oysa Cem yürüyordu hep, sürünüyordu hatta.

– *Neden kıyısız?*

– *Çünkü gökte uçanın bir kıyısı yoktur.*

Cem anlamıştı ki, uçması gerekiyordu. Fakat kanadı kırık bir kuş gibiydi. Bedeni denizin kıyısına vurmuş, kalbi çöllerde kaybolmuştu. Merve onun ruh ikiziydi, kanat yoldaşıydı, gökte uçuyorlardı yan yana.

Cem'in yaşam düzeninde hiçbir şey değişmemişti ama benliği değişmişti birden. Her şey aynı kaldığı halde, içinin dünyası bambaşkaydı artık. Gökyüzüne ait olduğunu anladı uçarken. Merve'ye borçluydu bunu. Gerçek aşka... Kendi yolunu çizmeye çalışırken, aşk denen köprü Cem'in yolunu Merve'ye bağlamıştı.

***

Merve'nin doktora tezi için birlikte uzun zaman geçirmişlerdi ama Merve artık aldığı notları düzenleyip kayıtlarını yazmaya başlaması gerektiği için Marmaris'e geri dönmek zorunda kalmıştı.

Hedeflediğinden çok daha iyi bir tez ortaya çıkaracağından emindi. Kendini çalışmaya vermiş, gece gündüz yazıyordu. Her fırsatta Cem'le telefonlaşıyorlar, bazen bilgisayarlarının başına geçiyorlar ve saatler süren yazılı sohbetlere koyuluyorlardı. Merve'nin takılıp kaldığı her nokta Cem'in sihirli değnek etkisi yaratan küçük dokunuşlarıyla kolayca açılıyordu. Merve'nin tezi zengin bir içerikle, su gibi akıyordu.

Merve her cumartesi İzmir'e Cem'in yanına gidiyor, Kıyısızlar Çay Bahçesi resitaline katılıyor, hafta sonunu Cem'le geçirip pazar akşamı yine ailesinin yanına dönüyordu.

Cem, "eksik" dediği şarkıyı da bestelemişti sonunda. Yine bir cumartesi akşamı çay bahçesinde izleyicileri arasında bulunan Merve'nin güzel gözlerindeki ışığa bakarak seslendirmişti yeni şarkısını büyük bir mutlulukla. Cem'in sevdiği kadına söylediği şarkı, dinleyenleri de ağlatmıştı.

Cem, bu özel şarkısının sonunda büyük bir ilanıaşkla, evlenme teklif etti Merve'ye. "Ben gözlerinde aşkın ışığını taşıyan bir kıza kapıldım ve çok mutluyum ama bunun sorumluluğunu tek başıma taşıyamam. Benimle evlenelim mi?" dedi. Gözleri dolmuştu Merve'nin. "Evet..." dedi sesi titreyerek. Bütün salon onları alkışlıyordu. Mutluluk sonunda ikisini de sarıp sarmalamıştı.

Bütün gece bir düğün havası içinde geçti. Hep birlikte şarkılar söyleyip dans ettiler. Merve ile Cem alkışlar eşliğinde ilk kez birbirlerine sarılarak dans ediyorlardı. Cem, kollarının arasında tuttuğu Merve'nin gözlerinin içine bakarak "İlk sevdiğin değilim biliyorum ve buna şükrediyorum" dedi. Merve pek bir anlam verememişti bu sözlerine. "Neden?" diye sordu. "İyi ki benden önce birilerini sevmişsin" dedi Cem. "Yoksa nasıl son aşkın olurdum!"

Merve'nin gözleri dolmuştu yine. Sıkıca sarıldı sevdiği adama. Yüzünü göğsüne gömdü, kokusunu çekti içine. Uzun süre birbirlerine kenetlenmiş halde kaldılar öylece... "Seninle hayata döndüm" dedi Cem, sevdiğinin saçlarını koklarken. "Solgun bir yaşamın kıyısından geliyorum. Yakmana dahi razıyım... Ama sakın beni soldurma..."

Birbirlerini hayat boyu soldurmamak için yemin ettiler o gece.

Merve, mutlu haberi ailesine telefonda verdi. Annesi ve babası, eve Cem'le birlikte gelmesini istiyorlardı. İki sevgili, çok geçmeden el ele gittiler Marmaris'e. Merve ailesiyle tanıştırdı Cem'i. Annesi de, babası da pek hoşlanmıştı müstakbel damatlarından... Genç çifti içtenlikle kutladılar, "Hayırlı olsun" dediler... Mutluluk dileklerini de, hayırdualarını da eksik etmediler onlardan. Cem ve Merve, hemen nişanlanmaya karar verdiler. Merve Paris'e gidip doktora tezini teslim edecek, döner dönmez de nikâh masasına oturacaklardı.

***

Merve, tezini tamamlamaya çalışırken, Cem de *Kıyısızlar* albümünü hazırlamaya başladı. Son şarkısının bazı mısralarında Selim'in mektubundan da alıntılar vardı. Bunu özellikle yapmamıştı aslında. Yıllardır öylesine ezberlemişti ki o mektubu, bazı satırları ister istemez karışmıştı şarkının sözlerine. Kendiliğinden oluvermişti adeta. Üstelik Cem'in de çok hoşuna gitmişti o mektubun bir şarkıya kendiliğinden sızmış olması...

Merve'ye hiç söz etmedi o mektuptan. Bukre'yi de, Selim'i de hiç anlatmadı. Bir çocuğu olsun istiyordu Cem. Kız olursa Bukre, erkek olursa Selim koyacaktı adını.

Müstakbel eşine hayal ettiği bu isimlerden henüz bahsetmemişti, sadece bir çocuklarının olmasını çok arzu ettiğini söylemişti. Merve de sadece bir çocuk istiyordu zaten. İsmine bebek yola çıktıktan sonra karar verirlerdi nasıl olsa.

Marmaris'te, aile arasında nişanlandılar hemen. Kıyısızlar Çay Bahçesi'nde dostlarıyla kutladılar sonra. Cem, nişanı kalabalıklara duyurmak istememişti. Bu yüzden gazetelerde haberleri çıkmamıştı; basın nasıl olsa bir şekilde öğrenirdi ama ikisi için de hiçbir önemi yoktu bunun.

Cem resitallerde video çekilmesine izin vermemişti şimdiye kadar. Dostları yalnızca fotoğraf paylaşmışlardı. Resitalde söylediği özel şarkıların kaydedilmesini ve paylaşılmasını istemiyordu çünkü. Nitekim bir kişi bile onun bu ricasını kırmamış, Kıyısızlar Çay Bahçesi resitallerinin mahremiyetini zedelememişlerdi. Şimdi şarkılarını bir albümde toplayacak ve sevenleriyle paylaşacaktı.

Merve'nin tezini bitirmesiyle, Cem'in albümünü tamamlaması aşağı yukarı aynı döneme denk geldi. İkisinin de projeleri hazırdı artık. Cem tamamladığı albümünü çıkaracak, Merve de büyük bir titizlikle kaleme aldığı tezini teslim edecek, sonrasında hiç beklemeden evleneceklerdi.

Hayranlarının uzun zamandır merakla beklediği albümün yakında piyasaya çıkacağı haberi duyulmuştu bile. *Kıyısızlar* albümü görücüye çıktığı andan itibaren büyük ilgi gördü. Cem'in yeni şarkıları her yerde çalınıyordu. Kısa zamanda dillere de gönüllere de yerleşti. Bazı şarkılar, sahiplerini kendi seçiyordu.

-6-

Ağustos

Selim yine iş seyahatine çıkmış, bir haftadır göremediği ailesi burnunda tüter olmuştu artık. Hafta sonunu karısıyla ve çocuklarıyla baş başa geçirecek olmanın heyecanıyla evine dönüyordu şimdi. Bu kez öyle çok özlemişti ki onları, gaz pedalını köklemek, uçarak gitmek istiyordu yanlarına.

Hırslı bir adam değildi ama çok çalışkandı ve elinden gelenin en iyisini yapardı Selim. Büyük planlarını küçük insanların bozmasına izin vermezdi. Bazı konularda gayet katıydı. "İyiliğin değerini bilmeyene iyilik etmeye gerek yoktur" derdi her zaman. Ona kötülük edenlere ettiği en büyük bedduası "Dilerim bir gün kendi kâbusunu yaşar" demek olurdu. Kimseye kin tutmazdı. Birileri ayağını kaydırmaya kalktığında bunu hemen sezerdi. Bukre, bunu nasıl anladığını sorduğunda "Birileri seni beğenmemeye başlamışsa artık onların işine gelmiyorsun demektir" derdi Selim. Bu sayede kariyer basamaklarını sağlam tırmanmıştı. Hisleri kuvvetliydi. Çok kitap okurdu. Bilge bir kişiliğe sahip olmanın tek doğru yolunun kitap okumaktan geçtiğini iyi bilirdi. Bukre'ye de sıklıkla kitap hediye eder ve okumasını isterdi. Bukre için kocasının ona aldığı kitaplar çok değerliydi.

Mutlaka okuyup bitirir sonrasında kitap hakkında kocasıyla konuşur, birlikte yorumlar yaparlardı. "Kitap okuyarak kültürlü biri olabilirsin ama edindiğin kültüre uygun yaşamıyorsan sıradan birisindir" diyen kocasının bu fikrine tamamen katılıyordu.

Bukre için Selim'in bu sözü adeta bir yaşam düsturuydu. Selim kendini öyle iyi yetiştirmişti ki cahillerle tartışmaz, kimseye bilgelik taslamazdı. Bukre kaybettikleri için üzülmemeyi de yine Selim'den öğrenmişti. Arada bir Selim'in çalışma masasındaki panoya astığı, Tom Robbins'in bir sözünü okur, güç alırdı: *"Doğru bildiğin şeyleri yapman yüzünden kaybettiğin biri varsa, kaybedilmeyi hak etmiştir."*

Bukre bu sözü okuduktan sonra kaybettikleri için üzüntü duymaktan vazgeçmişti. Kalbini yatıştırmayı öğrenmişti. İnsanın kaybetmek uğruna da olsa doğru bildiği gerçeklerden şaşmaması gerekirdi. "Bazı gerçekler acıdır ama hiçbir zaman yalanlar kadar acıtmaz..." diye düşünürdü. Selim de Bukre'nin bu sözünü şiar edinmişti kendine. İkisi de kitap okudukça ruhlarını besliyorlar ve daha mutlu insanlar oluyorlardı.

Evliliklerinin ilk yıllarında çok zorluklar çekmişlerdi. Çocuklar doğunca Selim daha fazla çalışması gerektiğinin farkına varmıştı. Gece gündüz çalışıyordu, Bukre'den ve çocuklardan ayrı kalmak dışında hiçbir şeyi dert etmiyordu kendine. Sonrasında birden bir rüzgâr esti hayatlarında ve Selim işinde hızla yükseldi. Yoksullukları sona ermişti ama birbirlerine olan hasretleri bitmemişti.

Selim çocuklarından ayrı kalmamak için bir ara gezi rehberliğine dönmeyi bile düşünmeye başlamıştı ki denetlemeye gittiği son otelden ayrılırken hiç beklemediği bir haber aldı. Şirketinin genel müdürü istifa etmiş ve iki genel müdür yardımcısından birini de yanına alarak başka bir şirkete transfer olmuştu.

Selim'i arayıp yanına çağırmıştı. Şirketin yönetim kuruluna, yeni genel müdür olarak Selim'i tavsiye etmiş, yerini ona bırakmak istemişti.

Kulaklarına inanamamıştı Selim. Başına talih kuşu konmuştu. Bundan sonra hep İstanbul'da olacak, otelleri denetlemek için sürekli seyahate çıkmak zorunda kalmayacaktı. Her zaman ailesiyle birlikte ve evinde olacaktı. Karısı ve çocukları için kariyerinin ilk yıllarına geri dönmeye razı olmuştu ki, artık zirveye tırmanıyordu Selim. Bu haberi bir an evvel Bukre'ye vermek için sabırsızlanıyordu yolda. Çok sevinçliydi. "Kimin duasını aldım acaba?" diyordu içinden. Radyoyu açtı keyifle. Cem'in yeni şarkısı çalıyordu.

Bukre de aynı radyo kanalını dinliyordu o sırada. Mutfakta iş yaparken müzik dinlemeye bayılırdı. Çoğu zaman Cem'in şarkılarına denk gelir, her birinin kendisi için yazılmış olduğunu anlardı. Yine de o şarkıların hiçbiri, Bukre'nin yüzünde masum bir tebessüm oluşturmaktan öteye geçmezdi. Ne çok mutlu eder ne de üzerdi. Fakat bu yeni şarkısı bambaşkaydı, çok güzeldi. Bukre, gururla dinledi şarkıyı. Pürüzsüz, tertemiz bir besteydi. Cem hiç olmadığı kadar yumuşacık bir tonla söylüyor, adeta mırıldanıyordu şarkıyı, kimseye duyurmak istemezmiş gibi... Bukre, mutfaktaki işini bırakıp oturdu masaya. Cem'in sesi susuncaya kadar keyifle dinledi.

Şarkı bittiğindeyse Selim'i aramak istedi hemen. Tam bu sırada çaldı telefonu, Selim arıyordu. Zaten hep böyle olurdu. Ne vakit onu aramak istese, Selim önce davranır, arardı karısını. Bazen tam tersi de olurdu. Selim karısını aramayı düşünürken Bukre arayıverirdi.

"Sana iki müjdem var yavru kuşum" dedi Selim.

"Öyle mi? Peki neymiş onlar kuzu?" diye karşılık verdi Bukre heyecanla.

"Birincisi, yola çıktım. Geliyorum."

"Gel kuzu gel. Çok özledik seni."

"Ben de sizi çok özledim yavru kuşum. Keşke kanatlarım olsa, uçarak gelsem."

"Öteki müjde ne kuzu?"

"Onu gelince söylerim."

"Aaa... Oldu mu ama şimdi? Sen gelene kadar merak edeceğim."

"Kusura bakma, söylemek için sabırsızlanıyorum ama telefonda söylemem. Müjdeyi verdiğimde yüzünü görmek istiyorum."

"Bari ipucu ver."

"Peki... Nasıl bir ipucu versem acaba? Eee... Hayatta başıma gelen en güzel şey sendin. Beni en mutlu eden şeyse seninle evlenmek oldu. Arkasından Buse'yle Emre'nin dünyaya gelmesi... Sanırım en sonuncusu da bu..."

"Ah Selim" dedi Bukre. İyice meraklanmıştı şimdi. "Söyler misin lütfen. Çok heyecanlandım."

"Ne güzel işte" dedi Selim gülümseyerek. "Demek ki başarmışım. Duyunca aklın başından gidecek."

"Bak sen... Öyle mi kuzu? Senin aklın gitti mi peki?"

"Gitti tabii."

"Hımmm... Bir bakayım gerçekten öyle mi? Çocuklara hediye aldın mı? Senden hediye bekliyorlar."

"Hah. İyi ki hatırlattın. Yoldan alırım."

"İşte şimdi gerçekten çok merak ettim. Neymiş aklını başından alan müjde?"

"Hayatımız değişecek yavru kuşum. Öptüm seni."

***

Selim, yolunun üstündeki bir konaklama tesisine girdi telefondan sonra. Çocuklarına ve karısına hediye alacaktı. Bir de keyif çayı içip yoluna devam edecekti. Arabasını park etmiş, hızla markete doğru yürüyordu ki arkasından birinin kendisine seslendiğini duydu:

"Selim! Selim!"

Selim, seslenen kişiyi görünce çok şaşırdı. Hiç beklenmedik bir karşılaşmaydı bu. Cem, elini havaya kaldırmış Selim'e doğru geliyordu. Onca yıldan sonra tam da yeni şarkısını dinlemiş olmasının üstüne karşılaşmaları hayrete düşürdü Selim'i.

Cem, gülümseyerek hızlı adımlarla yaklaşıyordu yanına. Bunca yılın ve yaşananların ardından sanki "Hadi her şeyi unutalım. Bak sana gülümsüyorum" der gibiydi. Kısa bir şaşkınlığın ardından kendini toparladı Selim. "Merhaba Cem" dedi gülümseyerek.

Aslında Cem de tedirgindi seslenirken. Selim'in ona nasıl yaklaşacağını bilemediğinden, çekinmişti biraz. Ne var ki, gülümsediğini görünce içi ferahladı. Selim belki de hiç sevmiyordu Cem'i. Belki hâlâ kızgındı. Nereden bilebilirdi ki bunu? Neyse ki Selim kötü günlerin, zor şeylerin anılarını içinde taze tutarak kendini öfkeyle besleyen bir adam değildi. Kin tutacak kadar sıradanlaşmıyordu. Zaten onca yıl içinde ikisi de büyümüş, olgunlaşmışlardı. Liseli gençler gibi kavgaya tutuşacak halleri yoktu. Olsa olsa iki medeni insan gibi konuşacak, birbirlerine hal hatır soracaklardı.

"Merhaba Selim" dedi Cem elini uzatarak. "Seni görmek ne güzel."

Birbirlerinin elini sıktılar içtenlikle. Ne söyleyeceğini bilemediği halde, Selim'le konuşabilmeyi çok istiyordu Cem. Kısacık bir duraksamanın ardından "Az önce yeni şarkını dinledim" dedi Selim. "Çok güzeldi. Seni tebrik ederim. Yüreğine sağlık."

Cem, işittiği bu samimi sözlerden sonra kendini daha da rahatlamış hissetti.

"Çok teşekkür ederim Selim" dedi. "Asıl senin yüreğine sağlık. Sen ne kadar temiz bir insansın. Senin kadar yüce gönüllü olmayı çok isterdim."

Cem'in bu mütevazı sözleri şaşırtmıştı Selim'i. Belli ki araya giren uzun yıllar içinde çok değişmişti Cem. Şarkılarını dinlerken bile fark edilebiliyordu aslında Cem'in on altı yıl boyunca ne kadar derinleştiği, olgunlaştığı ve en önemlisi de sakinleştiği... Onun bu sıcak yaklaşımı Selim için beklenmedik bir şeydi, mutlaka bir nedeni olmalıydı. Belki de sadece kabahatini affettirmek için sergilediği bir incelikti bu.

"İlahi Cem!" dedi Selim. "Nereden çıktı bu sözler şimdi?"

"Kayıp bir mektuptan çıktı Selim. Sana anlatmayı çok isterim. Vaktin var mı? Oturup bir çay içelim mi? Sen çaya kolay kolay hayır diyemezsin biliyorum. Ve gerçek tiryakiler gibi şekersiz içersin..."

"Unutmamış olmana şaşırdım gerçekten."

"Zaman bazı şeyleri ters işliyor insan zihnine. Unutmak yerine daha çok kazınıyor hafızaya."

Selim bu sözlerin içinde örtülü anlamlar arayacak gibi oldu önce. Eskiye dair bir şeyler mi ima etmişti Cem? Bilemedi... Yüzü asılır gibi oldu bir an ama Cem'in yüzündeki içtenlikli tebessümü görünce bu düşünceden uzaklaştırdı kendini. Gerçekten de Cem'in eski günleri anımsatmak ya da eskilere gönderme yapmak gibi bir niyeti yoktu. Selim'in çay içme alışkanlığını hatırladığını ifade etmek istemişti sadece, hepsi bu...

"Aynen öyle" dedi Selim. "Ben de çay molası vermiştim zaten. Çocuklara hediye alacaktım. Tevafuk oldu."

Cem'in yüzündeki olgun tebessüm, yerini çocuksu bir gülüşe bırakmıştı şimdi.

Aralarındaki bu dostça konuşmalar, ikisini de gerginlikten uzaklaştırmış ve birbirlerine daha da yakınlaştırmıştı. Heyecanla ve merakla sordu Cem.

"Kaç çocuk var?"

"İki. Buse ve Emre... Buse ilk çocuğumuz. Bu yüzden Bukre'nin ve benim isimlerimizin ilk iki harfinden oluşturduk adını. Bizim çocuklar da seni takip ediyor bu arada."

"Çocukların beni dinliyor ya, inan çok gurur duydum. Onore oldum. Bu arada Buse'nin ismi şahane bir sentez... İsimleriyle yaşasınlar. Allah analı babalı büyütsün ikisini de."

"Âmin. Sağ olasın... Sende yok değil mi çoluk çocuk? Gerçi evlenmiş olsan mutlaka öğrenirdik medyadan."

"Nasip olmadı Selim. Aşk yeni güldü yüzüme." Parmağındaki yüzüğü gösterdi Cem. "Bu yıl nişanlandım" dedi. "Ben de ileride senin gibi mükemmel bir baba olacağım inşallah."

"İnşallah Cem. İnşallah."

Birlikte bir masaya oturdular. Selim'in dostane yaklaşımı Cem'i çok mutlu etmişti. İki çay söylediler garsona. Bir süre sessizce oturdular karşılıklı. Ne diyeceklerini, nereden başlayacaklarını bilemiyor gibiydiler. Cem, Merve'yle tertemiz bir sayfa açmıştı hayatında ama birazdan eski bir defteri kapatacaktı. Elinden geldiği, dilinin yettiği kadar... Çayları geldiğinde hâlâ susuyorlardı. Bir yudum aldıktan sonra kendini biraz toparlayarak Bukre'yi sordu Cem.

"Bukre nasıl?" dedi. "İyi mi?"

Bukre'den bahsederken çekindi ama sormaması abes olurdu. Neyse ki Selim içtenlikle cevap verdi.

"Çok iyi" dedi. "Halinden memnun. Çocuklarımızı büyütüyoruz, mutlu mesut yaşayıp gidiyoruz işte."

"Ben sizin mutluluğunuz için çok dua ettim Selim. Yerden göğe kadar hak ediyordunuz mutlu olmayı. O yıllarda ben kör gibiydim."

Bir an günah çıkarıyormuş gibi hissetti Cem. İçi burkuldu. Şükür ki Selim ona kendini daha da kötü hissettirecek şeyler söylemedi. Babacan ve dostane tavırlarla, ruhunu okşayacak sözlerle karşılık veriyordu. Selim'in gerçekten ince ruhlu ve düşünceli bir adam olduğunu düşünüyordu Cem. İyi bir adamdı ve belki de Bukre, bu güzel adamla değil de kendisiyle evlenmiş olsaydı eğer, bu kadar mutlu bir kadın olamayabilirdi. Bukre'nin, çocukluk arkadaşı Selim'le evlenmiş olmasının doğru bir karar olduğunu bir kez daha anladı Cem.

"Hızlı yaşamak kör eder insanı" dedi Selim. "Sadece kendi yoluna odaklanırsın. Etrafını göremezsin."

"Haklısın" dedi Cem. "Çok haklısın... Tıpkı dediğin gibi oldu... Kim karşıma çıksa ezip geçecek kadar hızlı yaşıyordum. Bana yakışmayan hatalar yaptım. Bedelini de en ağır şekilde ödedim. Bana doğru yolu gösteren ne oldu biliyor musun?"

"Ne oldu?"

"Senin mektubun."

"Mektup mu? Ne mektubu ya?"

"Bukre'ye yazdığın mektubu o gün Eyüp Sultan Camii avlusunda kader rüzgârı uçurup bana getirdi Selim. Öyle diyelim."

"O gün sen oraya gelmiş miydin?"

"Evet oradaydım. O anı gördüm. Her saniyesini hatırlıyorum. Daha doğrusu hiç unutmadım... Neyse işte... O mektup bana bir hayat dersi oldu. Senin gibi sevebilmek istedim. Kaç kere okuduğumu hiç bilmiyorum. Saklıyorum o mektubu. Size geri vermek için. Keşke yanımda olsaydı."

Selim de o güne geri dönmüştü şimdi. Sahiden de o gün yok olmuştu mektup ama Bukre'yi getirmişti ona. Hem çok şaşırdı Selim, hem de çok mutlu oldu.

"Ah! O mektup" dedi başını sallayarak. "Benim için çok büyük bir değeri vardı gerçekten. Demek şimdi sende... Mektubun sana doğru yolu buldurmasına sevindim. Ama sen de biliyorsun ki doğru yolu bulmak yetmez, o yolda doğru yürümeyi bilmektir asıl mesele. Gördüğüm kadarıyla sen sadece doğru yolu bulmamışsın o yolda doğru ilerleyebilmeyi de öğrenmişsin. Buna daha fazla sevindim inan. Vay be! Kadere bak. Nereden nereye sürükledi bizi. Sende olmasına çok sevindim. Keşke yanında olsaydı şimdi. Neyse artık sonra verirsin... Ya da gönderirsin. Bukre de çok sevinir. İnanamaz buna. Doğrusu, ben de şaştım kaldım."

"Yıllar sonra gerçek aşkı buldum Selim. Sen ta çocukken bulmuşsun, benim çektiklerimi bilemezsin. Tek tesellim kaybettiklerimin bana çok şey öğretmiş olması... Şükür çok mutluyum şimdi. Nişanlımı çok seviyorum, sevginin değerini iyi biliyorum. Senin sayende öğrendim Selim."

"Teşekkür ederim. Çok naziksin. Evet, insanın kazandıkları kadar kaybettikleri de önemlidir. Hatta bir insanı tanımanın yolu, kazandıklarından çok kaybettiklerine bakmaktır."

"Şu bilge kişiliğine her zaman hayran olmuşumdur. Ne mutlu senin çocuklarına... Hem iyi ve güçlü bir babaları, hem de bilge bir hocaları var. Ve tabii ki ailenin en şanslısı Bukre."

"Eyvallah... O senin güzel görüşün dostum. Sağ olasın. İçi aşkla dolu bir sürahiydim. Ve bunu hak eden birine sonuna kadar eğildim. Onun kadar ben de şanslıyım. O mektubu kaybettiği için Bukre çok üzülmüştü ama bunları bilse, boşuna üzüldüğünü anlar, çok şaşırırdı."

"Yeniden eline geçmesi hoşuna gider mi?"

"Gider tabii, gitmez olur mu? Ben de merak ettim şimdi, ne yazmışım öyle? Pek çok şeyi unuttum yazdıklarımla ilgili... Aradan çok zaman geçti ne de olsa. Ama ağlayarak yazdığımı iyi hatırlıyorum..."

"Size düğün davetiyemle birlikte göndermek isterim. Uygun olur mu? Düğünümde sizi onur konuğum olarak görmek isterim."

"Estağfurullah Cem, ne onur konuğu?... Dostların olarak geliriz. Eve gidince Bukre'ye de sorarım. Ama sen mektubu davetiyeyle birlikte gönderme. Düğünde verirsin. 'Cem'in sana bir sürprizi olacakmış' derim ben Bukre'ye..."

"Tamam. Sen nasıl istersen öyle olsun. Adresini söylesene."

"Telefonumu çaldır. Numaraları kaydedelim. Ben sana mesajla atarım."

Cem numarasını söyledi. Selim de çaldırdı. Sonra adresini mesaj olarak attı Cem'e. Adresi görünce birbirlerine yakın sayılabilecek bir mesafede oturduklarını fark etti Cem. Bunca zaman karşılaşmamış olmalarının sebebi Cem'in İstanbul'daki evini nadiren kullanıyor olmasıydı muhtemelen.

Birer çay daha söyleyip sohbet ettiler. Selim, müzik hayatını da, nişanlısını da sordu. Cem, her şeyi dürüstçe, seve seve anlattı. Geçmişte kalan bir yara usulca kapandı. Selim evden beklediklerini söyleyerek müsaade istedi. Çocuklara birer hediye alıp yola çıkacaktı.

"İzin verirsen ben alayım" dedi Cem.

Selim, çocukların şarkılarını ezbere bildiğini söylediği an onlara karşı büyük bir yakınlık hissetmişti Cem. Çocukların ikisine de hediye almak geldi içinden.

"Ben çocuklara hediye sözü verdim" dedi Selim. "Bırak sözümü tutayım. Ama sen istersen Bukre'ye bir hediye al. Ben götürür, veririm ona..."

"Nasıl istersen" dedi Cem.

Birlikte hediyelik eşya reyonuna gittiler. Selim, çocukları için güzel hediyeler seçti. Buse'ye Cem'in son albümünü alıp oracıkta Cem'e imzalatıverdi hemen. Buse buna çok sevinecekti.

"Yalnız lütfen görünmeyecek bir yere at imzanı" dedi. "Sonradan fark edip çok şaşırsın."

"Olur" dedi Cem gülümseyerek. CD kartonetinin iç kısmına imzasını attı.

Cem'i görüp tanıyanlar da ya ellerine birer CD alıp yaklaşıyorlardı yanına ya da cep telefonlarını çıkarıp birer fotoğraf çektirmeyi rica ediyorlardı. Hayranlarını geri çevirmekten hoşlanmayan Cem, seve seve karşılık veriyordu hepsine. Onun bu nezaketi Selim'in de çok hoşuna gitmişti.

Küçük oğlu için de sevdiği oyuncaklardan bir tanesini alıp hediye paketi yaptıran Selim, uçarcasına evine dönmek istediğini hissetti o an. Cem de Bukre için üzerinde kanatlı melek figürü olan küçük bir müzik kutusu alarak Selim'e emanet etti hediyesini. Birlikte dükkândan çıktılar sonra. Sarılıp helalleştiler.

"Hani bir şişeye mektup yazıp şişeyi denize atarlar ya, kimin eline geçecek bilmeden... Senin mektubun denize değil, rüzgâra bırakılmıştı. Uçup bana geldi ve hayatımı değiştirdi. Her ne kusur ettiysem, affet. Hakkını helal et" dedi Cem.

"Helal olsun" dedi Selim. "Mademki sen bizim mutluluğumuz için dua ettin, biz de sevdiğin kadınla mutlu bir ömür geçirmen için sana dua edeceğiz. Yolun açık olsun."

"Senin de yolun açık olsun."

Selim arabasına binip yuvasının yoluna koyuldu yine. Cem, tesisten çıkana kadar el salladı arkasından. Sanki aradan geçen on altı yılı uğurluyordu. Eski dostuna yeniden kavuşmuş gibi hissediyordu. Kim bilir belki de Merve'yle evlendikten sonra ailece görüşmeye devam ederlerdi.

-7-

Cem'le vedalaştıktan sonra derin düşüncelere dalmıştı Selim. Bu beklenmedik karşılaşma on altı yıl öncesine götürmüştü onu. Bukre'yle çocukluk arkadaşıydılar ne de olsa. Hayatının her anında, her zaman, hep vardı. Ama evlenmeleri, kuşkusuz ki yaşamında çok değerli bir dönüm noktasıydı. Tarifsiz bir hisle bugünün de bir dönüm noktası olduğunu düşünüyordu Selim. İşinde terfi etmiş olması sayesinde artık ailesinden hiç ayrılmayacak, hep onların yanında olacaktı. Seyahatler bitecekti artık. Yeni bir gelecekten söz edecekti ailesine. Evine varır varmaz karısına sarılıp "Hayatımız değişecek" demeye hazırlanırken, Cem'le karşılaşması yıllar öncesine alıp götürmüştü Selim'i. Geçmişle gelecek iç içe girmişti şimdi. Araba kullanırken hem gelecek güzel günlerine bakıyor, ailesine müjde götürüyordu, hem de ardında bıraktığı ömrü yeniden yaşıyordu.

Bukre'ye yazdığı mektup ikisinin de hayatını değiştirmişti. Cem de, rüzgârın sürüklediği o mektubu okuduktan sonra kendi hayatına yeni bir yön verdiğinden söz etmişti. Yazmak ne değerli bir güçtü aslında. Yazının, hayatında kapladığı büyük önemi düşündü Selim. Belki de bundan sonra vakit buldukça yazı yazmalıydı, bir şeyler karalamaya devam etmeliydi. "Bukre'ye yeniden bir aşk mektubu yazmalıyım" diye geçirdi içinden.

Cem, mektubu rüzgârın getirdiğini söylemişti ona. Yazdığı mektup gibi değil miydi sanki Selim'in de hayatı? Sürekli yollarda, ailesinden uzakta, oradan oraya savrulup durmuyor muydu? Yollar öylesine içine işlemişti ki artık "Galiba ben de rüzgâr oldum" dedi içinden. Başka şehirlerden, başka şehirlere esiyor, sonra yuvasına geri dönüyor, ailesiyle hasret gideriyor, içini dinlendiriyor, arkasından yine yollara düşüyor, yani rüzgâr gibi esmeye devam ediyordu. Başka başka yönlere...

Rüzgâr, soğuk havayla sıcak havanın yer değişmesinden kaynaklanırdı. "Demek ki benim de kaynağımda yer değiştirmek var" diye düşündü. Nereye giderse gitsin muhakkak yuvasına geri dönüyordu ama yerinde de duramıyordu işte. "Artık esmeyeceğim" dedi kendi kendine. "Ailemle birlikte kuytuya çekileceğim. Belki de benim içimdedir sıcakla soğuk... Sıcacık bir yuvam var, acaba işim mi soğuk? Sımsıcak bir kalbim var ama, neyim soğuktu ki bunca yıl kalbimin yerini aldıkça beni yollara vurdu, hasret ateşiyle yaktı kavurdu?"

Bilmiyordu bu soruların yanıtını. "Boş ver Selim" dedi kendine. "Ne de olsa artık son buldu. Bir daha esmeyeceğim... Bir daha esmeyeceğim... Bir daha esmeyeceğim..."

Eve döner dönmez karısına müjdeyi verecekti. "Artık esmeyeceğim Bukre" diyecekti. "Emekli bir rüzgâr gibi kovuğumda dinleneceğim bundan sonra." Sıkıca sarılacaktı karısına, saçlarının çiçekli kokusunu çekecekti içine. "Hasret çekerek yaşamak bitti artık" diyecekti.

Tam bu sırada telefonu çaldı Selim'in. Bukre arıyordu, açtı hemen... "Yavru kuşum" dedi tatlı bir sesle.

"Neredesin kuzu?" diye sordu Bukre.

"Yoldayım, yavru kuşum. Son yolculukta..." dedi Selim. Keyifle şiir okur gibiydi sanki...

"Son yolculuk mu? O ne demek?"

"İpucu veriyorum işte, sana güzel bir müjdem var dedim ya... Ayrıca çok şaşıracağın bir haberim de var."

"Yaklaştın mı?"

"Yolun sonundayım."

Heyecandan dört yol ağzındaki ışıkların kırmızıya döndüğünü fark etmemişti Selim. Sol taraftan hızla yaklaşan kamyondan kaçma şansı yoktu hiç. Her şey bir anda olup bitiverdi. Selim kırmızı ışığı kaçırdığı an, son hızla yaklaşan kamyonun önüne açık bir hedef gibi serildi. Kamyon, arabaya şoför mahallinden çarptığında iki araç demirden bir yumak olup metrelerce sürüklenmeye başladılar. Taklalar atarak şarampolden yuvarlandılar. Telefonun ucunda bekleyen Bukre gürültüleri işitiyor ama ne olduğunu bir türlü anlayamıyordu. Selim'in sesi kesildiğinde, kalbinin orta yerine keskin bir sancı saplandı Bukre'nin de. "Selim!" diye bağırmaya başladı ama karşılık alamadı. Çağrı sonlanmıştı artık. Üst üste defalarca aradığı halde açılmadı telefon.

Selim'in kaza yaptığını anlamıştı Bukre. Soğuk terler boşanıyordu sırtından. Göğsü daralıyor, bacakları titriyordu. Buz kesmişti elleri... Dakikalar sonra tanımadığı bir ses açtı Selim'in telefonunu.

"Aracın şoförü öldü" dedi bir solukta. Duyduklarına inanamıyordu Bukre. Dili dönmüyor, sesi çıkmıyordu bir türlü. "Emin misiniz?" diye sormak istiyordu aslında. "Nasıl oldu?" demek istiyordu. "Selim ölmez, ölemez. O bizi bırakmaz..." demeye çalıştı ama olmadı. "Selim ölemez... Bizi bırakıp hiçbir yere gidemez. Doğru değil... Bu işte bir yanlışlık var. Hayır! Hayır! Hayır! Selim ölmüş olamaz... Mümkün değil, olamaz..."

Hiçbir şey söyleyemedi ama... Bir kelime bile dökülmedi ağzından. Sözleri hapsolmuştu titreyen dudaklarının arasında. Yüreği bir orman yangınıydı şimdi...

Selim'in son sözleri kulaklarında çınlıyordu hâlâ: "Yolun sonundayım..."

Telefonun ucundaki kişi sesleniyordu Bukre'ye. "Hanımefendi" diyordu. "Hanımefendi, beni duyuyor musunuz? Orada mısınız?"

"Hayır" dedi Bukre. "Hayır..."

İsyankâr bir hayır değildi bu. "Orada mısınız?" sorusuna verdiği bir karşılıktı sadece... Bukre orada değildi çünkü... Selim yoksa, Bukre de yoktu artık... Keşke ölebilseydi o an. Selim'in peşinden gidebilseydi hemen. Kalbi nasıl dayanacaktı bu acıya? Aklı durmuş gibiydi Bukre'nin. Düşüp bayıldı oracıkta.

***

Buse ve Emre çok geçmeden salonda baygın halde yatarken buldular annelerini. Korku dolu acı çığlıklar koptu evde. Zavallılar öylesine korkmuşlardı ki annelerini yerde hareketsiz bulunca, ne yapacaklarını bilemediler bir an.

Buse, annesinin alnını ve bileklerini kolonyayla ovarken Emre de koşup komşunun zilini çaldı hemen. İki çocuk da telaşa kapılmıştı. Babalarının öldüğünden habersizlerdi henüz ama kötü bir şey olduğunu hissetmişlerdi. Annelerini ilk kez böyle görüyorlardı. O güne kadar ne babaları ne de anneleri ağır bir hastalık geçirmişti. Çaresizce telaşa kapılmaları öylesine doğaldı... İkisi de neler olduğunu anlamadığı halde hüngür hüngür ağlıyorlardı. Neyse ki komşular yardıma koştular hemen. Bukre biraz kendine gelir gibi olmuştu nihayet. Yavaşça kaldırıp yatağına taşıdılar zavallı kadını. Buse ve Emre bütün bu olanları rüyayla gerçeklik arasındaki bir şuursuzlukla yaşıyorlardı adeta. Sanki kötü bir rüyadan uyanacaklardı birazdan, bunlar gerçek gibi görünen yalanlardı sadece...

Hiçbiri gerçek değildi ama tesirliydi... Annelerinin bayılması, komşuların eve doluşması, telefonların sürekli çalıp durması, dizlerin dövülmesi, eyvahların havada asılı kalması, garip konuşmaların dönmesi... Her şey, her şey bir kâbusun içinde yaşanıyor olmalıydı.

Annelerinin neden bayıldığını soruyordu çocuklar. Bukre'nin dudakları titriyor, konuşamıyordu bir türlü. Çocuklarına babalarının öldüğünü söylemek istemiyordu. Buna henüz kendisi bile inanmamıştı ki. Selim ölemezdi çünkü... "Babanız öldü" diyemezdi bu yüzden. Selim'in artık hayatlarında olmayacağını kabullenemezdi. Bu, ölümden beter bir acı olurdu Bukre için.

İnsan, çok yakınını kaybettiğinde, onun ölümünü de, yokluğunu da öyle hemen kabullenemezdi ki. Çünkü insan canı kadar sevdiği birinin canını da kalbinde taşırdı. Kendi canını da ona katardı. Kaybettiğinin canı kendi canına hapsolmuşken, ölümünü kabul etmesi, içindeki canı inkâr etmekten farksız olurdu.

Hiç kimse canı kadar sevdiği birini kaybetmeden, ölüm denen şeyin aslında geride kalanları öldürdüğünü bilemezdi. Bukre de Selim'in ölüm haberiyle birlikte kendi ölümünün içine düşmüştü. Selim'i kaybetmek öylesine dayanılmaz bir acı veriyordu ki, onun yokluğunu kabullenebileceğine, buna dayanabileceğine ihtimal bile vermiyordu. Selim'le aralarındaki bağ çok güçlüydü. Ve şimdi o bağ ölümcül bir saflık kazanmıştı. Hangi kalbin gücü böylesine saf bir sevginin yükünü taşımaya yeterdi? Bukre, bu yükün dayanılmaz çilesine gömülmüştü işte.

Bir annenin karnında taşıdığı canı dünyaya getirmesi ona ne kadar büyük bir mutluluk veriyorsa, bir kadının canından çok sevdiği bir adamı kaybetmesi de o kadar çok acı verirdi.

Sevdiğinin canını kendi kalbinde taşımaktadır çünkü. Canından bir parçayı yaşatmaktadır yine canında. Sözün gelişi değildir yani canından can kopması.

Selim'in ruhu bedeninden ayrılmıştı belki sadece ama Bukre'nin canından can kopmaya devam ediyordu hâlâ. Doğum sancısı kadar şiddetli bir acıydı bu fakat sonunda kucağına alacağı bir cennet yerine, acı dolu bir cehennem çukuru bekliyordu onu.

Bukre iki çocuğuna sımsıkı sarılırken, bir daha babalarını hiç göremeyecekleri gerçeğini dilinin ucuna bile getirmek istemiyordu. Ne olursa olsun acısını içine atıp evlatları için güçlü görünmeliydi. Selim'in bu iki yadigârını teselli etmek zorundaydı. Çocuklar, babalarına öyle çok benziyorlardı ki, Bukre onların yüzüne baktıkça Selim'i görüyor, canı daha da beter yanıyordu. Yine de her şeye rağmen doğruyu söylemeliydi onlara.

"Babanız öldü" demeliydi. Bunu dile getirebilmek, Selim'in yokluğuna dayanmak kadar zordu. Öylesine canı tükenmişti ki Bukre'nin, masal anlatarak uykuya yatırır gibi incecik bir mırıltıyla söyledi çocuklarına babalarının öldüğünü. Üçü sarmaş dolaş, hıçkırıktan bir yumak oluverdi o an. Acının verdiği yorgunlukla uyuyakalana dek öylece ağladılar hıçkıra hıçkıra.

Komşular haber vermişti akrabalara Selim'in vefatını. Kısa zamanda eve gelmişler, her şeyi çekip çevirmişlerdi. Selim'in babasıyla Bukre'nin kardeşi gittiler kaza yerine. Hastaneden Selim'in naaşını teslim aldılar sonra. Cenaze arabasıyla camiye getirdiler ertesi gün. Bukre çocuklarının ellerini sımsıkı tutmuş bırakmıyordu. Tabuta bakmak çok ağır geliyordu ama gözlerini ayıramıyordu bir türlü.

Selim'in yüzü siyah beyaz bir surette herkesin göğsünde duruyordu. Fotoğrafını çoğaltıp yakalarına takmışlardı.

Selim'in gülümseyen yüzünü, cenaze töreninin sonuna dek taşımışlardı. Bukre'nin kalbine kılıçlar saplanıyordu sanki. Kim yanına gelse, göğsünde Selim'in gülen yüzüyle yaklaşıyordu ona. Bir tabuta, bir de insanların kalplerinde taşıdığı gülümseyen surete bakıp ağlıyordu.

Namazın ardından imam, merhumun yakınlarını helalleştirirken, Bukre'nin sinesi dağ olmuştu. Cemaatten yükselen "Helal olsun!" sesi Bukre'nin göğsüne çarpıp çarpıp yankılandı. Selim'in kefenlenmiş bedeni tabuttan çıkarılıp toprağa verilirken de, üzerine toprak atılırken de Selim'in öldüğüne inanamıyordu Bukre. Kocasının cansız bedeni toprakla örtülene kadar binlerce kere öldü. Yine de inanamadı sevdiğinin bu dünyadan göçüp gittiğine...

Son telefon konuşmalarında, Selim'in eve dönerken söylediği sözler kulağında çınlıyordu. Sesi hâlâ çok canlıydı. Hâlâ o anı yaşıyordu Bukre.

"Neredesin kuzu?"

"Yoldayım, yavru kuşum. Son yolculukta."

"Son yolculuk mu? O niye?"

"İpucu veriyorum, sana hem güzel bir müjdem var hem de çok şaşıracağın bir haberim..."

"Yaklaştın mı?"

"Yolun sonundayım."

Selim'in son sözü "Yolun sonundayım" olmuştu. Son yolculukta olduğunu söylemişti. Besbelli öleceğini hissetmişti. Ecelinin elinden tutmuştu sanki bu sözleri söylerken. Bir müjdeyle yola çıktığını, müjde getirdiğini söylemişti. Bu muydu yani Selim'in müjdesi? Selim seve seve mi teslim olmuştu ecele?

Bukre bu düşünceyle teselli bulmak isterdi elbet, Selim'in müjdesi cennetti belki de... Fakat bununla bile teselli bulmak mümkün değildi Bukre için, böyle ani ve ebedi bir ayrılığı hayatı boyunca aklından geçirmemişti.

"Ve sonsuza dek mutlu yaşadılar..." Masalların sonundaki bu cümle, Bukre'yle Selim'in evliliği üzerine söylenebilirdi ancak. Bukre onunla evlendiği gün sonsuza dek sürecek bir mutluluğa adım atmıştı. İkisi sonsuza dek mutlu olacakları bir dünya kurmuşlardı. Ama şimdi... Şimdi Bukre sonsuz bir acıyla baş başaydı.

-8-

Selim'in kaza sırasında kullandığı araba şirkete aitti. Paramparça olan araç hurdaya verilmeden evvel, bagajından çıkan bavul ve hediye paketleri araç sahibi görünen şirkete teslim edilmişti. Selim'in patronu cenazede başsağlığı dilemişti aileye, münasip bir vakitte ziyaretlerine geleceğini de söylemişti. Nitekim bir hafta sonra kapılarını çaldı. Bukre ruh gibiydi kapıyı açarken. Selim'in bavulu, telefonu ve hediye paketleri de gelmişti misafirle birlikte.

Çocuklar evde değillerdi bu sırada. Bukre çocuklarının arkadaşlarıyla vakit geçirmelerini özellikle istiyordu oyalanmaları için. Selim'in patronu hediye paketlerinin içinde olduğu çantayı uzatınca hatırladı Bukre o gün Selim'in çocuklara hediye almak için durduğunu. İçi sızladı.

Bukre, çocukların hediye beklediğini söylemeseydi Selim belki de hiç durmayacak, devam edecekti yoluna ve o kamyonla çarpışmayacaktı da. Şimdi bu hediyeler Selim'den kalan son hatıralar olarak eve gelince, kahroldu Bukre, açıp bakamadı bile. Teşekkür etti sadece. Sımsıkı sarıldı paketlere ve öylece kaldı. Dalıp gitmişti yine o feci ana. Telefonda işittiği çarpışma sesleri çınlıyordu yine kulaklarında. Bu acı sesi atmak istiyordu içinden ama olmuyordu işte. Patronun ne konuştuğunu bile duymuyordu o an.

Patron Selim'le olan güzel anılarından bahsetti bir süre. Ona ne kadar değer verdiğini söyledi. Selim'i terfi ettirdiğini, bu habere Selim'in çok sevindiğini, bundan sonra ailesinden hiç ayrılmak zorunda kalmadan çalışacağı için çok mutlu olduğunu üzülerek anlattı.

"Selim yanımdan ayrılırken tekrar tekrar teşekkür etti. Bundan sonra ailemden uzakta kalmayacağım, hayatımda ayrılık olmayacak dedi bana. Bunu söylemekle sizi daha çok üzmek istemezdim ama içimden bir ses sizinle paylaşmam gerektiğini söylüyor. Umarım acınıza acı katmadım."

"Bunları bilmiyordum" dedi Bukre. "Şimdi sizden öğrendim. Selim eve gelirken bana bir müjdesi olduğunu, ayrıca çok şaşıracağım haber getirdiğini söyledi. Ama ne olduğundan söz etmedi. Bu son yolculuk dedi. Demek müjdesi buydu kuzumun. Hiç ayrılmamaktı."

Bukre konuşmaya devam edecekti ama kendini tutamayıp ağlamaya başladı. Selim "Hiç ayrılmayacağız" derken, yavru kuşundan da, çocuklarından da kopup gidivermişti. Bukre mezara girinceye kadar ayrı kalacaklardı artık. Bu gerçeği kabullenebileceğine dair en ufak bir umudu yoktu Bukre'nin. Onsuz yaşayacağı her gün, ölüme koşar adım gitmekten farksız olacaktı.

Bukre konuşabilecek halde değildi. Selim'in patronu Bukre'yi acısıyla baş başa bırakmak üzere müsaade istedi. Son kez başsağlığı dileyip çıktı evden. Patron gittikten sonra Bukre hediyeleri pencerenin önüne koydu, açmak için çocuklarını bekledi. Paketlerin renklerinden belliydi hangi hediyenin kime alındığı... Emre için mavi, Buse için pembe, Bukre içinse mor paket... Her zaman çok özenliydi Selim. Hiçbir ayrıntıyı atlamazdı.

Çocuklar eve dönünce pencerenin önünde bekleyen paketleri fark ettiler.

Bukre "Babanızdan size kalan son hediyeler bunlar" diyemedi hemen. "Babanızın patronu ziyarete geldi" dedi önce. Çocuklar hediyelerin patrondan geldiğini düşündüler bu yüzden. Bukre için kolay olmadı işin doğrusunu anlatmak.

"Bunlar babanızdan kalan son hatıralar" dedi. "Size hediye getiriyordu. Arabanın bagajından çıkmış bunlar. Patronu getirdi bugün..."

Emre mavi paketi, Buse de pembe paketi aldı eline. Ağlayarak açtılar hediyelerini. Emre uzaktan kumandalı uçağına bakarak "Ama ben babamla birlikte uçurmak için istemiştim bunu. Şimdi nasıl uçurayım ki?" dedi hıçkırarak. Ablası ve annesi sarılarak teselli ettiler onu.

Sonra Buse açtı kendi hediye paketini. İçinden Cem'in yeni albümü çıktı. Bukre çok şaşırmıştı ama hiç yorum yapmadı, sessiz kaldı. Buse ise çok sevinmişti. Bir hevesle albümü dinlemek için CD'yi müzik setine koydu hemen. Tam play tuşuna basacakken durup annesine döndü ve "Dinleyebilir miyiz anne?" diye sorarak izin istedi.

"Tabii ki kızım" dedi Bukre.

Cem'in şarkısı çalarken Bukre'nin de Buse'nin de gözleri doldu. Emre, oyuncak uçağını eliyle uçurur gibi yaparak oynamaya başlamıştı ama yüzünde küçücük bir mutluluk belirtisi yoktu. Bukre mor paketi açınca, küçük bir müzik kutusu çıktı karşısına. Ahşap kutunun içi kadife kaplıydı, zarif bir balerin dönüyordu üzerinde. Bir de aynası vardı. Bu hediyenin ona Cem'den geldiğini bilmiyordu Bukre. Kocasının son hediyesi olarak kabul edip yatağının başucuna koydu. Her gece müzik kutusunda çalan melodiyi dinleyerek ve Selim'i özleyerek uykuya dalıyordu artık.

***

Birbirlerini çok seven insanların aralarındaki görünmez bağlar öylesine güçlüdür ki, ölüm bile ayırmaz onları aslında. Çünkü sevgiyle bağlıdırlar onlar birbirlerine. Selim artık yaşamadığı halde Bukre onun varlığını olduğu gibi hissediyordu evin içinde. Bu yüzden Selim'in öldüğünü kabul edemiyor, artık gelmeyeceğine inanmıyordu. Ne zaman telefonu çalsa, Selim arıyor sanıyordu. Ne zaman kapı çalınsa Selim geldi diye heyecana kapılıyordu. Sokaklarda her an onu görecekmiş gibi hissediyordu. Birilerini Selim'e benzetiyordu sürekli. Sonrasında hatırlıyordu Selim'in artık bu dünyada olmadığını... Sabah kahvaltısında, akşam yemeğinde alışkanlıkla masaya dört tabak koyuyor, sonra Selim'in tabağını ağlayarak kaldırıyordu. Ütü yaparken dalıp gidiyor, bazen Selim'in gardıropta beklemekten buruşmuş gömleklerinin ütüsünü tazeliyordu. Bunu fark ettiğinde hıçkırıklara boğuluyordu.

Her gün defalarca Selim'in ölüm haberini yeniden almış gibi acı duyuyordu kalbinde ve bir türlü kabullenemiyordu yokluğunu. Çocukları yatırdıktan sonra odasına çekiliyor, müzik kutusunu açıp için için ağlamaktan yorularak uykuya dalıyordu. Her geçen gün hayattan biraz daha elini etiğini çekerek koyu bir yasa bürünüyordu. Yüzü hiç gülmüyordu artık. Emre ve Buse ne yaparlarsa yapsınlar annelerinin yüzünü bir türlü güldüremiyorlardı. Başta, Bukre'nin annesi, babası ve kardeşi olmak üzere tüm tanıdıkları endişe içindeydi. Bukre'nin durumunu hiç iyi görmüyorlardı, bünyesinin bu ıstıraba dayanamayacağını düşünüyorlar, hasta olmasından korkuyorlardı.

Selim'in sosyal medya hesaplarına hâlâ mesajlar geliyordu dostlarından. Beklenmedik haberi geç öğrenenler sosyal medyadan taziyelerini bildiriyorlar, üzüntülerini ifade ediyorlardı. Selim'le ilgili güzel cümleler kuruyorlar, anılarından bahsediyorlardı.

Bu sayede Bukre için kocası hâlâ yaşamaya devam ediyordu aslında. Bukre'den uzaktayken Selim'in yaşadığı her şey şimdi Bukre'ye akıyordu ve son bulmuş bir hayat, bu şekilde yeniden can buluyordu. Bukre, yazılanları tekrar tekrar okumaktan alamıyordu kendini. Acısı katlandıkça katlanıyor, bazen kalbi sıkışıyordu.

Selim'in telefonu da hep açıktı. Şarjı bittikçe yeniden dolduruyordu Bukre. Arayanlara yanıt veriyordu. Yeni bir mesaj geldiğinde ya da telefon çaldığında kendini tutamayıp ağlıyordu. O gün yine bir mesaj gelmişti Selim'in telefonuna. Hemen açıp okudu Bukre:

"Size düğün davetiyesi gönderdim. Mutlaka bekliyoruz. Sevgiler selamlar. Cem..."

Mesajın sonunda sadece "Cem" yazıyordu. Numara da telefona Cem olarak kaydedilmişti. Soyadı yoktu. Bukre bu mesajın eski sevgilisinden gelmiş olabileceğini aklından dahi geçirmedi. Kim olduğunu bilmediği biriydi muhtemelen. Selim'in iş arkadaşlarından biri olduğunu düşünerek, üzerinde durmadı.

Selim'in telefonundan arayanlara kazayı geçiştirerek anlatıyordu Bukre. "Duyduklarımız doğru mu?" diye soranlara "Evet maalesef" diyordu ama "Selim öldü" diye yazamıyordu hiçbir mesaja. Eli gitmiyordu buna. Cem'in mesajına da "Teşekkür ederiz. Mutluluk dileriz" yazdı karşılık olarak.

Tam bu sırada kapı çalınmıştı. Apartman görevlisi ekmek ve gazete getirmişti. Evde en çok Selim okurdu gazeteleri. İş seyahatine çıktığında bile gazeteleri düzenli şekilde gelir, Bukre de onları saklardı Selim için.

Bukre, kapıdan aldığı poşeti mutfağa götürdü. Ekmeği tezgâha, gazeteyi de masaya bıraktı. Ocağa çay koyup kahvaltı hazırlamaya başladı. Bir ara gözü masaya bıraktığı gazeteye çarptı. Cem'le ilgili bir haber görmüştü. Yakında evleneceğini yazıyordu gazete. Nişanlısıyla el ele poz vermişlerdi, çok da mutlu görünüyorlardı. Ayrıca çok güzel bir kızdı nişanlısı. Gözleri ışıl ışıl parlıyordu Cem'in yanında. Bukre, kızı bir yerlerden tanıyor gibiydi sanki. Biraz daha dikkatli baktı ama çıkaramadı. Belki de tanıdığı birine benzetiyordu onu. Zaten üzerinde uzun uzun düşünecek hali de yoktu. İçinden mutluluk diledi onlara. "Allah ayırmasın" dedi. Haberin devamı iç sayfadaydı ama açıp okumadı.

Ertesi gün bir kurye çaldı kapılarını. Düğün davetiyesi getirmişti. Bukre zarfı açmadan Selim'in odasına götürdü, çalışma masasının çekmecesini açtı. Zarfı buraya bırakacak, belki de bir daha hiç açmayacaktı ama o sırada Buse girdi odaya.

"Kim geldi anne?" diye sordu.

"Kurye geldi. Düğün davetiyesi getirmiş kızım."

"Kim evleniyor?"

"Bilmiyorum. Babanın bir arkadaşı göndermiş."

Bukre'nin, bunu söylerken sesi titremişti. Buse annesinin ne kadar üzgün olduğunu biliyor, onu daha fazla üzmemek için güçlü görünmeye çalışıyordu. Arkadaşları sayesinde kabullenmişti bu ebedi ayrılığı. Kardeşine de kol kanat germiş, üzüntüsünü hafifletmek için yaşından büyük bir olgunlukla metanet göstermişti.

"Bakabilir miyim anne?" dedi Buse.

"Tabii. Al bak."

Buse zarfı açtı. Gayet şık ve zarif bir davetiyeydi. "Ne güzelmiş değil mi anne?" dedi. Üzerinde Cem'in adının yazdığını görünce ağzı açık kaldı.

"Aa! İnanmıyorum. Anne, bu şarkıcı Cem'in düğün davetiyesi" dedi. "Babamı nereden tanıyor ki?"

Bukre de çok şaşırmıştı. Davetiyeyi Buse'nin elinden alıp dikkatle baktı. Birden kafasında şimşekler çakmaya başladı. Selim'in telefonuna gelen mesajı hatırladı o an: "*Size düğün davetiyesi gönderdim. Mutlaka bekliyoruz. Sevgiler selamlar. Cem...*" Mesajın eski sevgilisi Cem'den geldiğini anlamıştı Bukre. Aklı karışmıştı iyice. Selim, Cem'le mi görüşüyordu yani? Birbirlerini arayıp mesajlaşıyorlar mıydı? Bu nasıl olur? Bukre, kızının sorduğu soruyu bile unutmuştu o sırada.

"Anne... Cem nereden tanıyor babamı dedim."

"Onlar eski arkadaş Buse."

"Sen de tanıyor musun onu?"

"Evet tanıyorum."

"Niye hiç söylemediniz?"

"Bilmem ki... Söylememişiz işte."

"Gidecek miyiz düğüne?"

"Bilmiyorum kızım. Gidemeyiz herhalde."

"Anne gidelim ne olur. Cem'le tanışmak istiyorum. Biliyorsun çok seviyorum şarkılarını."

"Bunu sonra konuşalım kızım, olur mu?"

Buse sevinçle gidip kardeşine haberi verdi. Bukre ikisinin konuşmalarını işitiyordu içeriden. Buse'yi babasının ölümünden bu yana ilk kez böylesine heyecanlı ve sevinçli görüyordu. O kadar şaşkındı ki, ne yapacağını bilemiyordu kızcağız. Sonra çocukların ikisi de annelerinin yanına gelip düğüne gitmek için can attıklarını söylediler. Gönülsüz de olsa "Peki o zaman" dedi Bukre. "Gideriz."

Sonra Selim'in telefonunu alıp odasına çekildi. Bir yandan için için ağlıyor, diğer yandan Selim ve Cem'in nasıl görüşmeye devam ettiklerini düşünüp duruyordu.

Selim bundan hiç bahsetmemişti karısına. Sorularını cevaplayabilecek tek insan Cem'di şu an. Sadece ona sorup öğrenebilirdi neler olup bittiğini. Cem'i arayacaktı. Kocasının ölüm haberini verecekti ona. Kolay olmayacaktı Cem'e söylemek fakat Buse düğüne gitmekte ısrarlı olduğu için mecburdu konuşmaya, aksi halde mesajla da bildirebilirdi Selim'in vefatını...

Cem telefonunu açar açmaz "Merhaba Selim, nasılsın dostum?" dedi.

"Merhaba Cem" dedi Bukre sesi titreyerek. "Ben Bukre... Düğün davetin için teşekkür ederiz."

Cem, çok şaşırmıştı. Bukre'nin sesini duymaya hazırlıklı değildi. Çok heyecanlanmıştı telefonun ucunda onu bulunca. Ne söyleyeceğini bilemedi bir an. Çekinerek, "Rica ederim Bukre" dedi. "Sesini duyduğuma çok sevindim. Selim'e mesaj atmıştım ama gönderdiği cevap çok açık değildi. Mutluluklar dileriz yazmıştı sadece... Gelip gelmeyeceğinizi anlayamadım. Düğüne geliyorsunuz değil mi?"

"Cem!" dedi Bukre. Duraksadı sonra, iç geçirdi. "Selim... Yani Selim... Bir trafik kazası geçirdi, onu kaybettik."

Cem'in başından aşağı kaynar sular dökülmüştü duydukları karşısında. Bir süre konuşamadı. Dili tutuldu adeta. Ne diyeceğini bilemedi.

"Şu anda ne söyleyeceğimi inan bilemiyorum Bukre" dedi birkaç saniyelik sessizlikten sonra. "Şaşkınlık içindeyim. Başınız sağ olsun. Mekânı cennet olsun. Çok üzüldüm. İnan ki çok üzüldüm. Kısa bir zaman önce karşılaşmıştık biz. Yıllar sonra onunla karşılaşmak çok iyi gelmişti bana. Hay Allah ya... Var mı sizin için yapabileceğim bir şey?"

"Yaptın bile Cem. Çocuklar davetiyeni görünce çok sevindiler. İkisi de senin hayranın.

Özellikle kızım Buse düğüne gelmek için can atıyor. Keşke mutlu haberini bu şekilde karşılamasaydık ama işte..."

"Tekrar başın sağ olsun Bukre. Beni her zaman arayabilirsin. Ne zaman, neye ihtiyacın olursa koşar gelirim. Düğüne de mutlaka gelin lütfen, çok seviniriz inan..."

"Peki... Tekrar teşekkür ederim. Haberleşiriz o zaman. Nişanlına selam söyle. Sizi tebrik ediyorum."

"Başüstüne Bukre. Allah'a emanet olun."

-9-

Selim öldüğünden beri hayalet gibiydi Bukre... Varlığı da yokluğu da fark edilmiyordu neredeyse. Bitmek tükenmek bilmeyen bir matem içindeydi. Bir yandan evlatlarını ayakta tutmak, onları teselli etmek için uğraşıyor, diğer yandan içindeki mezara gömülüp gidiyor, kopuveriyordu hayattan. Çocuklar da babalarının yokluğunu tamamen kabullenebilmiş değillerdi henüz. Gün içinde arkadaşlarıyla buluşuyorlar, iyi vakit geçiriyorlar, bir nebze de olsa hayatın akışına katılıyorlar, neşeleniyorlar, fakat babaları akıllarına geldiğinde kahroluyorlar, hıçkırıklara boğuluyorlardı. Evde neşe dolu bir gün geçirmemişlerdi hiç. Belki de bu matem yıllar yılı böyle sürüp gidecekti, kim bilir...

Yine de Cem'in düğün davetiyesi iyi gelmişti çocuklara. Heyecanlanmışlar, sevinmişlerdi. Babalarıyla Cem'in arkadaş olmasına çok şaşırmışlardı. O gün akşama kadar annelerini soru yağmuruna tuttular. Bukre elinden geldiğince geçiştiriyordu soruları... "Babanızla birlikte gittiğimiz bir gezide tanışmıştık, Cem o zamanlar ünlü değildi. Ara sıra görüşüyorduk" diye açıkladı tanışıklıklarını. Ama aklı yıllar sonra Selim'le Cem'in nerede, ne şekilde karşılaştıklarına takılıp kalmıştı. Bunu ilk fırsatta soracaktı Cem'e.

Buse, albüm kartonetini alıp Cem'in şarkı sözlerini okumaya başladı. Son sayfaya geldiğinde imzayı gördü. Albümü ilk aldığında o kadar duygulanmıştı ki, içindeki kitapçığı baştan sona incelememişti.

Normal şartlarda satır satır okurdu Cem'in albüm kapaklarını... Didik didik ederdi. Cem'in imzasını görünce fırladı yerinden. Emre'ye gösterdi hemen, sonra da annesine...

"Bak anne, bak" dedi. "Babamla görüşüyorlarmış işte. Senin haberin yok muydu bundan?"

"Yoktu kızım" dedi Bukre. "Son seyahatinde görüşmüş olabilirler belki, bilemiyorum."

"Vay canına. Cem sahiden de babamla çok yakınmış. Bunu da imzalattığına göre görüşmüşler işte..."

Çocuklar bu haberi arkadaşlarına anlattılar bir hevesle. Davetiyenin de fotoğrafını çekip gururla paylaştılar. Düğün tarihini iple çekiyorlardı artık. Fakat umduklarından çok daha erken tanıştılar Cem'le.

***

Cem, telefonda Bukre'yle yaptığı görüşmenin hemen ertesi günü çıkıp geldi eve. Bu beklenmedik ziyaret çok şaşırttı Bukre'yi. Kucağı hediye paketleriyle doluydu Cem'in. Taziye ziyaretine gelmiş, çocuklara da hediyeler getirmişti.

"Merhaba Bukre" dedi Cem. Tarifsiz bir burukluk vardı yüzünde. "Başın sağ olsun. Çok üzüldüm..."

"Merhaba Cem" dedi Bukre. Gözlerine yaş yürüdü yine. "Teşekkür ederim. Hoş geldin."

"Hoş bulduk."

İkisi de birbirlerinin yüzüne bakakaldılar bir süre. Aradan geçen on altı yılın izlerini aradılar bakışlarında. Ne çok zaman geçmiş, ne çok şey değişmişti hayatlarında. Ne eski Cem kalmıştı geriye ne de eski Bukre vardı artık. İki başka insan, iki başka kader karşı karşıya gelmişti sanki...

Bukre'yi on altı yıl önce Selim'in yanında görmüştü Cem. Arkalarında bir mektupla çekip gidiyorlardı yeni hayatlarına. Herkes kendi yeni kaderine razı olup bölünmüştü o gün. Yepyeni bir hikâye başlamıştı üçü için de... Ne yazık ki Selim yoktu artık. Bukre diğer yarısını yitirmiş, Cem'se onca zamandan sonra eksik kalan yarısına Merve'yle kavuşmuştu... Ne acıklı bir karşılaşmaydı bu!

Yıllardır yokluğunu dolduramadığı kadının karşısına şimdi eski bir dost olarak çıkmıştı Cem. İkisi de bunca zamandan sonra böylesi kederli bir karşılaşma yaşayabileceklerini akıllarından dahi geçirmezlerdi. Bu yüzden biraz çekingendi Cem. Kapıda bekliyordu hâlâ...

"Gelsene" dedi Bukre. "Buyur lütfen, geç içeri..."

"Teşekkür ederim" dedi Cem. İçeri girdi. Kapının hemen arkasında kalan dar alanda ayakkabılarını çıkarmaya çalıştı. Bukre Cem'in ceketini almak için elini uzattı. Sadece bir el alışkanlığıydı işte... Selim eve döndüğünde de önce ayakkabılarını çıkarır, Bukre kocasının ceketini alıp portmantoya asar, sonra da sarılırlardı. Ne var ki bu kez Selim değildi gelen. Eli havada kalmıştı Bukre'nin. Sessizce yutkundu. Sonra yavaşça indirdi elini. Cem fark etmemişti durumu. Ayakkabılarını çıkarırken başı öndeydi. Ancak Bukre'nin bakışlarındaki tükenmişliği ve üzüntüyü yüzüne bakar bakmaz fark etti. Görülmeyecek gibi değildi çünkü. Sonsuz ve dipsiz bir karanlığa bakıyor gibiydi.

Aslında pek değişmemiş gibiydi Bukre... Aradan onca yıl geçmesine rağmen yüzünde tek bir kırışıklık bile yoktu. Belli ki ailesiyle mutlu ve huzurlu bir hayat yaşamıştı. Saçlarının rengi farklıydı ama. Bu renk de çok yakışmıştı ona. Hâlâ çok güzeldi, hâlâ eski günlerdeki kadar genç ve tazeydi. Yüzünde asılı duran hüzün bile o dupduru güzelliğini gölgeleyemiyordu.

Ne yazık ki gözlerine yerleşmiş olan o büyük keder yaşadığı acıyı özetlemeye yetiyordu.

Antrede öylece durmuş, Bukre'ye bakıyordu Cem.

"Ceketini alayım mı?" diye sordu Bukre. "Ev sıcak."

Cem ceketini çıkarıp Bukre'ye verdi. "Sağ ol" dedi.

"Sen içeri geç otur. Çocuklar seni görünce çok şaşıracak, çok sevinecekler."

"Haber vermeden geldim, kusura bakmadın değil mi?"

"Ne kusuru canım? Olur mu öyle şey?"

Cem salona geçince gözleri etrafta dolaştı bir süre. Evin ruhunu hissetti içinde. Huzur doluydu, şefkatle bezenmişti. O kadar sessizdi ki ev, ölümün ıssızlığı iliklerine kadar işledi. Elinde hediye paketleriyle, ayakta kalmıştı. Oturamadı bir yere. Kendisine yer bulamamıştı boş salonda. Misafir gibi değil de, bir yabancı gibi hissetti kendini.

"Çocuklar evde değil mi?" diye sordu. Elindeki paketleri uzattı hafifçe.

"Evdeler" dedi Bukre. Çocuklara hediyeleri vermek istediğini anlamıştı.

Cem çocukları görmeyi çok istiyordu. Hediyelerini hemen vermeyi tercih ederdi, bu yüzden evde olmalarına sevindi. Fakat çocuklar evde olduğu halde içerinin ölümcül bir sessizliğe gömülmüş olması kalbini yaktı. Cem baba değildi henüz ve bu yüzden çocuklarla ilgili tek fikri onların bulunduğu her yerin kuş cıvıltılarıyla dolup taştığıydı. Oysa Bukre'nin çocuklarından çıt çıkmıyordu, yıllarca imrendiği bir aşkın filizleri buhar olmuştu sanki.

"Çocuklar! Misafirimiz var" diye seslendi Bukre.

Önce Emre odasından çıkıp geldi. Cem'i salonun ortasında görünce ağzı açık kaldı.

"Aaa... Abla!..." diye bağırdı.

Ardından Buse koşup geldi. Cem'i görünce o da şaşkınlıktan ne yapacağını bilemedi. Eli ayağı birbirine dolandı.

"Aaa! Cem!" diye bir çığlık attı ama gerisini getiremedi. Sonra mahcup olmuş gibi "Cem Ağabey" dedi. "Yani Cem Ağabey mi demeliyim yoksa başka bir şey mi dememi istersiniz?"

Cem, çocuklar yanına gelince üzerindeki yabancılık hissinden kurtulmuştu. İkisi de cankurtaran gibi yetişmişti imdadına. Hayat vermişlerdi bu sessiz salona.

"Nasıl isterseniz, öyle hitap edin küçükhanım" dedi Cem. "İzninle ben sana Buse demek istiyorum." Sonra Emre'ye döndü ve "Sana da Emre diyeceğim, anlaştık mı?" dedi.

Emre sessiz kaldı. Çünkü hâlâ Cem'i evde görmekten dolayı şaşkındı. Buse ise kendi ismini hayranı olduğu bir sanatçının ağzından duymuş olmanın şaşkınlığını ve mutluluğunu yaşıyordu aynı anda.

Bukre, "Oğlum, hoş geldin desene ağabeyine" diye uyardı.

Emre "Hoş geldin Cem Ağabey" dedi ve Cem'in elini öpüp başına koydu.

Cem öyle duygulandı ki, gözleri doldu. İster istemez Bukre'ye kaydı bakışları. Babası kadar terbiyeli ve güzel bir çocuktu Emre. Üstelik çok da benziyordu ona.

"Hoş bulduk Emre" dedi Cem. Sevgiyle yanaklarından öptü küçük çocuğu. Hediyesini verdi hemen. "Al, bu senin. Bakalım beğenecek misin?" dedi.

Emre "Teşekkür ederim Cem Ağabey. Niye zahmet ettin? Senin buraya gelmen bile yeter" dedi.

Bu sözlerden sonra Bukre'ye dönüp, "Selim ölmemiş ki, oğlunuzda yaşıyor işte" demeyi çok isterdi Cem ama dili varmadı bir türlü. Buse'ye hediyesini uzatarak "Bu da senin hediyen" dedi.

Buse heyecanla Cem'in yanına geldi ve hediye paketini aldı. Kendini tutamayıp boynuna sarıldı Cem'in. "Teşekkür ederim Cem Ağabey. Çok naziksin" dedi. O da Cem'in elini öpüp başına koydu. "Hoş geldin. Bizi mutlu ettin" dedi.

Bu sıcacık ilgi ve bu içtenlikli sözler ilaç gibi gelmişti Cem'e. "Sizi tanıdığıma çok memnun oldum çocuklar" dedi. "Bana gurur verdiniz..."

Bukre "Otursana Cem. Ayakta kalma. Buyur otur lütfen" diyerek koltuğu işaret etti.

Cem tam koltuğa oturuyordu ki Emre "Kanepeye otur. Ortasına otur. Yanına geleceğiz biz" diye ısrar etti.

Cem de "Peki" dedi tabii... Kanepenin ortasına oturup bekledi çocukların iki yanına gelmesini ama öyle olmadı.

Buse, "Hediyelerimizi açmak için odamıza gidip hemen sonra geleceğiz yanına Cem Ağabey" dedi. İkisi de merakla ve heyecanla gittiler odalarına. Hediyelerini görmek için sabırsızlanıyorlardı ama misafirin getirdiği hediyeyi hemen onun yanında açmak yakışık almazdı onlar için, babaları böyle öğretmişti çünkü.

Çocuklar odalarına gidince Cem ve Bukre baş başa kaldılar salonda. Cem "Allah bağışlasın Bukre. Siz ne kadar saygılı, edepli çocuklar yetiştirmişsiniz böyle" dedi.

Bukre "Tek tesellim bu Cem. Başka da teselli istemem" diye karşılık verdi iç geçirerek. "Sen dinlen, rahatına bak. Ne içersin?"

"Bir bardak su... Sonra da bir çay içerim..."

Bukre mutfağa gitti. Kısa bir süre sonra Emre ve Buse sevinçle geldiler Cem'in yanına. Hediyelerini açmışlar, çok da mutlu olmuşlardı. Cem'in iki yanına oturdular. Ona sarılıp öpücük yağmuruna tuttular. "Çok teşekkür ederiz. Çok beğendik" dediler. Sonra ardı arkası kesilmeyen sorular sormaya başladılar ona. Nişanlısı kimdi?

Nasıl âşık olmuşlardı? O neden gelmemişti? Ne zaman gelecekti?

Çocuklar magazin muhabirleri gibi sıralıyorlardı soruları peş peşe. Bukre mutfaktan duyuyordu içerideki konuşmaları. Cem yetişemiyordu çocukların sorularına. Bir süre sonra Bukre elinde bir bardak suyla salona girdi ve "Çocuklar bırakın da misafirimiz biraz nefes alsın" dedi. Bukre de uzun zaman sonra ilk kez gülümsüyordu.

Cem suyu alırken Bukre'nin gülümsediğini görünce içi ferahladı. Gelmekle iyi ettiğini anladı. Suyu bir dikişte içti.

Bukre "Bir bardak daha ister misin? Çocuklar terletiyor seni" dedi.

Cem "Sen sürahi getir, yanıma bırak" dedi gülümseyerek.

Şakalaşmışlardı. Bukre'ye bir tutam da olsa mutluluk verebildiğini hissetmişti Cem. Dünyalar onun oldu o an. Çocuklar hâlâ devam ediyorlardı magazin muhabirliğine. Soruların ardı arkası kesilmiyordu. Cem elinden geldiğince yanıt veriyordu, anlatmaya çalışıyordu ama sonunda pes etmek zorunda kaldı.

"Hep ben mi anlatacağım? Biraz da siz anlatın. Siz beni zaten tanıyorsunuz. Her şeyimi biliyorsunuz neredeyse. İzin verin, ben de sizi tanıyayım" dedi.

Bu kez Cem soruyor, çocuklar anlatıyordu. Üçü bir kanepeye sığışmışlardı. Cem ikisini iki kolunun altına almış, sarılıyordu. Bukre, onların bu halini uzaktan izlerken karmaşık duygular yaşıyordu. Koltukta çocuklarına sarılan adam, daha onlar dünyada bile yokken kendisine sarılıyordu oysa. Ona ihanetlerin en ağırını yaşatan bu adam, şu anda aldattığı kadının çocuklarıyla şakalaşıyordu. Çocuklar, hayranı oldukları, şarkılarını ezbere bildikleri bu adamı sorularıyla daha yakından tanımaya çalışırken, annelerinin onu ruhunun haritasını çıkarabilecek kadar iyi tanıdığını bilmiyorlardı.

Oradaki adam, geçmişte Bukre'nin kalbinden kendini silerken, babalarının isminin o kalbe yazılmasına vesile olan adamdı. Çocuklar bunların hiçbirini bilmiyorlardı. O adam şimdi burada, Selim'in oturduğu koltukta oturuyordu ama çocuklarının bir tanecik babası, kalbinin yörüngesi Selim yoktu yanlarında. Hayat böyle yaparak Bukre'ye ne anlatmaya çalışıyordu acaba? Aklı ve duyguları çatışıyordu sürekli.

Kısacık bir zaman dilimi içinde her şey şaşılacak bir hızla yer değiştirmişti. Ama hiçbir değişim, Selim'in ölümü kadar sarsmamıştı Bukre'yi...

Bukre çay demleninceye kadar özellikle oyalandı mutfakta, çocukları Cem'le baş başa bıraktı. Kulağı içerideydi ama. Çocukların iki lafından biri Selim'di. Varsa yoksa hep babaları... Bukre, bazı şakalarına gülümsüyor olsa da gözlerinden yaşlar süzülüyordu yine.

Buse ve Emre paylaşamamışlardı Cem'i. Acılarını biraz olsun unutmuşlardı ama. Bu da Bukre'yi memnun etti. Cem çocuklara, yanında gitarı olmadığı halde şarkılar söyledi, onlar da dilleri döndüğünce eşlik ettiler. Cem sonrasında çocukların odalarını da ziyaret etti, birlikte oyunlar oynadılar, hepsinin keyfi yerindeydi.

Bukre, çocuklarının neşeli cıvıltılarını ve Cem'le birlikte söyledikleri şarkıları dinledikçe ferahladığını hissetti. Çocukların yasa boğulmalarından, acı ve keder içinde kaybolup gitmelerinden yana kaygıları vardı hep. Neyse ki Cem iyi gelmişti hepsine. Onu takdir ediyordu, çok memnundu geldiği için. Cem aradan geçen onca zaman içinde çok olgunlaşmış, sevmeyi de sevilmeyi de hak eden bir adam olmuştu. Kalbinden iyi dilekler geçiriyordu onunla ilgili. Mutlu bir yuvası olsun, çoluk çocuğa karışsın istedi.

Cem sahne performansı yüksek bir sanatçı olmasına rağmen, iki çocukla oynamaktan yorulmuştu. Gitmeden önce Bukre'yle biraz baş başa kalıp çocukların yanında konuşamayacağı şeylerden bahsetmek istiyordu. Bu yüzden ikisini de dondurma almaya yolladı. Buse ve Emre koşarak gittiler dondurma almaya. Hem Cem'in kendi evlerinde misafir olduğunu sitedeki bütün arkadaşlarına duyurmak için can atıyorlardı zaten.

Çocuklar çıkıp da Bukre ve Cem yalnız kaldıktan sonra karşılıklı koltuklara oturup konuşmaya başladılar. Önemsiz, sıradan şeylerden bahsettiler önce. Konuşulması gereken asıl konudan önce kısa bir hazırlık süreci yaşıyor gibiydiler.

Bukre evin adresini nasıl bulduğunu sordu Cem'e. Cem, Selim'le karşılaştıkları günü anlatmaya başladı bunun üzerine. O günkü sürpriz karşılaşmayı, aralarında geçen konuşmaları, birbirlerini nasıl da güzel anladıklarını, nasıl içten helalleştiklerini anlattı uzun uzun. Selim'e nişanlısı Merve'den bahsettiğini, gerçek aşkı sonunda bulduğunu ve onu düğününe davet ettiğini söyledi. "Evinizin adresini Selim mesaj attı bana. Düğün davetiyesini göndermek için istemiştim. Zaten yakın oturuyormuşuz" dedi Cem.

Bukre, Cem'i derin bir sükûnetle dinliyordu. Gözlerine bakmıyordu, bakamıyordu... Selim'le ilgili duyduğu her sözü hafızasına kör bir jiletle kazırcasına dinliyordu çünkü. Anlatılan her anıyı bir fotoğraf karesi gibi nakşediyordu beynine. Arada soru sormak istiyordu ama boğazında düğümlenen kelimeler buna izin vermiyordu. Kısa süren sessizlikler oluyordu arada. Boşlukları "Çay ister misin?" ya da "Açsan yemek var" gibi sıradan sorularla dolduruyordu Bukre. Aslında çok şey anlatmak istiyordu ama içi öylesine doluydu ki, bu kalabalıkta hangi cümleye, ne şekilde başlayacağını bilemiyordu. Sonra yine bir sessizlik oluyordu.

Cem'in gelişi her ne kadar çocuklara neşe getirmişse de, ölüm acısının yaşandığı bir evde iki insanın suskunluğu huzursuz ve kederli bir bekleyişe dönüşüyordu.

Acı da olsa Selim'in yokluğunun Bukre'de bıraktığı yaralardan söz edeceklerdi elbette. Bukre de istiyordu aslında anlatmayı. Eskiden de çok anlatırdı Cem'e. İçini dökerdi. Cem onu hep anlardı. Hatta şimdi bile Bukre'yi yalnızca o anlayabilirdi. Çünkü Selim'i ve Bukre'yi iyi tanır, iyi bilirdi.

"Yaşadığın acının ne kadar zor bir sınav olduğunu iyi biliyorum Bukre" dedi. "Belki sana bir faydası olmaz ama yine de dinlemek isterim derdini. Belki biraz için ılır. Derdini hafifletir belki anlatmak. Ölüm acısıyla başa çıkmak kolay değildir, biliyorum."

Bukre anlatsın istiyordu içindekileri. Çünkü ancak anlatırsa rahatlayabilirdi. Bukre, derin bir iç çekişle bakışlarını kocasıyla birlikte mutlu günlerinde çekilmiş, duvarda asılı duran fotoğraflarına çevirmişti.

"Doğmak ölümün önsözüdür" dedi Bukre. "Ölümse en acı ezgi... Kalbi durduran bir şarkıdır o. Kalan içinse yarım ölmektir. Düşünsene Cem! Sonsuza kadar yanında kalacağına inandığın birini sonsuzluğa uğurluyorsun. Sıcağın gidiyor... Üşüyorsun. Yanın yanından gidiyor. Ciğerini söküyorlar kerpetenle. Birdenbire geliyor ölüm. Ansızın... Hiç düşünmediğin bir anda geliyor. Nefes alıyorsun ama aldığın o nefesin son nefes olduğunu bilmiyorsun. Ecelin ayak sesleri duyulmuyor ki... Bak! Yıkıldı işte onunla var olmanın mutluluğuyla inşa ettiğimiz kale! Acımı ağaçlara assam hepsi eğilir gider şimdi... Ne yana dönsem içimde bomboş bir salıncak sallanıyor. Bir o yana bir bu yana... Sonra... Sonra ne oluyor biliyor musun? Sekiz milyar insanın yaşadığı bu dünyada yapayalnız kalıyorsun. Durmadan ağlıyorsun.

Onsuz ağlamanın teskin edici hiçbir yanı yok ama yine de ağlıyorsun. Çünkü onunla ağlamak bile güzeldi Cem. Ama işte onsuz ağlıyorum. Ağlayınca geçecek sanıyorum ama geçmiyor! Geçmek nedir bilmiyor bu acı. Bazen alıştığını sanıyorsun ama alışamıyorsun. 'Çayın soğuyor hadi gel' diye seslenemiyorsun mutfaktan... Ama yine de o kadar bizimle ki hâlâ... Uyurken, konuşurken, gülerken, ağlarken, susarken... Hem çok uzak oluyor, hem çok yakın... Ben salondayken o mutfakta oluyor sessiz. Ben mutfağa geçince o salona gidiyor nedensiz. Sesi yok. Bedeni yok ama ruhu hep yanımızda... Gece yatağımda, gündüz aklımda... Yastığının yerini hiç değiştirmedim biliyor musun? Yastığında ondan kalan çukuru öpüp okşuyorum. O çukuru sabaha kadar kokluyorum. O kokuyu burnumda değil, ruhumda saklıyorum."

Anlatırken gözleri dolmaya başlamıştı Bukre'nin. Sesi, dudakları titriyordu. Sanki o kara günü yeniden yaşıyordu. Bir ara Cem'e baktı. Cem başını öne eğmiş, Bukre'yi dinlemeye devam ediyordu. Onun da gözleri dolmuştu. Bukre, oturduğu yerden sehpada duran çayına uzandı. Ama vazgeçti içmekten. İki elini kucağında birleştirip devam etti konuşmaya.

"Her ölüm zamansızdır özünde, biliyorum. Ve hiç kimse hazırlıklı değildir sevdiğini ebediyen görmemeye. Zaten kim hazırlıklı yakalanmış ki ölüme? O gittikten sonra her şey yavaşladı. Kalbimin atışı bile... Bu yavaşlık içinde dahi onun yokluğu ışık hızıyla akıyor. Bir şarkıya dalıyorsun misal... Sonra birdenbire o aklına geliyor. Önce onun yokluğundan uzaklaştığını, onu unuttuğunu sanıp utanıyorsun kendinden, sonra sanki o an o ölüm haberini bir kez daha almışçasına şaşkınlık hali yaşıyorsun. Kalbe dolan kuvvetli bir baskı. Acı. Az önce normal biri gibiyken, kendini öldürmek isteyen birine dönüşüyorsun yeniden. Ah Cem. Hayatı yanlış anlamışım; ölüm öğretti bana.

Bunun nasıl bir tecrübe olduğunu anlayabiliyor musun? Bir gün ben de ölüp gideceğim onun yanına... 'O da öldü' diyecekler arkamdan, sanki yaşıyormuşum gibi o olmadan..."

Cem o kadar üzgündü ki Bukre'ye yanıt veremedi. Kısa bir sessizlikten sonra acısını yutkunarak anlatmaya devam etti Bukre:

"Ölüm haberi kurşun yarası gibiydi biliyor musun? Kurşunla vurulanlar önce anlamazlarmış vurulduklarını. Mermi sesini duymazlarmış. Çünkü kurşun sesten hızlı gidermiş. Öylece kalakaldım o sesi duyduğumda. Selim'in ölüm haberi kurşun sesiydi. Vurulmuştum ama farkında değildim. Bitmedi o an, hiç bitmedi bende. Hâlâ sürüyor. O kurşun beni her saniyemde tekrar tekrar vuruyor. Telefonumda numarası var ama sesi yok. Onu bir daha hiç arayamayacağım mesela... Dönülmez yollara girenler aranmıyor bir daha. Aranılan kişiye ulaşılamıyor. Hani diyor ya Peyami Safa, 'Ölüm bir eve girince sağ kalanları da biraz öldürüyor' diye... Ölüyorsun Cem. Hem de sürekli ölüyorsun. Yokluğu o kadar hissettiriyor ki kendini... Tek başına başarabileceğini sandığın her şeyi sadece onunla başarabildiğini fark ediyorsun. Her yerde, her şeyde eksik kalıyorsun... Eksik kalıyorsun işte... Yalnızlığı yakana iliştiriyorsun..."

Cem, çok üzgündü. Ne söyleyeceğini bilemiyordu. Zaten ne söyleyebilirdi ki? Bukre'ye en iyi gelebilecek şey, birinin onu sessizce dinlemesiydi. Eski günlerden, hatta hayatında izler bırakmış olanlardan birinin onu sorgusuzca dinlemesi her şeyden iyi gelirdi. Bukre ne söylerse söylesin Cem onun içini başkalarından çok daha iyi okur, çok daha iyi anlardı. Bukre de iyi bilirdi bunu. O kadar doluydu ki Bukre, Cem'e içinde birikenlerin hepsini dökmek istiyordu.

Bukre, konuşurken arada uzaklara dalıp gidiyor, kederleniyordu. Gözleri nemleniyordu bazen. Sonra tekrar duvardaki fotoğraflara bakıyordu.

Selim'le yaptığı son telefon görüşmesinden bahsediyordu en çok. Kim olsa bundan bahsederdi zaten. Kocasından duyduğu son sesten... Çarpışma anında duyduğu o korkunç ses... Selim'in dudağından dökülen o son söz... Selim bir daha hiç ayrılmayacaklarını söylerken ecelin gelip onu nasıl elinden aldığını tekrar tekrar anlatıyordu Bukre.

Cem bir ara Bukre'nin nefesinin sıkıştığını fark etti. İçinden ona sarılıp acısını hafifletme isteği geçti ama yapamadı... "Sana su getireyim mi?" diyebildi sadece. O sırada Bukre öksürmeye başladı. Eliyle istemediğini işaret etti. Yerinden kalkıp yan odaya geçti sonra. Cem arkasından bakıyordu. Az sonra elinde hediye paketleriyle döndü Bukre. "Bak, bunları bu dünyadan göçüp gittiği gün almış. Çocuklara ve bana aldığı hediyeler. Evine getiremedi bunları kuzum" dedi. Cem, hediyeleri görür görmez hatırladı. O gün birlikte seçmişlerdi hepsini. Hediyelerin arasında Cem'in Bukre'ye aldığı müzik kutusu da vardı. Ne var ki Bukre o hediyenin kocasından geldiğini düşünüyordu hâlâ.

"Şey... Bukre... Sana nasıl söyleyeceğimi bilmiyorum ama ben bu hediyeleri biliyorum" dedi Cem.

"Nereden biliyorsun?"

"Eee... Selim'le karşılaştığımız gün alındı bu hediyeler. Ben de yanındaydım. Şu an çok garip hissediyorum kendimi inan."

"Demek o gün?"

Bukre daha da kötü hissetti kendini. Demek Selim'in öldüğü gün karşılaşmışlardı Cem'le. "Demek o gün..." dedi yutkunarak, gerisini getiremedi. Cem'in üzüntüsü daha da büyüdü içinde. Hayatının son saatlerini yaşadığından habersiz, birlikte oturup çay içtiği, sohbet ettiği adamı son gören kişiydi nihayetinde. O kadar ağır bir yüktü ki bu... Tarifsiz...

Bir insanın son saatlerinde onunla karşılıklı oturmak, son cümlelerini kurduğunu bilmeden onu dinlemek, bir daha göremeyeceğini düşünmeden onunla kucaklaşmak ama her şeyin son kez yaşandığını biliyormuşçasına helalleşmek...

Onu ölüme götüren arabaya binişini görmüştü Cem. En içten gülüşüyle el sallamıştı Selim'e... Ne acı bir yüktü bu böyle... Bir insanın sırtına vurulabilecek en ağır yük... Bundan sonra ne zaman o günü hatırlasa, hep bu yükün altında ezilecekti Cem.

Bukre, aman diler gibi bakıyordu Cem'in gözlerine. O günle ilgili bir sürü soru sormaya başladı. Nasıl karşılaştıklarını, ne konuştuklarını, Selim'in ruh halini, nasıl göründüğünü... Her şeyi tekrar tekrar dinlemek istiyordu bıkmadan usanmadan. Selim'i ölmeden önce son gören kişiden onun bu dünyadaki son saatlerini her ayrıntısına kadar bir kez daha istiyordu. Sabırla ve sükûnetle her şeyi bir kez daha anlattı Cem, içi daha da çok acıyarak... Hiçbir detayı atlamadı. Buse'nin sonradan fark etmesi için CD kartonetinin iç kısmına imza atmasını kendisinden nasıl rica ettiğini bile anlattı. Sadece kocasının ona aldığını sandığı hediyeyi aslında kendisinin aldığını gizledi Bukre'den. Büyü bozulsun istemedi. Artık anlatacakları bitmişti Cem'in.

Selim'in gülüşünü sordu bu kez Bukre:

"Yüzü gülüyor muydu peki?" dedi.

"Gülmez olur mu hiç, tabii ki gülüyordu. Selim hep gülerdi zaten bilirsin."

"Ah! Bilmez olur muyum Cem? Bilmez olur muyum? Selim, sürekli gülen gözlerle bakardı dünyaya. İnsan öleceği günü bilemediğinden son ana kadar hep güler. Ama Selim son olacağını bilse dahi yine gülen gözlerle bakardı hayata biliyorum. Hayatın, onunla ya da onsuz nasıl akıp gideceğiyle zerre kadar ilgilenmezdi. Zaten niye ilgilensin ki? Sonrası bize yüktür, ona ise kısacık bir hikâye."

Yine sustu Bukre. Aslında hem anlatmak hem de sormak istediği çok şey vardı ama hiçbir cevabın Selim'i geri getirmeyeceğini biliyordu. Bu yüzden ne sorular bir anlam taşıyordu artık ne de cevaplar. Tek gerçek vardı: Hayat devam ediyordu ve giden geri gelmiyordu... Bukre bunu da yaşayarak öğrenmişti.

"En çok da ne yakıyor canımı biliyor musun Cem?" dedi.

"Ne yakıyor Bukre?"

"Birilerinin gelip sana sürekli 'Üzülme, hayat devam ediyor' demesi yakıyor canımı. Üzülmek mi? Onlar benim kahroluşumu üzülmek sanıyorlar. Hayat devam ediyormuş! Etsin... Selim'den sonra devam eden hayat bende sürmüyor. Her şey düzelecek diyorlar. Babasız kaldıktan sonra ne düzelebilir bu evde, ne kadar düzelebilir? Geçmişler karşıma, hâlâ hayatın devam ettiğinden bahsediyorlar ve buna inanmamı bekliyorlar. Belki de haklılar. Evet! Hayat devam ediyor etmesine ama Selim gitti. Hayat duraksamadı bile. Devam etti. Yine devam edecek ama bir eksikle... Devam etmeyen hayat sadece benimki... Benim hayatım Selim'in öldüğü yerde bitti. Zaten bundan daha fazla ölemezdim ki!"

Göğsüne tarifi imkânsız bir acı oturdu Cem'in. Bir zamanlar hayat dolu olan bu kadın şimdi hayatının bittiğinden bahsediyordu. Yüreği daraldı Cem'in. Geçmişinde büyük bir aşk yaşadığı ve yaşattığı kadın, gözlerinin içine bakarak öldüğünü söylüyordu ona, hayatın kendisi için bittiğinden bahsediyordu. Bukre'nin sarf ettiği sözler zoruna gidiyordu Cem'in. Ona yarasını saracak sözler söylemek, hâlâ şu hayatta tutunabileceği dallar olduğunu anlatmak istiyordu. Derin bir nefes alıp fısıldar gibi "Ne ölüm biter ne hayat. Hangisi daha uzundur, bilinmez. Geride neler bırakır insan, sen onu anlat" dedi.

Bukre'nin hayata tutunmasına yardımcı olabilmek amacıyla söylemişti bunları ama geçmişte onu aldatan ve acıların ortasında bırakan bir adamın ağzından çıkmıştı bu sözler.

Bu durumda söyledikleri Bukre'ye ne derece tesir edebilirdi ki? Kendisi geride ne bırakmıştı ki şimdi Bukre'nin ne bırakacağını soruyordu? Hayal ve kalp kırıklığı dışında ne kalmıştı ki Cem'den geriye?

Bukre'nin geçmişte aldatılması onu yaralı bırakmıştı zaten. Şimdi ise Selim'in ölümüyle yok oluyordu. Ve tüm bu olanların sonunda Cem, ona geride ne bıraktığını soruyordu. Ne bırakacaktı ki? Bir zamanlar kendisini aldatmış bir adamın karşısında, ölen kocasının yasını tutarken çektiği ıstırapları anlatıyor olmanın âcizliğini mi, yoksa onu aldatan eski sevgilisinin, şimdi onu teselli etmek zorunda kalışının verdiği ezikliği mi? Hangisini?

Neyse ki Bukre geçmişin kırık cam parçalarını ağzına doldurarak konuşup karşısındakinden çok kendini kanatacak insanlardan değildi. Hele ki şu durumda sonunun nereye gidebileceği düşünülmeden sarf edilmiş bir söze karşılık verip de yasına ihanet edecek de değildi. Üstelik Cem'in kendi söylediği sözlerin altında ezildiğinin de farkındaydı. Bunları duymamış gibi yapıp acısını anlatmaya devam etmesi Cem açısından en iyisi olacaktı ki Bukre de öyle yaptı. Kırık ve yıkılmış bir kalbi olduğu kadar, şimdi farkında olamasa da ileride daha iyi fark edeceği inançlı bir dirayeti de vardı.

"Her ne kadar hayatım bitti desem de gerçekte hâlâ hayattayım Cem. Şöyle demek daha doğru olur aslında. Hayatta kalmadım ben. Hayatta kalakaldım! Onsuz... Soranlara zor da olsa iyiyim diyebiliyorum. 'Hiçbir şeyim yok. İyiyim ben...' Ah Cem! Hiçbir şeyi olmayan biri nasıl iyi olabilir? Selim'den sonra, hiçbir şeyim yok benim. 'İyiyim' demem yalan, 'Hiçbir şeyim yok' demem doğru."

"Öyle deme Bukre. Çocukların var. Onlar sana Selim'den kalan en değerli miras. Tutunabileceğin yegâne dal...

İkisi de pırlanta gibi. Adı üstünde evlat onlar, evlat... Hayatla kopan bağlarımızı onlar bağlar."

Uzaklara dalmıştı Bukre'nin bakışları. Yaşadığı acının içinde fark etmese de onu ayakta tutan en önemli değerlerin başında çocuklarının geldiğini düşündü. Onların küçük kalplerinin ne denli büyük bir acıyla mücadele ettiğini fark etti bir an. Babasız kalmanın onlar için ne anlama geldiğini düşündü. Emre'nin daha geçen gün ablası Buse'ye sorduğu bir sorunun ardından Buse'nin "Dur bir babama sorayım" dedikten sonra ne kadar çok ağladığı geldi aklına. Bazı alışkanlıklar değişmiyordu çünkü. Evdeki en önemli karar mercileri babaları olmuştu her zaman. Her şey ona sorulurdu. Onun onayı alınmadan karar verilmezdi. Tıpkı annesi gibi Buse de her sorununda babasına danışırdı. O gün de geçmişten kalan bir alışkanlıkla "Dur bir babama sorayım" demişti Buse farkında olmadan, sonra bir an duraksayıp artık bir babasının olmadığını hatırlayıp gözyaşlarına boğulmuştu. Emre de ablasına sarılarak "Ağlama abla. Sen ağlayınca annem de ağlıyor. Ben de ağlıyorum" demişti. Bukre koşup yanlarına gitmiş, çocuklarına sıkıca sarılmış, birlikte dakikalarca gözyaşı dökmüşlerdi. O anı şimdi tekrar yaşıyordu Bukre ama Cem'e söz etmedi bundan.

"Evet haklısın. İnsanın böyle zamanlarda en büyük dayanağı çocukları oluyor. Ama onlar için de ayrı üzülüyor insan. Bir yandan acı çekerken diğer yandan acını pay ediyorsun. Buse acısını çok derin yaşıyor Cem. Emre desen çok küçük yaşta tanıştı baba acısıyla. İnsanın hayatındaki baba varlığının nasıl bir şey olduğunu fazla tecrübe edemedi ama yokluğunun ne demek olduğunu hep bilecek. Bunları düşününce zor oluyor katlanmak ama bir taraftan da dayanma gücün artıyor. Bazı acılar insanı daha fazla direnmeye zorluyor.

Selim'i çok özlüyoruz. Her sabah biz uyanıyoruz ama o uyanmıyor. Ölen bir daha geri dönmüyor, kalanlar yaşadığı sürece sürekli ölüyor. Biz bunu her sabah yaşıyoruz. Bir çocuğun babasız büyümesi kürekleri suya düşmüş bir kayıkla, okyanus ortasında tek başına kalması gibidir. Şimdi ben bu iki yetime nasıl kürek olayım? Kaldı ki artık benim gemim de su alıyor ve sığınacak hiçbir limanım yok. Beni kocaman bir denizin ortasında yapayalnız bırakıp gitti Selim. Son kulaçlarımı atıyorum. Can simidim de oydu benim, gemim de... Şimdi hiçbir şeyim yok! Ölümüm onun ölümüyle başladı Cem."

"Belki sana sığınacak bir liman olamam. Buna hakkım da yok biliyorum ama belki bir gün seni sığınacağın limana sürükleyen bir dalga olurum Bukre. Yeter ki sen kendini koyuverme. Tutunmaya çalış. Ne sen dünyanın eşsiz kalan ilk kadınısın ne de onlar yetim kalan son çocuklar... Anne ve babalarımız yaşadığı sürece bizler hep çocuğuzdur zaten. Kırk yaşına gelsek de çocuğuzdur. Ne zaman ki onlardan biri ölür, işte o zaman büyürüz. Buse ile Emre şimdi daha erken büyüyecek. Ve sen buna şahitlik edeceksin. Onları yalnız bırakmaya hakkın yok. Lütfen bırakma kendini. Sana yalvarıyorum Bukre."

Cem'in sözleri Bukre'nin bir kere daha kendini sorgulamasına sebep oldu. Cem, eskisinden çok daha anlayışlı ve düşünceli bir adama dönüşmüştü. Bukre'nin acısını ta içinden hissediyor ve ona bir şey olmasın diye çırpınıp duruyordu. Bu çabayı görmezden gelemezdi. Karşısında yaşlı gözlerle onun yaşama tutunması için çabalayan bir adam vardı. Ve bu adam, o eski hercai adam değildi artık.

"Şimdi soruyorum sana Cem" dedi Bukre. "Bir aileden baba çıkınca ne kalır geriye? Bana göre hiç! Ama söylediklerinde haklısın. Çocuklarım için başaracağım. Kolay olmayacak biliyorum. Yaslandığın dağ yıkılınca tek başına ayakta kalıyorsun.

Sonra en küçük rüzgârda devriliyorsun. Zamanla bu da düzelecek belki, bilmiyorum. Çünkü zamanla ölüme alışıyorsun. Sonrasında çok ağlamıyorsun. Çünkü acıyı hayata yayıyorsun. Bilmiyorum Cem. Tek bildiğim, bilmediğim çok şeyin olduğu. Ölmek ne demek bilmiyorum ama geride kalmanın ne demek olduğunu çok iyi öğrendim. Mutlaka tutunacağım bir dal, sığınacağım bir liman vardır. Olmadı hatıralara sarılırım. Giden Selim olsa da eksilen biz olduk sonunda. Ama dediğim gibi, sığınacak anılarımız var bizim. Anılar ki kalanı gidenden ayırmaz der tutunurum onlara. Belki bundan sonra gözümü yumarak yürüyeceğim hayatın payıma düşen yollarında. Nasılsa her yer karanlık onun gidişinin ardından diyeceğim. Ama yine de yürüyeceğim. Çocuklarım için, kendim için..."

"En çok da Selim için yürümelisin Bukre. Ondan sana kalan hatıralar için yürümelisin. Eğer bir yerlerden sana seslenme şansı olsaydı, emin ol o da böyle olmanı isterdi. Güçlü ve dimdik! Tam da Selim gibi bir babanın karısına yakışacağı gibi... Çünkü o seni çok güzel sevdi. Bir adam bir kadını ancak bu kadar güzel sevebilirdi..."

İkisinin de gözleri ıslaktı. İkisi de aynı anda hareketlenerek birbirlerine sarıldılar. Bukre, Cem'in böylesine iyi ve güzel yönde değişmiş olmasına çok sevinmişti. Geçmişinde onu yaralayan adam şimdi gelip yaralarını sarmaya çalışıyordu. Hayatın garip cilvelerinden birini daha yaşıyorlardı işte. Bir süre birbirlerine sarılıp kaldılar. Bu sırada kalbinde derin bir ağrı hissetti Bukre. "Galiba kalbim ölüyor Cem" dedi sonra.

Tam o anda çocuklar ellerinde dondurmalarla geldiler eve. Buse annesinin söylediği son sözü işitmişti ama ne demek istediğini soramamıştı. Bukre ve Cem toparlandılar hemen. Gözlerindeki yaşlara rağmen gülümsüyordu Bukre. "Nerede kaldınız kankalarım?" dedi Cem, tatlı bir tebessümle.

Buse ve Emre'nin çok hoşuna gitmişti bu hitap. Cem'e daha ilk günden çok alışmışlar, çok da sevmişlerdi.

Cem artık gitmek zorunda olduğunu söyleyip ayaklandı ama çocuklar buna izin verecek gibi görünmüyorlardı. "Gitme" dercesine baktılar Cem'in yüzüne. Cem, Buse'ye dönerek "Size gitarımla şarkılar söyleyecektim ama önemli bir sorunum var" dedi. Buse de "Yanında gitarın yok" diye tamamladı Cem'in cümlesini. "Evet! Bugün gitarım olmadan söyledim ama bir dahaki gelişimde gitarımla gelip size küçük bir konser vereceğim, söz..."

Çocuklar çok heyecanlanmışlardı yine. "Ne, konser mi?" diyerek uçtular havalara. Buse'nin gözleri kocaman açılmıştı duyduklarına inanamamış gibi. "Peki, arkadaşlarımızı da çağırabilir miyiz?" diye sordu Emre. Buse, Cem'e çaktırmamaya çalışarak bir çimdik attı kardeşine. Cem, çimdiği fark edip gülümsedi. "Tabii ki çağırabilirsiniz. Ama onlar bilete tabi" dedi. Kapıda vedalaşırlarken "Bu durumda seni düğünden önce görebileceğiz Cem Ağabey öyle değil mi?" diye sordu Buse. "Tabii ki" dedi Cem. "Beni istediğiniz her an görebilirsiniz. Nasıl mı? Şöyle... Şimdi Buse'ye telefon numaramı vereceğim. Dilediğiniz zaman beni arayabileceksiniz." Buse çığlık atmamak için kendini zor tuttu. "Görüntülü de konuşabilir miyiz?" diye sordu hemen. "Elbette konuşuruz" dedi Cem. Emre'ye dönerek "Eğer geceleri uyku tutmazsa ablanın telefonundan hemen beni arıyorsun. Ben de sana daha önce hiç duymadığın masallar anlatıyorum tamam mı?" dedi. Emre'nin yüzünde güller açıyordu. "Sahiden mi Cem Ağabey?" dedi. "Yedi-yirmi dört arayabileceğiniz hem masalcı, hem şarkıcı, hem de şakacı tek ünlü arkadaşınız benim bundan sonra anlaştık mı?" diye cevap verdi Cem ona.

Çocukların mutlu cıvıltıları eşliğinde uğurladılar Cem'i. Bu buluşma hepsine çok iyi gelmişti.

Çocukların yüzü gülüyordu nihayet. Bukre de korkmadan yaslanabileceği güçlü bir dağ olarak görmeye başlamıştı Cem'i. Bugün Cem'le yeniden tanışmıştı adeta. Geride ne bir sitem ne de bir kalp kırıklığı kalmıştı...

***

Cem, verdiği sözlerin hepsini tutmuştu. İki hafta boyunca her gün çocukları aramış, bazen görüntülü konuşmuş, bazen masal anlatmış, bazen küçük konserler vermişti onlara. Buse, babasının son görüştüğü kişinin Cem olduğunu annesinden öğrenince her gece Cem'e babasının o son gününü sormuştu. Cem de bıkmadan defalarca anlatmıştı o gün olanları. Her fırsatta hep birlikte Selim'in mezarını ziyarete gitmişlerdi. Cem, bu süreçte Bukre'yle de sıkça konuşup moralini yüksek tutmaya çalışmıştı. Onun bu moral desteği hepsine çok iyi geliyordu kuşkusuz. İzmir'deki cumartesi resitallerini de ihmal etmeyen Cem, sürekli seyahat etmek zorunda kaldığı için yorulsa da ilgisini eksik etmiyordu onlardan.

Bugün de özel bir gün planlamıştı Bukre ve çocukları için... Şık bir restoranda birlikte yemek yiyecekler, sonrasında da sinemaya gideceklerdi. Buse, Cem Ağabey'inin arabasını kapının önünde görür görmez heyecandan havalara uçtu yine, hemen koşup annesine haber verdi.

"Anne Cem Ağabey geldi!" diye bağırdı.

"Tamam kızım sakin ol. Dünden beri için içine sığmıyor zaten."

"Anne okulda arkadaşlarıma bugün çekeceğimiz fotoğrafları göstereceğim. Kimse inanmıyor."

"Cem Ağabey'ine vereceğin şeyi yanına almayı unutmadın değil mi?"

"Hiç unutur muyum anne? Geceden hazırladım."

"Tamam o zaman. Hadi Emre'yi de al inelim. Bekletmeyelim Cem Ağabey'ini."

Çabucak hazırlanıp indiler aşağı. Cem yine bir dolu hediye getirmişti yanında. İnceliğiyle herkesin kalbini fethetmişti yine. Arabaya atlayıp yola koyuldular hep birlikte. Buse'nin Cem Ağabey'iyle fotoğraf çekme girişimleri arabada başlamıştı daha... Cem, çocukların hiçbir isteğini geri çevirmiyor, mutlu olmaları için elinden geleni yapıyordu. Hatta bu yüzden Merve'yi ihmal ettiği bile oluyordu son zamanlarda. Neyse ki insanı sıkboğaz eden, sürekli hesap sorup huzursuzluk çıkaran insanlardan değildi Merve. Cem'in her işine, her meşguliyetine saygı duyar, kendini ilgilendirmeyen hiçbir şeye karışmazdı.

Çocukların mutluluğuna bakıldığında hayat normale dönüyormuş gibi görünse de Bukre açısından bu süreç çocuklarınkinden daha ağır ilerliyordu. Yemek yiyecekleri restorana geldiklerinde hâlâ çok durgun ve sessizdi Bukre. Kapıdan girdiğinde derin bir hüzne kapıldı. Çocuklar hiçbir şeyin farkında değildi ama Cem, Bukre'nin kendini çok da iyi hissetmediğini anlamıştı hemen. Çocukların duyamayacağı kadar alçak bir sesle "İyi misin?" diye sordu.

"İyiyim" dedi Bukre.

"Yüzün öyle demiyor ama..."

"Eee... Şey... Biraz kötü oldum buraya gelince."

"Neden?"

"Selim'le de buraya gelirdik. O zaman çocuklar küçüktü."

"İstersen başka bir yere gidelim?"

"Yo hayır. Buna da alışmalıyım."

"Peki..."

Yemeklerini yedikleri sırada Cem'i tanıyanlar fotoğraf çektirmek için gelip gidiyorlardı masaya.

Buse, Cem'e ilgi gösterenleri kıskanır gibi olduysa da pek belli etmedi. Cem Ağabey'ini paylaşmaktan hoşlanmıyordu aslında. Fotoğraf çektirenlerin peşinden Buse de Cem'le fotoğraf çektiriyordu hemen... Bukre'yle Cem, Buse'nin bu çocuksu kaygısının farkındaydılar aslında. Bıyık altından güldüler birbirlerine. Cem, Merve'ye toplu bir fotoğraf çekip gönderdi yemek sırasında. Fotoğraf, ekranına düşer düşmez aradı Merve. Biraz konuşup kapattılar sonra. Nişanlısının sesini duyunca gözlerinin içi gülmeye başlamıştı Cem'in. Aradığı aşkı sonunda bulmuş olduğu her halinden belliydi. Masadaki herkese sevgilerini ve selamlarını göndermişti Merve. "Aleykümselam" dedi Bukre. "Az önceki sevincine şahit oldum istemeden. Mutlu olmana, aradığın insanı bulmana çok sevindim Cem. Keşke Merve de aramızda olsaydı."

"Keşke katılabilseydi. Onu sizinle tanıştırmayı çok isterdim. Ama maalesef şimdilik imkânsız..."

Buse araya girerek, "Neden imkânsız Cem Ağabey? Biz onunla tanışmayı çok istiyoruz" dedi. Cem, tam Buse'ye cevap vermeye hazırlanıyordu ki bu kez Bukre karıştı söze.

"Bunu tahmin etmiştim" dedi. "Sen bizim derdimize düştün, düğün hazırlıkları da kızcağıza kaldı tabii?"

"Hayır. Yanlış tahmin. Kendisi burada olmadığı için tanıştıramıyorum. Şu sıralar yurtdışında Merve. Doktora tezini kurula sunacak. Bu yüzden Paris'e gitti. Ayrıca her yere yetişmek konusunda çok hünerlidir kendisi. Düğün hazırlıklarını ta oralardan bile yönetebiliyor. Sürekli bana direktifler veriyor. Özellikle gelinliği konusunda çok hassas... Günde en az üç kere arıyor gelinliği için. Hatırlatmalar yapıyor. Bir şeyleri atlamamdan çok korkuyor."

"E haklı ama kız. O gelinlik bir kere giyiliyor sonuçta. Genç kızların en hassas olduğu konudur. İnşallah her şey tam istediğiniz gibi olur. Bir ömür mutlu mesut yaşarsınız."

"İnşallah Bukre. Bu arada az önce sarf ettiğin cümleyi duymadığımı sanma. Ne demekmiş derdimize düştün? Tabii ki derdinize düşeceğim! Sizin derdiniz benim derdimdir. Merve burada olsaydı o da aynı şeyi söylerdi."

"Affedersin. Kimseye yük olmak istemem, ondan kaynaklanıyor bu hassasiyetim. Evet. Eminim Merve de aynı şeyi söylerdi; çünkü o da senin gibi bakıyordur hayata. Yoksa bu kadar iyi anlaşamazdınız. Ama şu anda burada olmasını çok isterdim. Tanışmış da olurduk. Ne iyi olurdu. Gerçi yüzünü biliyorum. Gazetede çıkan haberde birlikte çekilmiş fotoğrafınızı görmüştüm. Hatta birine benzetmiştim onu ama çıkaramadım bir türlü. Geçmiş yıllardan ortak tanıdığımız biri değil sanırım?"

"Yok, değil. Yıllar sonra karşıma çıkıp hayatımın kadını olan kişi o. Keşke bu kadar geç kalmasaydı."

"Hiçbir şey için geç değildir Cem. Yeter ki Allah her şeyin hayırlısını nasip etsin kullarına."

***

Yemekten sonra Yeşilköy sahiline indiler. Emre'yle ablası sahilde deniz kabuğu toplarken Bukre kızının Cem'e bir sürprizi olduğundan bahsediyordu.

"Hımmm... Merak ettim şu sürprizi" dedi Cem. "Biraz tüyo verebilir misin?"

"Hayır, maalesef veremem. Ama Buse için bir ilk bu. Onu mutlu edecek bir şey."

"Peki. Yeter ki o mutlu olsun."

Bukre ve Cem, hem denizi seyrediyorlar hem de çocukları gözlüyorlardı. Ağır adımlarla sahil boyunca yürüdüler. Sonra bir çay bahçesine gidip oturdular hep birlikte.

Çocuklar topladıkları deniz kabuklarını masanın üzerine yaymıştı. Bukre bir ara kızına göz kırparak işaret etti. Buse deniz kabuklarıyla uğraşmayı bırakıp sırt çantasından beyaz bir kâğıt çıkardı ve Cem'e uzattı. "Biliyor musun Cem Ağabey..." dedi. "Ben hayatımda ilk defa mektup yazdım."

"Aman Allahım, inanamıyorum, gerçekten mi?" dedi Cem. Bunun üzerine Emre atıldı ve "Gerçekten o yazdı Cem Ağabey. Annemden yardım almadan hem de..." dedi.

Cem, Bukre'ye bakıyordu soran gözlerle. Şaşırmıştı. Ne yapacağını bilemedi bir an. Bukre konuyu biraz daha açıklığa kavuşturmak isteyerek "Şöyle özetlemeye çalışayım o halde" dedi. "Geçtiğimiz hafta Buse'nin on dördüncü yaş günüydü. Ve kızım bunun şerefine babasına bir mektup yazmak istediğini söyledi. Ben de onu bu davranışından dolayı tebrik ettim ve destekledim tabii. Günümüzde çocuklar mektup yazmanın ne demek olduğunu bile bilmiyorlar. Ama ben öyle çocuklar yetiştirmek istemiyorum. İleride Emre de babasına mektup yazacak. Değil mi Emre?"

"Evet anneciğim. Hem de Buse'ninkinden çok daha güzel olacak."

"Yarışmıyoruz oğlum, unutma."

"Tamam anne. Yarış yok."

"Ben çocuklarıma babalarının mektup yazmaya ne denli önem verdiğini anlattım her zaman. Onların dünyaya gelmesine bile babalarının yıllar önce bana yazmış olduğu bir mektup vesile oldu. Şimdi o mektup kayıp. Ama biz bunun karşısında ne yaptık? Üzülmek yerine kaybolan mektubun yerine her yıl babamıza yeni bir mektup yazmaya karar verdik. Bu artık ailemizin bir geleneği haline gelecek ve ilelebet sürecek. Benden sonra ikinci mektubu Buse'm yazdı. Bu, onun ilk mektubu. Babasına ilk satırlarını yazmak için on dördüncü doğum gününü bekledi.

Eğer babamız hayatta olsaydı bu mektubu ona okutacaktık. Ama ne yazık ki böyle bir şansımız olmadığı için Buse ilk mektubunu senin okumana karar verdi. Zaten Selim'i son gören kişi de sensin. Bu ricamızı kırmazsan ve kızımın mektubunu okursan bizi çok mutlu edersin Cem Ağabey'i."

Bukre konuşurken Cem'in içi dalgalanıp duruyordu. Kayıp mektup ondaydı hâlâ ve asıl sahibine teslim edileceği günü bekliyordu. Mektubu düğün gününde sahibine vermeyi planlanmıştı. Cem yıllardır yanından ayırmadığı, şu anda bile arabanın torpido gözünde bekleyen mektubu düşününce canı sıkıldı biraz. Buse, Cem'in ne diyeceğini merak eden gözlerle bakıyordu ona. Cem kendini toparlayıp "Şu an çok şaşkınım" dedi. "Böyle bir sorumluluk almak beni gerçekten çok heyecanlandırdı. Çok mutlu oldum ayrıca. Bu önemli görevi bana layık gördüğün için sana çok teşekkür ederim Buse. Mektubunu büyük bir özenle okuyacağımdan emin olabilirsin. Fakat keşke doğum gününden haberim olsaydı, sana daha özel bir hediye getirirdim."

"Üzülme Cem Ağabey" dedi Buse. "Sen hiç ellerin boş gelmedin ki bize. Daha ne alacaksın? Ayrıca bu mektubu okuman bana verebileceğin en güzel hediye olur. Babam hayatta olmadığı için doğum günü yapmadık zaten. Kimseye de duyurmadık."

Cem, artık gönül rahatlığıyla Buse'nin satırlarını okumaya başlayabilirdi. Ancak aklı hâlâ gerçek sahibine verilmeyi bekleyen o mektuptaydı. Kendini suçlu hissediyordu ama Buse'nin mektubunu okumaya hazırdı:

"Merhaba baba…

Bugün benim doğum günüm. Ve sen yoksun! Yazacağım ilk mektubun sen bu dünyadan gittikten sonra sana yazılacağı aklımın ucundan bile geçmezdi.

Gerçi hâlâ bunu nasıl yapacağımı bilemiyorum ama niyeyse bu gece bu mektubu yazmak geldi içimden. Yıllar önce sen de anneme bir mektup yazmışsın. Ama annem kaybetmiş. Hep söyler durur. Ben de sana özenip yazıyorum işte. Senin mektupların kadar iyi olmasa da yazacağım... Biliyor musun ben sensizliğe hiç alışamadım baba. Şimdi yaşasaydın, tıpkı eski günlerimizde olduğu gibi ellerimden tutup 'İnsan her şeye alışır kızım' derdin bana. Alışamam oysa... Ölümlere alışılmıyormuş baba.

Bazen çalışma odana girip eşyalarına bakıyorum. Annem hiçbirinin yerini değiştirmedi. Her şey bıraktığın gibi... Kimsenin dokunmasına izin vermiyor. Hani bazen sevdiğin sözleri alıntı yapıp duvardaki panona asardın ya. Hatta okumayı ilk öğrendiğimde hepsini tek tek okutmuştun bana. Oradaki bir sözü pek anlayamamıştım o zamanlar. 'Kimse bilmez baba yarasının bir ömür kanadığını' diyordu.

O sözü şimdi kanayarak anlıyorum baba. Odana girdiğimde ilk o söze bakıyorum. Ve ne kadar anlamlı bir cümle olduğunu artık anlayabiliyorum. Çünkü sensiz de olsa büyüyorum. Baba! Bugün 14 yaşına giriyorum.

En çok da bana anlattığın masalları özlüyorum biliyor musun? Hep yatağımın kenarına uzanarak anlatırdın. Ellerimi tutar, saçlarımı okşardın. Nefesin yüzüme çarpardı ara sıra. Ben rahatsız olmayayım diye ağzının yan tarafıyla verirdin nefesini dışarıya. Ne kadar ince, ne kadar hassas düşünürdün baba. O anın keyfini daha uzun yaşamak için uykuma direnirdim. Ama sen ne kadar yorgun olursan ol beni mutlaka uyutur, ondan sonra usulca kalkar giderdin. Sen odadan çıktığında ben çoktan rüyalara dalmış olurdum. Bir gün bile karşı çıkmadın masal ısrarlarıma. Zaten ben de senden başka kimsenin masalını dinlemezdim baba... Bazen biterdi bildiğin masallar.

Ama sen hemen uydururdun bir tane. O anda nasıl uydururdun bilmezdim. Ama ben o sırlı masalları büyük bir hayranlıkla dinlerdim. Ne kadar da şanslıydım. Çünkü ben masal yazan bir babanın kızıydım. Ama bu kadar erken gitmemeliydin baba. Bu kadar erken gitmemeliydin...

Bir varmış bir yokmuş diye başlardın... Evet! Bir vardın, şimdi hiç yoksun. Tıpkı masalların gibi sırlandın.

Bu mektubu yazarken kol saatin masamda duruyor biliyor musun? Annemin haberi yok bundan. Onu hiç yanımdan ayırmıyorum. Eve eşyalarını getirdiklerinde gözlerim o saate takılıp kalmıştı. Dakikalarca, gözümü kırpmadan saatini seyrettim. Kolundan hiç çıkarmazdın. Halının üzerinde seninle boğuşmaca oynarken arada bir canımı acıtırdı o saat. Sana söylemezdim. Çünkü o saati çok sevdiğini ve kolundan çıkarmak istemediğini çok iyi bilirdim. Öyle ya Babalar Günü'nde onu annemle birlikte almıştık sana. Ölüm gerçeği beni en çok o saatle vurdu. Öyle garipti ki kimseye anlatamazdım bunu. Babam ölmüştü ama saati çalışıyordu.

O saate baktıkça hâlâ bir yerlerde yaşadığını düşünüyorum. Bunun kötü yanı ne biliyor musun? Beynim inansa da kalbim öldüğüne inanmıyor, bedenimse bu duruma alışmaya çalışıyor. Bugün doğum günüm ve gelmeni bekliyorum. Çünkü saatin hâlâ çalışıyor.

Biliyor musun baba? Annem de ölmediğine, bir gün çıkıp geleceğine inanıyor. Tıpkı benim gibi... Seni morgun aralık duran kapısından gördüm çünkü... Yarı açıktı gözünün biri... O aralıktan gözlerine baktım hep. İçimden hâlâ yaşıyor dedim. Her sabah yaptığın gibi bana göz kırpmanı bekledim. Orada bile gülüyor gibiydi yüzün. Sanki hiçbir şey olmamış gibi... Hayat da aynen öyle devam ediyor baba. Hiçbir şey olmamış gibi... O gün...

Seni toprağa koyduğumuz o gün, herkes dağıldı cenaze töreni bitince. Herkes evine gitti ve hayat kaldığı yerden devam etti. Ama ben seni o mezarın içinde bırakmak istemedim. Alıp eve götürmek istedim. Yatağında uyu istedim.

Biliyorum herkes üzüldü o gün. Ama en çok da bana bakarken üzüldüler. Babasının ölüsünü yeni mezara koymuş küçük bir kızın gözlerine bakarken üzüldüler. İstemezdim bana öyle bakmalarını. İstemezdim onlara öyle bakmayı... O güne kadar sanki ölüm hep başkaları için vardı. Eve geldik ve ölüm gerçeği küçük kızını bir kere daha vurdu... Artık ayakkabıların kapının önünde yoktu!

Sen ölene kadar mezarlıklardan çok korkardım. Şimdi ise neredeyse her hafta sonum orada geçiyor. Hep birlikte geliyoruz sana. Cem Ağabey de yanımızda oluyor bazen. Bizi hiç yalnız bırakmıyor. O kaza olmadan önce seni son gören kişi oymuş. Bu yüzden ona hep seni anlattırıyorum. İçtiğiniz son çayı... Birbirinize son sarılışınızı... O gün yaşadığınız her şeyi ezbere biliyorum. Cem Ağabey bana anlatıyor. Bilmediğim ve asla bilemeyeceğim tek şeyse, bazı babalar neden gitmekte bu kadar acele ediyor?

Böyle ansızın gideceğini bilseydim, gözlerine daha çok bakardım. Ellerimi ellerinden hiç ayırmazdım. Daha çok masal anlattırır, daha az uyurdum. Kokunu içime çekip çekip seni orada saklardım. Böyle erkenden gideceğini bilseydim, sana daha çok kızardım; bu kadar iyi olma diye... Ah babacığım... Madem ölüp gidecektin, neden kendini bu kadar sevdirdin?

Kızın Buse..."

Cem, ağlamamak için kendini zor tuttu. Buse'nin satırlarından çok etkilenmişti. Ne diyeceğini bilemedi önce.

Buse, Cem'in yapacağı yorumun merakıyla ve heyecanıyla gözlerinin içine bakıyordu ama hiçbir şey söyleyemedi Cem. Sıkıca sarıldı Buse'ye. Onu kendi kızı gibi sahiplenmek, ona babalık etmek istiyordu. Bu küçücük masum kızı göğüskafesinin içinde saklayabilmeyi ve onu dünyanın kirliliğinden uzak tutabilmeyi isterdi... Sonra yine Selim'in mektubu geldi aklına. Sakin kalmakta çok zorlanıyordu artık. Mektubu vermekle vermemek arasında gidip geliyordu aklı, vicdanının sesine kulak vermeye çalışıyordu.

"Ancak ve ancak Bukre ve Selim'in kızı Buse yazabilirdi böyle bir mektubu. Babana yakışır bir mektup olmuş Buseciğim. Seni tebrik ediyorum" derken sesi titriyordu Cem'in. Nemli gözleriyle Bukre'ye bakıyor, hüznünü çocuklara belli etmemeye çalışıyordu.

Sinemadan sonra eve dönmüşlerdi. Emre önce indi arabadan. Bukre'yle Buse de arkasından yetişmeye çalıştılar. Aracı park etmek için uygun yer arıyordu Cem, aynı anda da ciddi bir kararsızlık yaşıyordu. Önce vazgeçmişti Selim'in mektubunu Bukre'ye vermekten; ama belki de tam zamanıydı şimdi. Mektup yazma geleneğini yaşatmaya karar verdikleri bugünlerde Selim'in kayıp mektubunun mucize gibi ortaya çıkması belki de çok iyi gelecekti hepsine. En çok da Bukre mutlu olacaktı. Fakat diğer yandan çok kaygılıydı. Belki düşündüğü gibi olmayacaktı ve ters tepecekti mektubun on altı yıl sonra ortaya çıkması. Zor günler geçiren Bukre'nin hiç beklemediği bir anda eline tutuşturulacak olan o kayıp mektup, Selim'in yokluğuna alışma sürecini mahvedebilirdi. Belki de eskisinden daha kötü olacaktı Bukre. İçindeki bu gelgitler huzursuz ediyordu Cem'i. Ama arabadan inerken, ani bir refleksle torpidoda duran zarfa uzandı ve alıp cebine koydu. Sonra hızlı adımlarla apartman kapısına kadar geldi. Her an vazgeçebilirdi çünkü...

Bukre, vedalaşmak için çocuklarla birlikte apartman kapsının önünde bekliyordu Cem'i. Cem önce çocukları öptü vedalaşırken. Onlar içeri girerlerken Bukre Cem'e sarıldı ve "Her şey için teşekkür ederim" dedi. "Merve'ye selam söyle..." İçi titredi Cem'in. Tam ayrılacakları sırada tereddütle de olsa "Bende sana ait olan bir emanet var" dedi ve cebinden çıkardığı mektubu elleri titreyerek uzattı Bukre'ye. Mektubu bir zarfın içine koymuş, yıllarca bu şekilde koruyup saklamıştı Cem. Özenle sakladığı o mektup, şimdi asıl sahibinin elindeydi. Soran gözlerle Cem'e bakıyordu Bukre. Hiçbir şey söylemedi... Cem, "Sana Selim'den bir hatıra, son bir hatıra" deyince içi titredi Bukre'nin. Zarfı açıp içindeki mektubu görünce burnunun direği sızladı. Mektubu göğsüne sıkıca bastırıp derin bir nefes aldı. Gözlerini sımsıkı yumdu. Cem, geriye doğru bir iki adım attı ve "Hoşça kal, haftaya yine geleceğim" diyerek uzaklaştı.

***

Bukre elinde Selim'in mektubu, kalbinde tarifi imkânsız duygularla eve girip sessizce odasına geçti. Uzun uzun zarfa baktı önce... Zarfın içinde Selim'in satırları değil, ruhu saklıydı sanki. Kaderini değiştiren mektubu tam on altı yıl sonra tekrar okuyacaktı. Kalbi hızla atıyordu. Önce biraz sakinleşmek istedi. Çocukları yatırmak için mektubu yatağın üzerine bırakarak odadan çıktı. Çocuklara iyi geceler öpücüğü verip odasına döndü sonra. Zarfı açarken elleri titriyordu...

Daha ilk satırda kalbine bir ağrı saplandı. İçinde tazecik duran acısı katmerlenerek büyüdü, büyüdü... Satırlar aktıkça Bukre'nin de gözyaşları sel olup akıyordu. Kalbi sıkıştıkça sıkışıyor, nefesi daralıyordu. Sonunda yaşadığı heyecana dayanamadı Bukre. Sarsılarak titremeye ve inlemeye başladı.

Buse, annesinin odasından gelen garip seslere uyandı. Bir tuhaflık olduğunu sezerek yatağından fırlayıp annesinin yanına koştu. İçeri girdiğinde annesini yatağın üzerinde yarı baygın halde buldu. Yüzü mosmor olmuştu. Eli göğsündeydi. Güçlükle nefes alıyordu. "Anne!" diye bağırarak atıldı üzerine, korkuyla sımsıkı sarıldı. Ne yapacağını şaşırmıştı. Yatağın üstünde duran mektubu fark etmedi bile. Bukre, bir şeyler söylemeye çalışıyordu ama ne dediği anlaşılmıyordu. Buse, bir yandan ağlıyor bir yandan ne yapması gerektiğini bilemeyip panik halinde odanın içinde bir aşağı bir yukarı koşturup duruyordu. Emre de seslere uyanıp gelmişti hemen. Annesini ve ablasını perişan halde görünce korkuya kapıldı. Şaşkınlıktan donakaldı. Buse hemen telefona sarılıp anneannesini aradı. Emre de komşulara haber verdi. Herkes büyük bir telaşla koşup eve gelmişti. Komşular derhal bir ambulans çağırdılar.

Yarım saat sonra hastanedeydiler. Bukre hastanenin acil servisine alınmış, ilk müdahalenin ardından yoğun bakıma kaldırılmıştı. Olayı öğrenen tanıdıklar soluğu hastanede almışlardı. Nöbetçi doktor, Bukre'nin annesine ve babasına durumunu anlatırken Buse konuşulanları dinliyordu dikkatle. Doktor, annesinin kalp krizi geçirdiğini ve durumunun kritik olduğunu söylüyordu. Buse, duydukları karşısında dehşete kapılmıştı. Ağlamaktan başka hiçbir şey gelmiyordu elinden. Bukre'nin annesi, babası ve erkek kardeşi hastane koridorlarında sürekli bir koşturma içindeydi. Buse ve Emre'nin acilen bu ortamdan uzaklaştırılması gerekiyordu. Anneanne ve büyükbaba, torunlarını alıp eve götürdüler. Dünyaları başlarına yıkılmıştı adeta. On dakikada bir telefon edip hastanede bekleyen oğulları Uygar'dan bilgi alıyorlardı. Yaşadıklarından dolayı iyice yorgun düşen Buse ve Emre salondaki koltukta uyuyakaldılar. Anneanneleri onları yataklarına götürürken Buse annesini sordu. İçindeki tedirginlik yüzünden okunuyordu yavrucağın.

"Annenin bir süre hastanede kalması gerekiyor kızım" dedi anneanne sakin görünmeye çalışarak.

"Ona ne yapacaklar anneanne?"

"Bilmiyorum kızım. Dayın orada. Sabah gelince anlatır. Sen şimdi uyu. Allah'ın izniyle bunu da atlatacağız."

Buse neler olup bittiğini anlayacak yaştaydı nihayetinde. Babasının ölümünden sonra annesinin de başına kötü bir şey gelirse ne yapardı? Dünya üzerinde bir başına kalmaktan korkuyordu. Yatağına girip yatmak üzereyken sabah ezanını duydu ve dua etmeye başladı.

"Allahım ne olur annem iyileşsin. Ona bir şey olursa ben ne yaparım? Benim hayatımdan alıp onun ömrüne ekle yalvarırım. Ona bir şey olmasın. Âmin..." dedi ve gözyaşlarını silip yattı.

Buse sabah gözlerini açtığında kardeşi Emre'nin de yanında yattığını fark etti. Emre, korktuğunda ya da üzüldüğünde sessizce yatağından kalkıp annesiyle babasının koynuna girer, huzurla uyurdu küçüklüğünden beri. Şimdi de ablasının yatağına girmişti sessizce. Buse kardeşini yanında uyurken görünce yanağına bir öpücük kondurdu. Öyle masumdu ki yüzü. Sanki yanaklarından cennet akıyordu. Kardeşini uykudayken öpmeyi çok seviyordu Buse ama küçücük bir dokunuşuyla uyanıvermişti Emre. Belli ki tedirgin ve huzursuzdu içi. Dalamıyordu bir türlü... "Abla insanlar sevdiği biri öldüğünde hasta mı olur?" diye sordu Emre. Buse kardeşine sarıldı ve "Sevdiklerimiz öldüğünde üzülürüz ve zor günler geçiririz. Ama hepsi biter sonunda. Tıpkı babamın anlattığı masallarda olduğu gibi sonunda hep iyilerin istediği olur. Annemiz dünyanın en iyi annesi bunu sakın aklından çıkarma. O iyileşecek Emre. O çok güçlü bir anne. Çünkü o babamın sevdiği kadın. Biz de o iki muhteşem insanın çocuklarıyız. Her şey düzelecek merak etme" dedi.

Kalkıp ellerini yüzlerini yıkadılar önce, sonra da mutfağa gittiler peş peşe. Dayılarını ve anneannelerini mutfaktaki masanın başında konuşurlarken gördüler. Büyükbabaları hastane nöbetini oğlundan devralmıştı. Uygar, Bukre'nin durumuyla ilgili konuşuyordu ama çocuklar gelince sustu hemen. "Günaydın çocuklar" dedi anneanne. "Kahvaltınız hazır." İkisi de yerlerine geçip oturdular boyunları bükük. Ağır bir keder sessizce aralarında dolaştı. "Annem nasıl?" diye sordu Buse dayısına. "Anneniz iyi" diye cevap verdi Uygar. Gerisini getiremedi. Havada kalan cümlelerin insanların üzerine akıttığı çaresizlik duygusu vardı ortamda. "Yanına götür bizi dayı. Annemi istiyorum" dedi Emre. "Önce hastaneyle konuşalım ondan sonra" dedi Uygar. "Hadi bir ara bakalım Uygar" dedi anneanne. Onun da içi rahat değildi belli ki. Uygar cebinden telefonunu çıkarıp hastanenin numarasını tuşladı. Kısa bir konuşmanın ardından annesine dönüp "Durumunda herhangi bir değişiklik yokmuş. Hâlâ yoğun bakımda... Doktoruyla görüşebilirmişiz sadece" dedi.

Kahvaltılıklara kimse dokunmamıştı. Herkes masayı seyrediyordu yorgun gözlerle. "Hadi çocuklar, bir şeyler yiyin" dedi anneanne. Çocuklar istemeyerek de olsa yemeye çalıştılar ama lokmalar boğazlarından zorlukla geçti. Hiçbir şeyin tadı yoktu.

Masadan ilk kalkan Buse oldu. Doğruca annesinin odasına gitti. Ayakları onu istemsizce götürmüştü oraya. Odaya göz gezdirirken yatağın üzerindeki mektubu fark etti. Alıp okumaya başladı merakla. Babasının mektubu olduğunu anlamıştı hemen. Okumaya devam etti. İçeriden seslenen anneannesini duymamıştı bile. Mektubu bitirince katlayıp zarfına koydu. Annesinin yatağının yanında duran komodinin çekmecesine yerleştirdi. Hızlı adımlarla odasına gidip telefonunu buldu. Cem'e haber vermek gelmişti aklına. Numarası telefonunda kayıtlıydı zaten. Çalar çalmaz da açılmıştı şükür.

"Merhaba Cem Ağabey" dedi, ağlamaklı bir sesle.

"Merhaba prenses. Aramana çok sevindim, nasılsın?"

"Şey... İyiyim de annem iyi değil. Hastaneye kaldırıldı."

"Ne!... Hastaneye mi kaldırıldı?... Ne oldu, neyi var annenin? Hangi hastanede?"

"Hastanenin adını bilmiyorum. Biz şimdi evdeyiz."

"Yalnız mısınız yoksa! Kim var başınızda?"

"Anneannemler bizde, merak etme Cem Ağabey."

"Hay Allah görüyor musun başımıza gelenleri! Peki, annene ne olduğunu biliyor musun Buse, anlat bana?"

"Doktorlar kalp krizi geçirdiğini söylediler."

"Olamaz... Hemen geliyorum."

Yirmi dakika sonra kapıdaydı Cem. Uçarak gelmişti adeta. Yaşadığı korku ve endişeden eli ayağı birbirine dolanmıştı. Zile bastı üst üste. Kapı açılana kadar geçen süre ölümcül, sonsuz bir bekleyiş gibiydi. Kapıyı Bukre'nin annesi açmıştı. Daha merhaba bile demeden "Bukre hangi hastanede?" diye sordu Cem. Yaşadığı olayın şokundan ne yaptığını bilmez bir haldeydi. Kendini kaybetmişti sanki. Yaşlı kadın onun bu telaşını olgunlukla karşılayarak içeri davet etti.

"İçeri gel, biraz soluklan Cem" dedi.

"Kusuruma bakmayın ne olur. Haberi duyar duymaz koşup geldim. Çok telaşlandım. Nasılsınız diye bile soramadım."

"Önemli değil oğlum. Bukre hastanede hâlâ. Kalp krizi geçirdi dün."

Cem, içeri geçerken ardı arkası kesilmeyen sorular soruyordu. Telaş içindeydi. Buse ve Emre, Cem'i görür görmez koşup sarıldılar boynuna. Uygar'ı görünce "Merhaba Uygar" dedi Cem, elini sıktı. Uygar'ı son gördüğünde yeniyetme bir çocuktu ama şimdi geçmişten bahsedecek durumda değildi kimse.

Eskileri anmanın ne yeriydi ne de zamanı... Cem, Bukre'nin durumunu sordu Uygar'a. Neler olup bittiğini öğrenmek istiyordu ama Uygar, çocukların yanında konuşurken fazla ayrıntıya girmek istemedi. "Birazdan hastaneye geçeceğiz. Babam da orada" dedi. "İstersen beraber gidelim. Son durumu öğreniriz..."

"Olur" dedi Cem. Hep birlikte çıktılar evden. Cem, Uygar'ın arabasını takip ediyordu. Emre ve anneannesi Uygar'ın arabasına binmişlerdi. Buse ise Cem'in yanında olmak istemişti. Yol boyunca annesinin fenalaştığı gece neler yaşadığını anlatmaya çalıştı dili döndüğünce. Cem, gözünü öndeki arabadan ayırmadan Buse'yi büyük bir dikkatle dinliyor, bir yandan kendini sakinleştirmeye çalışırken diğer yandan Buse'ye olay anıyla ilgili sorular soruyordu. Hastane yolu bitmek bilmiyordu bir türlü. Gazı sonuna kadar köklemek ve bir an önce Bukre'nin yanına varmak istiyordu Cem. Hastanenin otoparkına ulaştıklarında, biraz daha sakinleşmişti neyse ki. Aracı park ederken Buse, yatağın üzerinde bulduğu mektuptan bahsedince Cem'in dünyası bir kez daha yıkılmıştı başına. Tam da korktuğu şey olmuştu işte. Bukre'nin kalbi mektubun heyecanına dayanamamış, aşırı heyecan yüzünden kalp krizi geçirmişti. Yoktu bunun başka bir açıklaması. "Şu an hastanede yatan Bukre değil de ben olsaydım keşke" diye geçirdi içinden.

Cem, affedilemez bir felakete yol açtığını düşünüyordu. Keşke kaygılarını göz ardı etmeseydi de mektubu vermeseydi Bukre'ye. Yanlış zamanda yapılmış iyi niyetli bir hareketin sonuçlarının bu kadar kötü olabileceğini nereden bilebilirdi... Arabadan inerken yaşadığı suçluluk duygusu onu büyük bir çaresizliğin içine hapsetti. Bir girdapta kayboluyordu sanki. Eğer Bukre'ye o düşünmek bile istemediği şey olursa gözünü kırpmadan kendini öldürebilecek noktaya gelmişti şu an.

Tam o sırada telefonu çaldı Cem'in. Merve arıyordu ama açabilecek durumda değildi. Merve'nin sesini duyduğu an sinirlerinin boşalacağını, gözyaşlarını tutamayacağını biliyordu. Bu stresle hiçbir şey konuşamazdı zaten Merve'yle de. Bu yüzden açmadı telefonu, açamadı...

Cem, hastaneye girdiğinde onu tanıyanların hayranlık dolu bakışlarına aldırmadan doktorun odasına doğru hızlı adımlarla yürüdü. En olmadık yerde fotoğraf çektirmek isteyen insanların isteklerini bile geri çevirmeyen Cem, şu an ısrarcı bir hayranını kolayca tersleyebilirdi. Zaten yüzündeki kaygı ve gerginlik insanlarla arasına görünmez bir duvar örüyordu.

Odaya girdiğinde Bukre'ye ilk müdahaleyi yapan doktor, Cem'i saygıyla karşıladı. Belli ki tanıyordu karşısında duran adamı. Doktorun yüzündeki sıcak ifade ve tebessüm, Cem'e karşı duyduğu hayranlığın ifadesiydi. Cem, lafı hiç uzatmadan Bukre'nin durumunu sordu. Doktor kendini tanıttıktan sonra anlatmaya başladı.

"Öncelikle geçmiş olsun Cem Bey. Bukre Hanım'ın durumu şu anda stabil. Kendisi hastanemize getirildiğinde ben nöbetçiydim. Tansiyonu çok düşüktü. İlk olarak EKG'sini çektik. Kalp krizi geçirdiğini anladık. Durumu iyi görünmüyordu, bu yüzden kan tahlilini beklemeden kendisine anjiyo yaptık. Anjiyoda ana damarlarında çok ciddi tıkanıklıklar olduğunu tespit ettik."

Cem, doktoru kaygıyla dinlerken, ellerinin titremesine hâkim olamıyordu. İki elini sıkıca birbirine kenetleyip titremesini gizlemeye çalıştı. İçindeki fırtınada savrulup duran duyguları bir o yana bir bu yana çarpıp duruyordu. Doktorun tıkanık damarla ilgili açıklamasını işitir işitmez "Yani baypas ameliyatı mı gerekiyor şimdi?" diye sordu.

"Aslında normal şartlarda öyle olması gerekiyor ama maalesef baypas yapamıyoruz."

"Neden?"

"Hastanın durumu buna müsait değil."

"Nasıl yani?"

"Şöyle izah etmeye çalışayım Cem Bey. Normalde bir insanın kalbi yüzde yetmiş çalışır. Yani kalbin kasılma gücü yüzde yetmiştir. Biz buna EF deriz. Bukre Hanım'da durum biraz farklı. Kendisinin kalp kası çok zayıfladığı için kasılma gücü de yüzde yirmilere düşmüş. Bu sebepten kendisine baypas yapamıyoruz. Zaten yapılsa da bir faydasını göremez maalesef."

"Peki, neden daha önce fark edilmemiş bu hocam? Genetik bir durum mu sizce?"

"Genetik olması ihtimal dahilinde. Ama yine de şu an için kesin bir şey söyleyemeyiz. Araştırmamız gerekiyor. Bukre Hanım ilk defa kriz geçirmemiş de olabilir. Bazı insanlar fark etmeden kalp krizi geçirebiliyor. Bunlar bir veya birden fazla da olabiliyor. Durumu az çok fark ettiği halde söylememiş ya da üzerinde durmamış bile olabilir. Dün annesiyle de babasıyla da konuştum. Eşini yeni kaybettiğini söylediler. Biraz da üst üste gelmiş kötü olaylar. Eğer geçmişte de ağır travmalar yaşadıysa bütün bu birikimlerin sonucu olabilir. Aşırı stres kalbi her zaman olumsuz etkiler."

Cem'in üzerindeki baskı giderek artıyordu. Geçmişte Bukre'ye yaşattıklarını düşününce doktorun söylediklerine hak vermemek mümkün değildi. Olayın bu noktaya gelmesinde mutlaka kendisinin de payı vardı. Bukre'ye yaşattıkları öyle kolayca yenilip yutulacak acılar değildi. Şakaklarına ağrılar giriyordu düşündükçe. Suçluluk duygusuyla perişandı. Doktorun sözleri beyninde çınlıyordu. Durumun ciddiyeti açığa çıktıkça, kahroluyordu Cem. Durmadan geçmişiyle hesaplaşıyor, sürekli vicdanını sorguluyordu. Ama şu anda düşünmesi gereken şey bu olmamalıydı kuşkusuz.

Çözüme odaklanmak gerekiyordu. Mühim olan Bukre'nin bir an evvel sağlığına kavuşmasıydı. Fakat konuşabilecek gücü kalmamıştı artık Cem'in. Soğuk soğuk terler dökmeye başladı. Yüzü bembeyaz olmuştu. Gözlerinde biriken yaşlar süzülmek üzereydi. Ellerinin titremesi daha da artmıştı şimdi. Cem'in durumu fark eden doktor, "İyi misiniz?" diye sordu. "Biraz uzanmak ister misiniz?" Paravanın arkasındaki muayene masasını gösteriyordu doktor ama Cem, bu teklifi duymamıştı bile. Sormaya bir türlü cesaret edemediği o soru dönüp duruyordu zihninde.

"Peki şimdi ne olacak hocam? Yapılacak hiçbir şey yok mu?"

"Yapılacak tek şey var Cem Bey."

"Nedir o?" diye sordu Cem, sesindeki endişeyi gizlemeyi başaramayarak...

"Kalp nakli... Bukre Hanım'a uygun kalbi acil olarak bulmamız gerekiyor. Yoksa gelinen noktayla ilgili yarınlara dair umut verici şeyler söyleyemeyeceğim, çok üzgünüm Cem Bey."

Cem'in dünyası başına yıkılmıştı. Ülkede organ bağışı seviyesinin ne kadar düşük olduğunu iyi biliyordu nihayetinde. Kendisi de zamanında organ bağışıyla ilgili çalışmalar yapan sivil toplum kuruluşlarına destek olmuş, kuruluşlardan öğrendiği organ bağışı oranlarını unutmamıştı. Organ nakli bekleyen on binlerce hasta olduğu ve çoğunun bekleme süreci içinde hayatlarını kaybettiği biliniyordu.

Zamanları çok azdı ve bu süre zarfında uygun bir kalbin bulunması imkânsız gibi görünüyordu. Cem'in aklına durduk yerde Bukre'nin Selim'den sonra çektiği acıyı anlatırken kurduğu bir cümle geldi. "Kalbim ölüyor" demişti Bukre acısını tarif ederken. Olacakları hissetmiş gibiydi sanki!

Soyut anlamda söylediği bu söz, şimdi ete kemiğe bürünmüş, zalim bir hakikat olarak duruyordu işte karşılarında. Bukre'nin kalbi gerçekten de ölüyordu.

Cem, omuzları çökmüş bir halde güçlükle kalktı ayağa. Doktorun odadan çıkmadan evvel söylediği "Yine de Allah'tan umut kesilmez" sözü Cem için bir avuntudan ziyade, acı sona yaklaşıldığını haber veren ölüm fermanından farksızdı. Doktora teşekkür ederken Bukre'yi görüp göremeyeceğini sordu. Doktor, hastanın şu an koroner yoğun bakımda yattığını, ancak iki veya üç gün sonra onu görebileceğini söyledi. Cem, bozguna uğramış bir asker gibi, ayaklarını sürüyerek terk etti odayı.

Buse, kapının önünde Cem'i bekliyordu çaresiz. Diğerleri bekleme alanındaki koltuklara çökmüşlerdi çoktan. Doktor aileyi önceden bilgilendirmişti zaten. Hepsi bundan sonraki sürecin ne kadar zor olacağının bilincindeydi. Ancak işin asıl zor kısmı, çocuklara annelerinin durumunun nasıl izah edileceğiydi. Bütün bu yaşananlar ve içine sürüklendikleri zorlu süreç, çocukları umutsuzluğa düşürmeden nasıl anlatılabilirdi? Yeryüzünde bunu başarabilecek hiçbir yöntem yoktu ki! Bu yüzden çocuklara annelerinin durumunu açıklayamamışlardı. "Anneniz iyileşecek merak etmeyin" demekle yetinmişlerdi. Söylediklerine en çok da kendileri inanmak isteyerek.

Buse kapının önünde soran gözlerle beklerken, Cem'in aklından çocukların bu süreci nasıl atlatabileceği geçiyordu hep. Bu sırada telefonu çalmıştı yine. Merve arıyordu tekrar. Cem bu kez kendini toparlamaya çalışarak telefonu açtı. Merve'ye o kadar ihtiyacı vardı ki şu an, sesini telefonda duymak bile iyi gelmişti. Her zamanki gibi cıvıl cıvıldı Merve'nin sesi. Coşkuyla ve neşe içinde aramıştı sevdiği adamı. Bu büyük mutluluğunun sebebi, az önce kendisini arayan modacının "Gelinliğiniz hazır. Gelip alabilirsiniz" demesiydi tabii ki.

Merve gelinliğini çok önemsiyordu. Cem'le birlikte beğenmişlerdi çünkü. Vitrinde görür görmez vurulmuşlardı. Merve'nin Türkiye'ye hangi gün geleceği belli değildi henüz. Bu yüzden Cem'in bir an önce gidip gelinliği almasını istiyordu. Sesi öyle mutlu geliyordu ki Merve'nin, şimdi ona Bukre'yle ilgili kötü haberleri nasıl verecekti Cem? Söyleyemezdi. Nişanlısının mutluluğunu gölgeleyemezdi. Buse'den birkaç adım uzaklaşarak, yakın zamanda kaybettiği eski bir dostunun eşinin önemli bir rahatsızlık geçirdiğini, bu yüzden hastanede olduğunu fazla detay vermeden üstü kapalı şekilde anlattı. "Buradaki işim biter bitmez seni hemen arayacağım sevgilim" dedi ve kapattı telefonu. Hastanede yatan kişinin Bukre olduğunu söylemedi nişanlısına. Bilmeyecekti Merve... Bilmemeliydi... Hem Selim'in de kim olduğunu bilmiyordu zaten.

Her şey o kadar hızlı gelişmişti ki... Tam da evlilik döneminde yaşanmıştı bütün felaketler. Cem, hayatının ikinci önemli sınavını veriyordu bu kez. "Demek ki daha çilem dolmamış" diye geçirdi içinden. Oysa hayatı yeni yeni iyileşmeye başlamıştı.

Yaşam sanki bir girdaba dönüşmüş, her şeyi içine çekip yutmaya başlamıştı adeta. Ve bu amansız girdaba sürüklenen Cem'in tutunabileceği tek dal Merve'ydi. Onunla hayatını birleştirecek ve her şey çok daha da iyi olacak diye umuyordu. Fakat ne yazık ki Cem, yeni bir hayata doğru ilk adımlarını atmaya başlamışken, eskilerden tanıdığı başka bir hayat gözlerinin önünde kayıp gidiyordu.

Buse az ötede heyecan ve korku içinde beklemeye devam ediyordu ama Cem zavallı kıza annesinin durumunu nasıl izah edeceğini bilemiyordu. "Annem iyileşecek mi?" sorusunun cevabı kimsede yoktu. Ağır adımlarla Buse'nin yanına gitti.

Bir açıklama yapmak zorundaydı Buse'ye. Anlatacağı şeyin başı vardı ama sonu yoktu ne yazık ki. Buse'nin küçük bedenine sarıldı önce. Saçlarını okşadı şefkatle. Sessizliğe gömülerek bir süre kaldılar öylece. "Kötü şeyler susarak mı anlatılır Cem Ağabey?" dedi Buse. Küskün bir çocuğun aradığı cevaplara ulaşmak için değil, duygularını anlatmak için söylediği bir cümleydi bu sadece...

Cem, Buse'nin karşısında diz çöktü ve küçük kızın gözlerine baktı derin derin. Yüzünde sevecen ve koruyucu bir ifade vardı. "Eğer senin gibi bir kızım olsaydı..." diye başladı sözüne ama susuverdi birden. Buse'nin yanaklarından süzülen gözyaşlarını fark etmişti o an. Elleriyle yüzünü sildi onun.

"Eğer senin gibi bir kızım olsaydı, kendimi diğer insanlardan farklı görürdüm" dedi Cem. "Kimselerin bilmediği, sadece benim bildiğim eşsiz bir değere sahip olduğumu düşünür, mutlu olurdum. Hiçbir kötülük beni üzemezdi. Tüm yaralarım gülümserdi açanlara... Eğer senin gibi bir kızım olsaydı, yaşama sımsıkı tutunurdum, senden önce ölmemek için... Ölümümle seni üzmemek, bu dünyada seni yalnız bırakmamak için..."

Cem'in de gözleri dolu doluydu. Bakışlarını Buse'den ayırmadan, onun küçük ellerini sıkıca kavrayıp derin bir nefes alarak devam etti konuşmaya. Bu hiç de kolay değildi Cem için.

"Şimdi bu söyleyeceklerimi iyi dinle Buse'm. Bu dünyada sen ve kardeşin gibi iki güzel pırlantaya sahip olan tek bir kadın var. Ve o kadın nasıl bir değere sahip olduğunu çok iyi biliyor. Sizi doya doya yaşamadan, büyüdüğünüze şahitlik etmeden asla bu dünyadan ayrılmayacak. Daha çok okuyacağınız kitap, izleyeceğiniz film, atacağınız kahkaha, yürüyeceğiniz yol olacak... Kimse bu değerli anlardan kolay kolay vazgeçmez. Anneni biraz olsun tanıyorsam, onun seni ve kardeşini bırakıp bir yere gitmeyeceğini de biliyorum."

Cem, sözlerini tamamladığında Buse sevgiyle kollarını boynuna dolayıp sarıldı ona. Gözlerinin içi parıldamaya başlamıştı şimdi. Artık avuçlarında sıkı sıkıya tuttuğu bir umut vardı.

***

Saatlerdir hastanedeydiler. Bukre, yoğun bakımda yattığı için kurallar gereği kimse yanına gidemiyordu. Onu göremeyecek olmalarına rağmen hiçbiri yoğun bakım ünitesinin önünden ayrılmıyordu. Nöbetçi doktor, burada beklemelerinin bir anlamı olmadığını, artık evlerine dönmeleri gerektiğini, acil bir durum olursa kendilerine telefonla ulaşılacağını uzun uzadıya anlatarak beklememeleri konusunda herkesi ikna etmeyi sonunda başardı. İstemeyerek de olsa hastaneden ayrılmak zorunda kaldılar. Cem, ertesi gün yine geleceğinin sözünü vererek vedalaştı çocuklarla.

Eve gider gitmez Merve'yi görüntülü aradı. Merve kamerada nişanlısını görünce "Merhaba aşkım!" diyerek gülümsedi sevinçle. Hemen yanında oyuncak pandası duruyordu. Adı Zuzi... Merve geceleri Zuzi'yle uyurdu zira. Çok severdi oyuncak pandasını... Cem'in moralsiz olduğunu fark edince duraksadı. Yüzü asıldı bir an. Cem her ne kadar üzüntüsünü belli etmemeye çalışsa da Merve yakında evleneceği adamı görür görmez onun ne kadar üzgün ve yorgun olduğunu anladı hemen.

"Aşkım başın sağ olsun" dedi. "Ölen dostun için çok üzüldüm. Keşke daha önce benimle paylaşsaydın. Eşi için yapabileceğimiz bir şey var mı? Onun durumu nasıl?"

"Sağ ol bir tanem. Yoğun bakımda şu an. Doktorlar durumunun stabil olduğunu söyledi. Bir iki güne kadar çıkaracaklarmış. Ancak o zaman görebileceğiz. Ama asıl sorun bu değil.

Kalp nakli gerekiyor. Hem de çok acil. Sen de biliyorsun ki Türkiye organ bağışı konusunda hiç de olumlu bir karneye sahip değil. Ne yapacağız bilmiyorum."

"Çok üzüldüm gerçekten. Maalesef kalbin yedeği yok. Keşke insanlar ikiyüzlü olmak yerine iki kalpli olsaydı. Kendilerine değilse bile insanlığa faydaları olurdu. Bebeğim çok yorgun görünüyorsun. Üzme kendini bu kadar."

"Ben çocuklar için üzülüyorum. Daha çok küçükler. Zaten babasız kaldılar. Daha o olayın travmasını atlatamadan bir de bu geldi başlarına. Gerçi babalarının ölümünden sonra hep yanlarında oldum, onlara moral vermeye çalıştım. Yavaş yavaş alışmaya da başlamışlardı ama şimdiden sonra ne kadar faydam dokunur bilmiyorum."

"Sen elinden geleni yapmışsın zaten. Eminim ki bundan sonra da hep yanlarında olacaksın. Sen buna alışıksın. Yıllardır bestelerinle hep yanımızdasın zaten. Kalbimizi dolduruyorsun..."

"Ama hiçbir zaman babalarının yeri dolmayacak Merve. Selim'in eşinin de dediği gibi, 'Bir aileden baba çıkınca ne kalır geriye?' Şimdi babasız büyüyecek o yavrucaklar... Biliyor musun, Selim'i tanımanı çok isterdim. Bu dünyada görüp görebileceğin en kıymetli insanlardan biriydi. Bilmeden de olsa bana ve hayatıma çok şey kattı. Hakkını asla ödeyemem. Aşka bakışımı değiştirdi. Bana gerçek aşkın ne olduğunu gösteren insandır Selim... Şarkılarımda anlattığım aşkın da ilham kaynağı o oldu. Neyse ki Selim'i son gördüğümde helallik almıştım."

"Hayatında bu kadar önemli bir yer edinmiş olan arkadaşından bana daha önce hiç bahsetmedin... Yanlış anlama sakın, seni yargılamıyorum. Sadece merak ettiğim için soruyorum."

"Ah aşkım. Onu on altı senedir görmüyordum ki... Ama hep yanımdaydı biliyor musun? On altı sene sonra bir gün rastladım ona. O gün o kadar mutlu olmuştum ki anlatamam. Meğer son görüşümmüş. İçtiğimiz çay onun son çayıymış. Helalleşip ayrıldık ve o gün kaza geçirip hayatını kaybetti. Şimdi de onun en değer verdiği kişi, yol arkadaşı ölümün kıyısında... Neyse canım, seni de üzdüm kusura bakma. Döndüğünde baştan sona anlatırım bizim hikâyemizi."

Merve'nin de gözleri dolmuştu şimdi. Sahiden üzülmüştü. Sevdiği insanın acısını derinden hissediyordu. Cem, hikâyenin kendisiyle ilgili kısımlarını Merve'den gizliyordu hâlâ ama döndüğünde her şeyi olduğu gibi anlatacaktı nasıl olsa. Bukre'yle ilişkisini, ona ihanet edişini, mektubu ve o mektuptan sonra Bukre'nin başına gelenleri... Her şeyi anlatacaktı... Ama şu an ihtiyacı olan şey eskiden yaşamış olduğu hayatı anlatıp içini dökmek değil, Merve'nin varlığını yanında hissetmekti. Ona sarılmak istiyordu doyasıya. Şu an tek yapabildiği şey, içinde kaybolup gittiği, ışığına âşık olduğu güzelim gözlerine bakıp hasret gidermekti.

"Seni seviyorum Cem" dedi Merve.

"Ben de seni seviyorum Merve. Hay Allah!"

"Ne oldu aşkım?"

"Kafam o kadar dolu ki sıkıntılarımı anlatmaktan sunumunun ne aşamada olduğunu sormayı unuttum sana. Bir de seni çok özlediğimi, dönmeni büyük bir sabırsızlıkla beklediğimi söylemedim değil mi? Nedir son durum canım?"

"Olsun aşkım önemli değil. Kurula sundum tezi. Kabul edildi."

"Gerçekten mi? Kötü bir günden sonra aldığım en iyi haberdi bu. O zaman artık geri dönüyorsun demektir bu, değil mi?"

"Evet demeyi çok isterdim aşkım ama sonucu beklemek zorundayım."

Cem'in yüzü asılmıştı yine. Küskün bir çocuk gibi "Ama ben seni çok özledim" dedi. Bu masum ve üzgün hali çok sevimli görünmüştü Merve'ye. Tatlı tatlı gülümsedi sevdiği adama.

"Biraz daha sabret canım" dedi. "Çok az kaldı. Bu zor günlerinde yanında olmayı çok istiyorum ama inan elimden bir şey gelmiyor. Umarım en kısa zamanda açıklanır."

"Peki aşkım. Yapacak bir şey yok. Saatleri saymaya devam edeceğim o zaman."

"Seni seviyorum canım. Yarın gelinliğimi almayı unutma."

***

Ertesi gün Cem'in ilk işi hastaneye gitmeden önce modaevine uğrayıp Merve'nin gelinliğini almak oldu. Gerçekten de ustalıkla dikilmişti gelinlik. Kim bilir ne çok yakışacaktı Merve'ye. Nişanlısını gelinliğin içinde hayal etti Cem. Bu hayal bile moralinin biraz olsun düzelmesine yetti. Peri kızı gibi olacaktı Merve. O dupduru güzelliğiyle bir kez daha büyüleyecekti Cem'i.

Hastaneye vardığında Uygar'ı gördü Cem. Yanına gitti hemen. Selamlaştılar. Uygar, ablasının yoğun bakımdan hâlâ çıkmadığını, o yüzden bugün de onu göremeyeceklerini söyledi. Göremeyecek de olsalar yoğun bakım ünitesinin önünde beklediler bir süre. Çok geçmeden Bukre'nin doktoru çıktı içeriden. Kapıda bekleyenleri fark etmemişti. Cem, arkasından koşup durdurdu doktoru.

"Merhaba hocam, kolay gelsin" dedi.

"Teşekkür ederim Cem Bey. Nasılsınız?"

"Asıl Bukre nasıl hocam? Onu soracaktım size."

"Az önce kontrol ettim. Durumunda bir değişiklik yok. Şimdilik her şey normal seyrinde gidiyor."

"Kaç gün daha yoğun bakımda kalacak acaba?"

"Muhtemelen yarın servise alırız. O yüzden bugün burada beklemenizin bir manası yok. Bence siz hiç kendinizi buralarda yormayın. Evinize gidin. Yarın büyük ihtimalle servise çıkacak. O zaman gelirsiniz."

Cem, doktorun verdiği müjdeye çok sevindi. Elini sıkarak teşekkür etti. Hemen Uygar'ın yanına gidip mutlu haberi verdi.

"Müjdeyi evdekilere sen ver istersen..." dedi Uygar.

"Seve seve. Hadi bir an önce gidelim."

Bukre iyileşmemişti henüz. Bundan sonra ne olacağı hiç belli değildi ama yoğun bakımdan çıkıyor olması bile onları mutlu etmeye yetmişti. Cem, arabayı sürerken biraz sonra Buse'ye ve diğerlerine vereceği haberin heyecanını yaşıyordu. İçi kıpır kıpırdı. Evdekilerin sevincini görmek istiyordu bir an evvel.

Kapıyı Buse açtı. İçeride kasvetli bir hava vardı yine. Kimsenin yüzü gülmüyordu. Emre pencereden dışarıyı seyrederken, anneannesi ve büyükbabası salondaki koltukta yorgun ve üzgün bir halde oturuyordu. Cem, Uygar'la göz göze geldi bir an. Uygar, bakışlarıyla Cem'i olumlayınca Cem de "Size bir haberim var" dedi içinde gizli bir mutluluk saklı olan keyifli sesiyle. Herkes Cem'e çevirmişti bakışlarını. "Bukre yarın yoğun bakımdan çıkıyor" deyince Emre birden fırlayıverdi yerinden, "Yaşasın!" diye bağırdı. "Yarın annemi görebileceğim, yaşasın..." Salonun ortasında dört dönüyordu neşeyle. Herkesin yüzü gülmeye başlamıştı şimdi. Akşama kadar sürdü bu keyifli halleri.

Cem, akşam yemeğine kalması yönündeki ısrarları geri çeviremeyince hep birlikte oturdular sofraya. Enfes bir yemekti, herkesin ağzının tadı yerindeydi zira.

Günlerdir ilk defa insanların yüzü gülüyordu bu evde. Yarın hepsi için mutlu bir gün olacaktı. Yemekten sonra salonda oturup sohbet ederlerken, Buse "Cem Ağabey" dedi. "Sana evi gezdireyim mi? Sen hiç bizim evi gezmedin ya... Canın sıkılmasın..." Cem gülümsedi. "Hiç sıkılmadım ama madem istiyorsun, hadi gezdir bakalım" dedi.

Buse, önce kendi odasını gezdirdi Cem'e. Okuduğu kitapları gösterdi. Sonra Selim'in çalışma odasına geçtiler. "İşte burası da babamın odası" dedi Buse. Cem, ölmüş birinin odasına ilk defa giriyordu. İçinin ürperdiğini hissetti bir an. Odaya göz gezdirdi bir süre. Çalışma masasının üzerindeki notlara, yerden tavana kadar yükselen kütüphaneye baktı. Bilgisayarın klavyesindeki tuşlara dokundu parmak uçlarıyla. Bir zamanlar Selim'in parmakları dokunmuştu bu tuşlara. İrkildi. Garip bir duygu kapladı içini. "Annem babamın hiçbir eşyasının yerini değiştirmedi biliyor musun Cem Ağabey?" dedi Buse. Odadaki tek değişikliğin oda kapısının arkasına asılan mektuplar olduğunu söyledi. Cem'in görebilmesi için odanın kapısını kapattı. Kapı kapanınca arkasında asılı duran mektuplar çıktı ortaya. Ve Cem'in yaralı ruhu bir kez daha kanadı. Mektuplar, hayatının baş kahramanı olmuştu artık. Bundan kurtuluş yoktu. Ve belli ki bu hikâye mektuplarla sürüp gidecekti.

Üç mektup yan yana duruyordu. Üçü de Selim için yazılmıştı. Emre'nin mektubu çizdiği resimlerle doluydu. İkinci mektuptaki elyazısı çok tanıdıktı. Buse'nindi bu satırlar. Üçüncü mektubu Bukre yazmıştı belli ki, "yavru kuşun" diye bitiyordu çünkü. "Bunlar babamıza yazdığımız ilk mektuplarımız. Annemin de söylediği gibi her yıl yeni bir mektup yazacağız ona. Sonra bu kapının arkasına asacağız hepsini" dedi Buse. Cem, Bukre'nin satırlarına kilitlenmişti adeta. Buse'yi duymuyordu artık. Buse anlamıştı durumu... Cem'in mektubu okuyup bitirmesini bekledi sessizce...

"Dargınım Selim... Gitme diye yakandan tutamayan ellerime dargınım. Gittiğin yerlere beni götürmeyen ayaklarıma dargınım. Seninle ölemediği için kalbime dargınım. Kulaklarıma kızamam. Onlar sesini saklıyorlar. Rüyalarıma küsemem, bazı geceler seni getiriyorlar...

Kendimi hiç bağışlamayacağım. Bir çocuğun kendine küsmesi gibi küstüm bana. Bir daha hiçbir oyunuma almayacağım beni. Ah sevdiğim... Yarım kalmış planların vardı. Ölümün onları yokluğa bıraktı. Her şeyin yarım kaldı be kuzu. Eşin, işin, şiirlerin, yarınların, umutların, çocukların... Biz de yarım kaldık hep. Oysa dünyaya tastamam gelmiştik hepimiz. Ama sen giderken hayatımızın çoğunu yanında götürdün be kuzum. Bak giden de yarım kalıyormuş sonunda, kalan da... Ölüm hep eksiltiyor; gideni de kalanı da... Giden bir parçasını hayatta bırakıyor, kalansa, kalan yanı nefes aldığı sürece kendini hayatta sanıyor. Benden önce ölmüş olman, senden sonra yaşıyorum anlamına gelmiyor. Ölüyorum sevdiğim! Kalbim ölüyor. Bunu kimse fark etmiyor.

Sonsuza kadar savaşsam da yenemeyeceğim bir şey bıraktın geride; yokluğun... Şimdi senden kalan bu dipsiz uçurumun, bu lanet enkazın altında öğretiyorum kendime; yanımdayken bana öğretemediğini... Sen gittin, bizse bitmek bilmeyen bir acıyla can çekişiyoruz Selim.

Yavru kuşunun kanatları kırıldı kuzum. Artık uçamıyor. Biliyorum şimdi burada olsaydın, beni yüreklendirmek için o dilinden düşürmediğin sözü söylerdin, 'Hayat, bisiklete binmeye benzer. Pedalı çevirmeye devam ettiğin sürece düşmezsin' derdin. Ah be sevdiğim... Ben sensiz düz yolda bile yürüyemiyorum. Arada bir kaldırımlara ama en çok da kendime kızıyorum. Ayaklarım durmadan kanıyor... Küsmüşüm ayaklarıma... Sensiz nasıl basabilirim o pedallara?

Morga kaldırıldığında seni oradan çekip çıkarmak istedim. 'Bırakmayın onu orada, üşür' dedim. Sesim hastanenin soğuk duvarlarında çınladı. Ahımla baş başa kaldım. Bilmem işittin mi kuzum?... Onlar duymadılar. 'O olmadan uyuyamam, bırakın yanına uzanayım' dedim, anlamadılar. Yanına yatmayı, soğuk bedenini içimdeki yangınla ısıtmayı ne çok isterdim bilmedin ve hiç bilmeyeceksin. Şimdi içim dışım kesse de buza, ellerimin sıcağını ellerinin sıcağına katışım geliyor aklıma. 'Bilmem...' diyorum sonra. 'Bilmem ellerinde sıcağım kalmış mıdır hâlâ?'

Önce omuzlarında taşıdılar seni, sonra kabrine bıraktılar. Bir zamanlar benim olan bedenini dar bir çukura koydular. Üzerine son toprak atılana kadar yaşadığına dair umudum vardı. 'Belki ölmemiştir' dedim. Kalkıp gelmeni bekledim. Ne sen gelebildin bana, ne ben gidebildim sana.

Atılan her kürek dönme umudunun üstünü örttü. Ayrılamadım mezarının başından. Sanki gidersem yapayalnız kalacakmışsın gibi geldi. Senin orada öylece yatman benim artık yatağımda uyuyamayacağımın habercisiydi. Son isteğim yanına uzanmaktı. 'Olmaz' dediler. Beni yanından söke söke götürdüler.

Ölüm, bir dost gibi mi girdi koluna yoksa seni hırpalayarak mı götürdü bilmiyorum. Oysa nasıl da mutluydu sesin ölümüne doğru giderken... Senden duyduğum son sesli cümlendi 'Yolun sonundayım.' Nasıl bir kaderdir bu Allahım; insana kendi ölümünü söyleten?...

Ölürken en son sesler silinirmiş insanın beyninden. Ölüm sonrası birkaç saniye daha sesleri duyarmış ölen. Yani şimdi kulağında benim sesimle mi gittin sen? Aynı durumdayız bak. Benim kulağımda da duruyor hâlâ o son cümlen. Ama çok zor oluyor buna katlanmam; çünkü 'Yolun sonundayım' diyorsun hiç durmadan...

Keşke bizi bu kadar düşünmeseydin. Keşke bizi mutlu edebilmek adına kendini heba etmeseydin. Kuru ekmekle de doyardık biz. Sen her şeye yeterdin. Keşke... Keşke... Zaman keşkelerle geri alınabilseydi keşke!

Sana her gece sensizliği anlatıyorum. Sen bu dünyada hiç sensiz kalmadın, bilemezsin. Öğrettiğin her şey aklımızda. Hiçbirini unutmuyoruz. Hayatımıza binlerce renk katmıştın; ama bak şimdi soluyoruz. Senden sonrası bizden yana değil inan. O hep bize düşman... Senden sonra hiç sen kalmadı bana. Yalan o avuntular hep yalan.

Keşke, her şeyi öğrettim sana demeseydin... Bak sensizliği öğretmeyi unutmuşsun. Ah Selim! Hasretini bu dünyada öğretmek için öbür dünyaya mı gitmeliydin?

Ne çare... Kaderde sensizliğin ne olduğunu sensizlikle öğrenmek de varmış... Bazı şeylerin değeri kaybedildiğinde anlaşılırmış. Sen söylemiştin yine hiç unutmuyorum: 'Papatyalar koparıldıktan sonra kokarmış.'

İşte böyle kuzu... Ne yoktan anlıyor ne varda kalabiliyor insan. Dil çok şey anlatmak istiyor da hep darda kalıyor lisan.

Yazdıklarım, yazamadıklarımın içsesiydi.

Hoşça kal papatya kokulum. Kokun burnumda, ruhun ruhumda.

Hoşça kal kuzum... Sarıl aşkıma ve üşüme oralarda.

Yavru kuşun..."

Bukre'nin mektubu yaralamıştı Cem'i. Kâğıda dökülen acıyı olduğu gibi duydu içinde, okurken. Yüreğinin en ücra köşelerine kadar hissetti bu ıstırabı. Sevdiği insanı kaybeden birinin yaşadığı kederi anlatırken kurduğu cümlelerin altında, bu aşkın derinliği de yatıyordu.

Böylesine büyük bir aşkla sevilmenin hem özendiren hem de kıskandıran bir yanı vardı. Bu denli sevilmeyi kim hak etmezdi ki?... Bu aşkın Selim için şanslı olan yanı buydu. Ama bir de şansın içinden çıkan bir şanssızlık vardı, çünkü artık Selim yoktu... Bu da kaderin Bukre'ye oynadığı bir oyundu.

Cem, hâlâ mektubun etkisindeydi. Konuşamadı bir süre. Hareket bile edemedi. Odanın tam ortasında sığınacak hiçbir limanı kalmayan yaralı bir gemi duruyordu şimdi. Yanında sessizce onu izlemeye devam eden Buse'yi bile unutmuştu. İçeriden onları çağıran Uygar'ın sesi gelmeseydi, belki saatlerce bu odada çakılı kalacaktı.

Cem gece evine döndüğünde saat iki buçuğu gösteriyordu. Geç olmuştu ama Merve'yi araması ve ona heyecanla beklediği gelinliğini kameradan göstermesi de gerekiyordu. Aradaki saat farkı düşünüldüğünde Paris için çok da geç bir saat sayılmayacağını düşündü Cem. Önce gelinliği özenle askıya asıp hazırladı, sonra Merve'yi aradı. Kamera açılır açılmaz Merve mutlulukla bir çığlık attı. Sevinçten yerinde duramıyordu. Birazcık sakinleştikten sonra tüm detaylarına dikkat ederek uzun uzun inceledi gelinliğini. Cem, onun bu çocuksu yanını çok seviyordu. Sevindiğinde çocuk kadar coşkulu sevinirdi Merve. Sonrasında sakinleşir, toparlardı kendini. Gelinliğine bayılmıştı. "Keşke orada olup dokunabilseydim gelinliğime" dedi. Belki bir saat boyunca düğünden, evliliklerinden ve gelecek güzel günlerden söz ettiler. Merve durmadan anlatıyor, hayaller kuruyordu. Hiç susmuyordu. Cem, nişanlısının sözünü kesmeden dinliyor, ara sıra kendi hayallerinden de bahsediyordu. Mutlu ve neşeli hissediyordu kendini ama bir taraftan yarınki hastane ziyaretini düşünüp duruyordu. Aklı Bukre'deydi hâlâ... Merve heyecandan, nişanlısının uğraştığı zorlukları unutmuş, yalnızca gelecek güzel günlere odaklanmıştı.

Cem'in gün içinde neler yaptığını sormak aklına gelmedi. Cem de konuyu açmaya niyetli değildi zaten. Gecenin büyüsüne gölge düşsün istemezdi.

***

Bukre'nin yattığı odaya koşarak girdi çocuklar. Bukre tam anlamıyla kendine gelememişti henüz, gözleri kapalıydı ama kımıldanıyordu kendi kendine. Hemşire hastayı yormamaları konusunda herkesi uyardı. "Birazdan kendine gelir. Yanında fazla durmayın. Refakatçi dışındakiler gidebilirler" diyerek dışarı çıktı. Herkes yatağın etrafına sıralanıp bir çember oluşturmuş, Bukre'yi izliyordu heyecanla. Çocuklar annelerinin iki yanındaydı. Odaya girdikleri andan itibaren annelerinin elini hiç bırakmamışlardı. Bukre derin bir uykudan uyanır gibiydi. Herkes gözlerini açacağı anı bekliyordu.

Bukre, zaman zaman mırıltılı sesler çıkarıyordu ama ne dediği anlaşılmıyordu. Hastaneye getirildiği ilk günle kıyaslanacak olursa yüzünün rengi yerine gelmişti ama yine de eski canlılığı yoktu tabii. Dakikalar ilerledikçe çocuklar daha da sabırsızlanıyordu. Ayakta durmaktan yorulan anneanne ve büyükbaba, sandalyelere oturarak beklemeye devam ettiler. Buse ve Emre, annelerinin elini sımsıkı tutuyorlardı hâlâ. Emre ara sıra dayısına dönüp "Annem ne zaman uyanacak?" diye soruyordu.

Cem ve Uygar odada küçük voltalar atarken Bukre de yavaş yavaş kendine gelmeye başlamıştı nihayet. Başını sağa sola döndürüyor, ellerini ve bacaklarını hareket ettiriyordu. Cem, Bukre'nin başucunda beklemeye koyulmuştu bu kez. Gözkapaklarının kıpırdanmaya başladığını o fark etmişti önce. Yavaş yavaş uyanıyordu Bukre.

Ağzından çıkan ilk söz "Selim" oldu. Güçsüz ve cılızdı sesi. "Selim... Burada mısın? Yanımda mısın?" diye mırıldandı kendi kendine.

Cem'in içi sızladı yine. Bukre'nin kalbi ölüyor, Selim'in yanına gitmeye çalışıyordu belli ki. Bukre gözünü açmıştı ama kalbi Selim'in yanındaydı hâlâ, ona varmak istiyordu hep. Anlamıştı bunu. Bukre'nin kendine gelip konuşabilmesine sevinemedi bile. Bukre'nin sesi herkese umut olurken, Cem'in adeta umudu kesildi. Zavallının kalbi yaşamak istemiyordu artık, ölmek ve bir an evvel Selim'in yanına gitmek istiyordu.

Bukre gözlerini iyice açtığında çocuklarını fark etti önce. Buse ve Emre heyecanla annelerine sarıldılar. Yaşlı annesi ve babası inanılmaz bir çeviklikle oturdukları yerden kalkmışlar, Bukre'nin yanı başına gelmişlerdi. Uygar dışarıdaydı o sırada. Bundan sonraki süreçte neler olacağıyla ilgili bilgi almaya çalışıyordu doktorlardan.

Bukre önce odaya, sonra odadakilerin yüzlerine baktı tek tek. Gözleri Selim'i arıyordu, neler olup bittiğini anlamaya çalışıyordu. Bitkindi. "Bana ne oldu?" diye sordu sonra. Kimse kalp krizi geçirdiğini söyleyemedi. Annesi ve babası biricik kızlarının yüzünü okşuyor, öpüp kokluyor, başına ne geldiğini uygun bir dille anlatmaya çalışıyorlardı. Fakat Bukre dinlemiyordu kimseyi. "Selim nerede?" diye sordu. Birden can yakıcı bir ölüm sessizliği doldu odaya. Bukre kendinde değildi, Selim'in öldüğünü hatırlamıyordu. Biraz sonra hatırladığında yorgun ve hastalıklı kalbi ilk günkü gibi şiddetli bir acıyla sarsılacaktı.

Bukre sorusuna yanıt beklerken Cem'i fark etti. Cem'i görmesiyle Selim'in öldüğünü hatırlayıverdi, gözleri acıyla kapandı yine. Cem kendini çok kötü hissediyordu. Sanki Bukre gözünün önünde ölüvermişti.

Cem'i görmek Bukre'ye aynı acıyı bir kez daha yaşatmıştı. Zaten mektubu verdiği için pişmanlıktan yanıp kavruluyor, yerin dibine girmek istiyordu Cem... Şimdi Bukre'nin gözlerini acıyla kapatmış olması, çektiği ıstırabın üzerine tuz biber ekmişti. Sanki Bukre, Cem'i gördükçe ölüyordu.

Cem'in göğsü daralmıştı iyice. "Ya Rabbim ne olur ölmesin. Sana yalvarıyorum, Bukre ölmesin. Onu çocuklarına bağışla" dedi içinden. Çıkıp gitmek istedi ama çivilenip kalmıştı olduğu yerde. Bu sırada Uygar girdi odaya. Yüzü asıktı. Gergin görünüyordu. Ablasının kendine geldiğini görünce zorla da olsa gülümsedi, "Geçmiş olsun abla" diyerek öptü yanaklarından. Ölüm sessizliğini dağıtmıştı Uygar, içeriye hayat getirmişti. Buse ve Emre öpücük yağmuruna tuttular annelerini. "Anne... Anneciğim... İyileştin mi?" diyorlardı. Bukre güçlükle ellerini hareket ettirdi ve çocuklarını okşadı şefkatle. Hayata dönmüştü nihayet.

Cem, odanın uzak bir köşesine çekilmiş, onları izliyordu. Buse ve Emre'nin mutluluğunu gördükçe seviniyor, sonraki süreci düşündükçe üzüntü duyuyordu. Uygar, ağır adımlarla yanına yaklaştı Cem'in. Hâlâ çok gergindi.

"Doktorlarıyla konuştum" dedi. "Bundan sonraki aşamanın ne olacağını sordum."

"Ne dediler peki?" diye atıldı Cem.

"Uygun kalp buluncaya kadar hastanede yatacakmış. Eve göndermeyecekler. Risk altındaymış. Burada devamlı gözetim altında tutulacakmış. İlaç tedavisi devam edecekmiş."

Uygar'ın anlattıkları Cem'in kaygılarını daha da artırmıştı. Kafasında türlü sorular dönüyordu.

"Sıkıntılı bir süreç içindeyiz Uygar. Acil kalp bulmamız lazım. Kalp bulunamazsa..."

"Hadi bulundu diyelim. Ya vücudu kabul etmezse? Doktorlar bu ihtimalin olduğunu da söylüyorlar."

"Doğru. O da var... Hay Allah! Bilemiyorum Uygar. Dua etmekten başka çaremiz yok. Rabbim onu bizlere ve çocuklarına bağışlasın."

"Âmin."

"Neyse. Ben biraz yanına gidip konuşayım. Çok da yormayalım onu. Üzüntümüzü belli etmeyelim. Moralini yüksek tutmamız lazım."

Bukre'ye gülümseyerek, sevgi dolu gözlerle baktı Cem. Uygar'la konuştukları sırada Bukre'nin annesi ve babası kızlarının başına ne geldiğini ona usulünce anlatmışlardı. Bukre artık durumunun farkındaydı. Çabuk kabullenmişti. Başka çaresi de yoktu zaten. Belki üzülüyordu şu an ama çocuklarının yanında olması moral veriyordu. Onlara bakıp gülümsemeye çalışıyordu. Hâlâ sımsıkı tutuyordu çocuklarının ellerini. Gözlerini açtığında sevdiği bütün insanları yanında bulmak ona yalnız olmadığını ve bu süreçte hiç yalnız kalmayacağını hatırlatıyordu. Hayati bir sağlık sorunu yaşıyor olmasına rağmen güçlü görünüyordu. Ama önemli olan bundan sonrasıydı. "Merhaba güçlü kadın" dedi Cem. "Aramıza hoş geldin."

"Teşekkür ederim Cem. Ama lütfen kuru bir teşekkür olarak algılama bunu. Annemler benim için nasıl koşturduğunu anlattı. Bu yüzden çok samimi bir teşekkürdü benimki..."

"Estağfurullah. Kim olsa aynısını yapardı. Hem çok da bir şey yaptım sayılmaz. Asıl görevim bundan sonra başlıyor. Sen iyileşene kadar hep yanında olacağım."

"Çok iyisin Cem. Ama benim yüzümden işlerinin aksamasını istemem. Annemler benimle ilgilenecekler zaten. Belki tahminimizden çok daha uzun bir süre burada kalacağım.

İşlerini aksatma sen. Zaten evlilik arifesindesin. Arada bir uğrasan yeter. Hatta telefonla bile ulaşabilirsin."

"Birincisi bu kadar uzun cümleler kurarak kendini yorma. Sen artık bizim narin hastamızsın. İkincisi benim artık yeni bir işim var Bukre."

"Öyle mi hayırlı olsun. Nedir yeni işin?"

"Çok severek ve isteyerek yapacağım bir iş olacak bu, öncelikle bunu bilmeni isterim. Yeni işim, Buse'yle ve Emre'yle ilgilenmek, onları senin yanına getirmek, sinemaya götürmek, onlara şarkı söylemek, eğlendirmek, morallerini yüksek tutmak... Tabii bu arada anneni ve babanı da ihmal etmemek, onların da her ihtiyaçlarında yanlarında olacağım. Malum artık genç sayılmazlar. Senin de bir an önce sağlığına kavuşabilmen için tüm imkânlarımı seferber edeceğim. Belki senin kalbinden daha güzel başka bir kalp yoktur yeryüzünde ama en azından seninkine yakın bir kalp bulmak için çabalayacağım. Anlayacağın mesaim çok yoğun."

Bukre, Cem'i dinlerken yüzünde tatlı, naif bir gülümseme belirdi. Cem'in yıllar önceki hali geldi gözünün önüne. Belki çok kötü şeyler yaşamışlardı ama çok güzel günleri de olmuştu. Özellikle ilişkilerinin ilk başladığı günler her şey ne kadar güzeldi... Cem o zamanlar da yine böyleydi işte. Hamuru sağlamdı. Özü temizdi. İçten, samimi bir dost gibiydi hep. Tıpkı şimdi karşısında duran bu adam gibi... Gerçek Cem buydu işte. Gençliğin de verdiği şaşkınlıkla belki kaybolmuş, kendini yitirmişti bir dönem ama o günler de gelip geçmişti işte. Daha da büyümüş, olgunlaşmıştı. Karakterine yakışanı yapıyordu şimdi.

"Ha bu arada çok da yorulacağımı düşünmeyin Bukre Hanım. Çünkü bütün bunları yaparken yanımda Uygar gibi yetenekli bir yardımcım olacak."

"Sağ ol Cem. Her şey için teşekkür ederim. İyi ki varsın. Teklifine hayır desem de bunu yapacaksın biliyorum. O yüzden karşı çıkmayacağım. Sadece bir hatırlatma yapacağım; tüm bunlarla uğraşırken evlenmeyi unutma tamam mı? Seni bekleyen çok şanslı bir kız var."

Soğuk hastane odası sıcacık oluvermişti bir anda. Bukre'yle birlikte herkes gülmeye başlamıştı şükür. "Sıkıntı olmaz merak etme" dedi Cem. "Ben neysem Merve de odur. O da çok hassastır bu tür konularda. Her şeyin üstesinden geliriz Allah'ın izniyle."

***

Bukre hastanede yatarken, Cem vaat ettiği her şeyi gerçekleştirmeye devam etti. Çocukları hiç yalnız bırakmadı. Her gün yanlarına uğrayıp morallerini yüksek tutmaya çalıştı. Bazı akşamlar eve gitarıyla gelip onlara şarkılar söyledi, bazı günler dışarı çıkarıp gezdirdi, sinemaya, tiyatroya götürdü. Çocukların hoşuna gidebileceğini düşündüğü her şeyi yaptı. Zaman zaman küçük sürprizler hazırladı. Her gün hastaneye, annelerini ziyarete götürdü. Sadece çocuklarla değil, Bukre'nin annesiyle, babasıyla ve kardeşiyle de yakından ilgilendi. Uygar'ın işte olduğu saatlerde yanlarından ayrılmadı. Evin her eksiğini tedarik etti. Ailenin hayırduasını aldı her seferinde. Artık Cem de ailenin bir ferdi gibiydi. Aranan kalbi bulabilmek için de varını yoğunu koymuştu ortaya. Canla başla çabalıyordu. Faydasının olabileceğini düşündüğü herkese durumu anlatıyor, bu işin bir an evvel hallolması için hatırı sayılı kişilere ulaşmaya çalışıyordu. Tabii ki ne yaparsa yapsın birileri organ bağışında bulunmadığı sürece yapılabilecek pek bir şey kalmıyordu geriye.

Bu işlerin torpille ya da tanıdıkla çözülemeyeceğinin farkındaydı.

Cem'in geceleri hayli zor geçiyordu. Gündüz sürekli bir koşturma içerisinde olduğundan içindeki sıkıntıyı bastırabiliyordu ama gece olup da evine döndüğünde ve kendiyle baş başa kaldığında sancı dolu saatler başlıyordu onun için. Bukre'nin düştüğü durumun sorumlusu olduğunu düşünerek, sürekli kendini suçluyordu. Vicdanı hiç rahat değildi. Bu yüzden Cem için gece demek, azap saatlerinin başlıyor olması demekti. Sabaha kadar ağladığı geceler oluyordu bazen. Ertesi gün erken saatlerde evden çıkıp kendini en iyi hissettiği yere atıyor, bütün gününü Bukre'nin çocuklarıyla geçiriyor, onların mutluluğu için çaba sarf ederek vicdanını rahatlatmaya çalışıyordu.

Merve'yle sürekli telefonda konuşuyorlardı. Onun sesini duymak çok iyi geliyordu Cem'e. İçindeki sıkıntıyı başka hiç kimseyle paylaşamazdı zira. Ne var ki sıkıntılarını paylaşmak konusunda bencilce davranmak da istemiyordu. Sevdiği kadın oralarda kariyeri için hayati önem taşıyan bir sınav verirken onu kendi sorunlarıyla bunaltmaya hakkı olmadığını düşünüyordu. Telefon görüşmelerinde bu konudan hiç bahsetmiyor, Merve sorarsa ayrıntıya girmeden, üstü kapalı yanıtlar veriyordu. Daha çok evlilik hazırlıklarıyla ve gelecek planlarıyla ilgili konuşuyorlardı.

Merve zaman zaman Cem'in kendisinden bir şeyler sakladığından şüphelenmiyor değildi. Son zamanlarda yaptıkları görüntülü konuşmalarda Cem'in ağlamaktan kızarmış gözleri kaçmıyordu dikkatinden. Moralinin bozuk olduğu her halinden belliydi. Çok üzerine gitmek istemese de "İyi görünmüyorsun aşkım" diyordu Merve bazen. "Benden sakladığın bir şey mi var?"

"Hayır" diyordu Cem, sadece çok yorgun olduğu için kötü göründüğünü söyleyip konuyu kapatıyordu. Halbuki Merve yanında olmuş olsaydı muhtemelen sabaha kadar sevdiği kadının omzunda ağlar, yaşadığı vicdan azabını itiraf ederdi ona. Bir an evvel sınav sonucunu alıp Türkiye'ye dönmesini bekliyordu. Her görüşmelerinde ilk sorduğu şey, sonuçların çıkıp çıkmadığı oluyordu.

***

Son günlerde Bukre'nin tahlil sonuçları hiç de iyi gelmiyordu. Cem, böyle zamanlarda Bukre'nin moralini yüksek tutmaya çalışıyor, güçlü olmasını istiyordu. Morali iyi olursa kan değerleri de iyi olacaktı. Ama böylesine sıkıntılı bir süreç yaşayan Bukre'nin moralinin iyi olması da pek mümkün değildi. Hâlâ Selim'in yasını tutuyorken, hâlâ onu özlüyorken, üstüne üstlük bir de kalp nakli beklerken bedeninin zayıf düşmesi çok normaldi. Böyle zamanlarda Cem ona çocuklarını düşünmesini, onlar için hayata tutunmasını öğütlüyordu. Bukre de "Yaşamak istiyorum. Çocuklarımın yanında olmak, onları gururla büyütmek istiyorum. Ama elimde değil. Kalbim ölüyor..." dediğinde söyleyecek hiçbir şey kalmıyordu geriye.

Bukre yaşama tutunmak isterken, kalbinin ölüyor olması ve buna karşılık Cem'in elinden hiçbir şeyin gelmemesi kahrediciydi. Bukre'nin ölme ihtimalini düşünmek bile istemezken, ölüme günbegün yaklaştığına şahitlik etmek ve hiçbir şey yapamamak, hayatın sona sakladığı bir tokat gibiydi adeta.

Cem bu sıkıntılı konudan uzaklaşmak ve biraz da bu iç sıkıcı havayı dağıtmak isteyerek Merve'den söz açtı. Zaten Bukre de sıklıkla soruyordu onu.

"Ne zaman gelecek?" dedi.

"Biraz uzadı işi. Ben de çok sıkıldım böyle olmasından. Sonuçların açıklanmasını bekliyor hâlâ. Çok özledim onu. Şu günlerde daha fazla ihtiyaç duyuyorum ona. Gelişiyle her şey güzelleşecek gibi geliyor. Gözlerinden saçılan ışık, her şeyi aydınlatacak..."

"Sağ salim gelsin de, geç gelmesi önemli değil. Onunla tanışmayı çok istiyorum, biliyorsun."

"Ben de seni onunla tanıştırmayı o kadar çok istiyorum ki. Birbirinizi çok seveceğinizden adım gibi eminim."

"Seni bu kadar çok seven birini neden sevmeyeyim?... Ölmeden düğününüzü görmeyi diliyorum. İnşallah bir ömür mutlu olursunuz."

"Göreceksin tabii. Onur konuğum olacaksın hem de... Bu aşka bire bir şahitlik etmesini istediğim tek insansın sen."

"Bu sözleri senden duymak çok güzel Cem... Doğru insanı ve doğru aşkı bulduğun için çok mutluyum. Bir an önce ışığına kavuşmanı diliyorum."

"Geçmişte yaşadığım acı tecrübeler, hatalarımı doğruya çevirmeyi öğretti bana. Ama asıl pusulam Selim'in sana yazdığı mektup oldu. Kılavuzum oldu o mektup. Ona da söylemiştim bunu. Çok şey borçluyum Selim'e... Bilmeden de olsa, yolunu kaybetmiş bir adama yol oldu. Nurlar içinde yatsın."

Cem, içinden bir şiir gibi çağlayıp gelen duyguları hiç düşünmeden dile dökmüştü. Selim'den ve mektuptan bahsederken Bukre'nin üzüleceği aklına bile gelmemişti. Mektubu Bukre'ye vermeseydi, Bukre belki de bugün bu durumda olmayacaktı. Yine mahvetmişti her şeyi. Başını kaldırıp yüzüne baktığında, gözlerinin uzaklara dalışını gördüğü an anladı yaptığı hatayı ama söz ağızdan çıkmıştı bir kere. Az önce o üzülmesin diye konuyu değiştirmek isteyen de kendisiydi halbuki.

Cem, müsaade isteyip çıktı odadan. Canı çok sıkılmıştı. Hayatta her şeyin bir bedeli vardı. Sevginin de... Şimdi Bukre'nin gözlerinin önünde eriyip gitmesi, Cem'in ödediği bir bedeldi. Ve bu bedel ona çok ağır geliyordu. Hastanenin uzun koridorlarında yürürken ağlamamak için kendini zor tuttu.

Eve gitmek istemiyordu. Bahçedeki banklardan birine oturdu. Kendini iyi hissetmiyordu. Başı dönüyor, midesi bulanıyordu. Cebinden telefonunu çıkarıp Merve'yi aradı ama ulaşamadı. Kendini sonsuz bir kuyuya düşüyormuş gibi hissetti. Uzun süre etrafı izledi boş gözlerle... Üç saat boyunca oturduğu yerden kalkmadı. Zaman mefhumunu yitirmişti. İçindeki sıkıntı bir türlü geçmek bilmiyordu. Sonra ayağa kalktı. Ayakları onu tekrar hastaneye götürüyordu. Bukre'yi bir kez daha görmek istedi.

Odaya girdi ama Bukre yatağında yoktu. Telaşla kapıdan çıkıp danışma masasında bekleyen hemşireye sordu. Hemşire, "Hastanızın durumu ağırlaştı. Tekrar yoğun bakıma aldık" deyince Cem beyninden vurulmuşa döndü adeta. Koşarak yoğun bakım katına çıktı. Kapının önünde Bukre'nin babasını ve Uygar'ı gördü. Hızla gitti yanlarına, neler olduğunu sordu. Uygar iki saat kadar önce hastaneden arandıklarını söyledi.

"Hastanızın durumu ağırlaştı. Acil buraya gelmeniz gerekiyor dediler. Biz de annemle çocukları komşuya bırakıp geldik" dedi Uygar.

"Nasıl olur bu? Daha üç saat önce yanındaydım. Bir şeyi yoktu."

"Bilmiyorum. İçeri almıyorlar işte. Doktoru bekliyoruz biz de..."

Birkaç dakika sonra doktor geldi yanlarına, Bukre'nin durumu hakkında bilgi verdi onlara.

"Hastanızın durumu çok kritik... Şu anda kalp desteği sağlayan bir makineye bağlı. Acil kalp nakli gerekiyor. İlgili tüm kurumlara acil kodlu mesaj gönderdik. Umarım sonuç alırız."

"Şu an için bizim yapabileceğimiz ne var hocam, lütfen söyleyin?" dedi Cem. Sesi ağlamaklıydı. "Beklemekten başka yapabileceğimiz hiçbir şey yok" dedi doktor. Bir kez daha yıkıldılar. Çaresizliğin verdiği boşluk duygusu tarif edilebilir gibi değildi. Elleri kolları bağlanmıştı yine. Birbirlerini teselli edemiyorlardı bile artık. Bukre'nin babasının gözlerinden yaşlar akmaya başladı. Yaşlı bir adamın, ölmek üzere olan kızı için döktüğü gözyaşlarıydı bunlar. Görenlerin kalbine mızrak gibi saplanan acıklı damlalardı her biri... Uygar ve Cem, zavallı adamın koluna girip bahçeye çıkardılar. Yürümekte dahi zorlanıyordu adamcağız. Bir an o adamın yerine koydu kendini Cem. Bu hayatta kim bilir ne güçlüklere katlanmış, nelerin üstesinden gelmişti. Mücadele ederek kazanılabilecek şeyler olsaydı sonuna kadar savaşırdı kızı için. Ama yapılabilecek hiçbir şeyin olmaması demek, çaresizliğe teslim olmak, yenilmek demekti. Şimdi karşısında yenilmiş bir savaşçı, apoletleri sökülmüş bir komutan gibi duran bu yaşlı adamın yerinde kendisi olsaydı ne yapardı Cem? Buna nasıl dayanırdı? Evladı avuçlarından kayıp gidiyordu. Ve dünyada bu adamı teselli edebilecek hiç kimse yoktu. Üstelik bu babanın gözü gibi bakıp büyüttüğü kızına kendisinin ettiği kötülükleri de düşününce utancından yerin dibine giriyordu Cem.

Hastaneden çıkıp arabasına bindi sonra. Evine gidecekti artık. Gözleri doluyor, yaşlar yanaklarından süzülüyordu. Bukre'nin de öleceğini biliyordu. Peki ya çocuklar ne yapacaktı? Onları düşününce daha da üzülüyor, suçluluk duyuyordu. Eğer Bukre'nin çocukları olmasaydı, "Allahım acı çektirmeden Bukre'yi tez kavuştur Selim'e" diye dua ederdi. Fakat Buse'yi ve Emre'yi düşündükçe kahroluyordu. Bu ruh haliyle araba sürerken evine gitmek yerine direksiyonu Eyüp Sultan'a doğru kırdığını fark etti. Yolunu değiştirmeyi düşünmemişti ama devam etti.

Şadırvanda gözyaşı dökerek abdest aldı, camiye girip namaz kıldı. "Allahım sen büyüksün. Canımdan can kopar, Bukre'ye ver. Yalvarırım, onu çocuklarına bağışla" diye dua etti. İçi huzur bulana kadar oturdu, sonra sessizce çıkıp evine gitti.

***

Merve, her gece olduğu gibi yine bilgisayarının başında Cem'in görüntülü aramasını bekliyordu. Beklediği arama geldiğinde heyecan ve neşe içinde açtı ekranı. Ona anlatacağı yeni planları vardı bu kez. Görüntü geldiğinde Cem'i karşısında ağlarken görünce yıkıldı birden. Kötü bir şey olduğu belliydi.

"Aşkım ne oldu neden ağlıyorsun?" diye sordu.

"Sana çok ihtiyacım var Merve."

Eli ayağı birbirine karıştı Merve'nin. Sevdiği adamı iki gözü iki çeşme görünce o da dayanamadı, ağlamaya başladı.

"Aşkım ne oldu lütfen söyler misin? Ağlama ne olur. Kendine gel biraz."

"Hayat çok acımasız aşkım. Bizi hep en yaralı yerimizden vuruyor."

Hıçkırmaktan konuşamıyordu Cem. Merve, ilk kez böyle görüyordu nişanlısını.

"Cem, biri mi öldü, ne oldu?"

"Kimse ölmedi. Ama yaşayamıyor da..."

Merve ne demek istediğini anlayamıyordu Cem'in. Ona yardım etmek istiyordu ama ne yapması gerektiğini bilemiyordu. Çaresiz hissediyordu kendini.

"Aşkım, ne yapmalıyım, lütfen söyle? Seni böyle görmeye dayanamıyorum."

"Gel Merve. Sadece gel. Gel ve beni kurtar bu çıkmazın içinden."

"Tamam aşkım. Tamam. İlk uçağa binip geliyorum. Ama ne olur sen de kendine gel. Hemen bilet bakıyorum. Sakın kapatma ekranı."

Telefonundaki bilet aplikasyonunu kullanarak arama yaptı. Elleri titriyordu. Neyse ki şansı yaver gitmişti Merve'nin. Sabah kalkacak olan ilk uçağa yer buldu. Telefonunu bilgisayarın kamerasına tutarak "Bak aşkım aldım biletimi. Sabah ilk uçakla geliyorum. Hadi kendine gel artık ne olur. Yarın yanında olacağım" dedi. Cem biraz da olsa sakinleşir gibi oldu ama iyi sayılmazdı hâlâ. Merve valizini hazırlamak için Cem'den izin istedi. Görüşmeyi sonlandırdılar böylece.

Sabaha kadar uyuyamadı Cem. Kafasını duvarlara vurmak, kendini parçalamak istiyordu. Merve on dakikada bir arayıp nasıl olduğunu soruyor, yokluyordu onu ama Cem "İyiyim" demekle yetiniyordu sadece, hiçbir şey anlatmıyordu. Merve üstelemedi, ısrar etmedi konuşması için. Nasılsa yarın her şeyi öğrenecekti. Sabah uçağa binerken Cem'i bir kez daha arayıp kapattı telefonunu. Cem, Atatürk Havalimanı'ndan alacaktı Merve'yi.

Cem evde beklemek istemediği için hemen hazırlandı. Çıkarken son anda geri dönüp Merve'nin gelinliğini ve Paris'e gitmeden evvel emanet ettiği alyansını da aldı yanına. "Alyansım sende kalırsa çabuk dönerim" demişti Merve giderken. "Bir yanım sende kalsın ki emanetimi almaya geri döneyim en kısa zamanda..." Gelinliğini görmeyi de ne kadar çok istediğini biliyordu Cem. Merve'ye güzel bir sürpriz yapacaktı bugün.

Uçağın iniş saatinden çok önce havalimanına varmıştı. Arabasını otoparka bırakıp dış hatların geliş bölümüne geçti. İnsan kalabalığının arasına karışıp kendini unutmak istiyordu. Bir aşağı bir yukarı dolaşıp durdu ama zaman geçmek bilmiyordu. Sanki dakikalar iyice ağırlaşmış, hiç ilerlemiyordu.

Kendini unutmak gayesiyle içine daldığı kalabalık artık üstüne üstüne gelmeye başlamıştı. Arada tanıyanlar da çıkınca Cem, kaçacak delik arıyordu. Ruhu daralmıştı iyice. Tekrar dışarı çıkıp otoparka gitti. Arabasına binip beklemeye başladı bu kez. Uçağın inmesine daha çok vardı. Arabanın dikiz aynasına baktığında kendi yüzünden korktu bir an. Sabaha kadar uyumadığı için hayalete dönmüştü adeta. Gözleri kan çanağı gibiydi. Saçları darmadağınıktı. Şakakları zonkluyordu.

İkiye bölünmüştü sanki. Aklı Bukre'de, kalbi Merve'deydi. Sonra çocuklar geldi gözünün önüne. Annelerini de kaybederlerse ne olacaktı halleri?... O kapının arkasına bir de anneleri için mi mektup asacaklardı? Bunu hak edecek ne yapmıştı o yavrucaklar? Kendini bu düşüncelerden kurtaramıyordu bir türlü. Sakin olmalıydı. Telefonuna uzanıp Uygar'ı aradı. Bir gelişme olup olmadığını sordu. Yoktu! Sonra çocukların nasıl olduğunu sordu. "Onlara bir şey söylemedik. Bilmiyorlar" dedi Uygar. Telefonu kapatıp koltuğa iyice yaslandı. Zihni çok yorulmuştu. Boş gözlerle tavanı izledi bir süre. Bu haldeyken içi geçti, uyuyakaldı sonra.

Telefonun çalmasıyla birlikte irkilerek uyandı. Kısacık bir an nerede olduğunu algılayamadı. Ne zamandır uyuduğunu kestiremedi. Panikle saatine baktı. Uçak çoktan inmişti bile. Merve arıyordu Cem'i telefonla.

"Alo aşkım neredesin?" diye açtı telefonu Cem. "Ben arabada uyuyakalmışım. Çok özür dilerim. Hemen geliyorum yanına."

"Dur canım, dur. Sakin ol. Ben orada değilim. Uçak sis yüzünden Sabiha Gökçen Havalimanı'na indi. Onu haber vermek için aradım."

"Öyle mi? Tamam. Hemen oraya geliyorum."

"Aşkım ta oradan kalkıp buraya mı geleceksin? Saçma olur. Ben şimdi buradan bir taksiye biner gelirim. Sen boşuna bu tarafa geçme. Gelmen uzun sürer zaten. Sen benim nereye geleceğimi söyle yeter."

"Tamam canım, doğru söylüyorsun. Sen Taksim'e kadar gel. Ben seni oradan alırım."

"Tamam canım. Daha iyisin değil mi?"

"Bilmiyorum. Seni görene kadar iyiyim diyemem."

***

Yol açıktı. Tahmininden daha önce gelmişti Taksim'e. Arabayı uygun bir yere çekip beklemeye başladı. Yan koltukta duran gelinliğe bakıyordu Cem. Kar kadar beyazdı. Gelinliği Merve'nin üzerinde hayal edince yüzü aydınlandı bir an. İkide bir saatine bakıyordu. Zaman yine geçmek bilmiyordu işte. Telefon açtı Merve'ye. "Çok az kaldı canım. Varmak üzereyim Taksim'e..." dedi Merve. Sabredemiyordu Cem. İçi içine sığmıyordu artık. Merve'ye mesaj atıp içindeki yangını az da olsa yatıştırmak istedi Cem. Telefonun mesaj sayfasını açtı ve "Birazdan yanımda olacaksın ve gözlerinde âşık olduğum ışığınla beni bu karanlık zaman diliminden çekip kurtaracaksın. Lütfen çabuk gel. Kalbimin, gözlerinin ışığına ihtiyacı var. Çünkü o ışık, gözlerimden önce kalbimi kamaştırmıştı benim. Seni seviyorum aşkım" diye yazdı.

Mesajı gönderdi ama içi hâlâ rahat değildi Cem'in. Sanki göğsünün üzerine dünya oturmuştu ve nefes aldırmıyordu ona. Yolladığı mesajdan sonra bu his daha da artmıştı sanki. Acaba Bukre'ye mi bir şey olmuştu?

Uygar'ı tekrar arayıp aynı şeyleri sordu ve yine aynı cevapları aldı. Hiçbir gelişme yoktu.

Bukre'nin daha ne kadar o makineye bağlı yaşayabileceğini düşünüyordu Cem. Tabii buna da yaşamak denirse... Yine de hayatta olduğunu bilmek içini rahatlatıyordu. Hâlâ yaşıyordu. İsmi telefon defterlerinden silinmemişti daha. Nüfus kaydında ölü olarak geçmiyordu. Nefes alıyordu ve toprağın altında değildi. Günün birinde bu duruma bile şükredebileceği aklının ucundan geçmezdi. Hayat ne garipti.

Bir süre daha bekleyip Merve'yi tekrar aradı. Çoktan gelmiş olması gerekiyordu. Telefonu çaldı ama açılmadı. Üç dört kez daha çaldırdı bunun üzerine. Hâlâ açmıyordu Merve. Bir kere daha denedi. Neyse ki açıldı bu kez ama tanımadığı bir erkek sesi çıktı karşısına. Beklenmedik bir durumdu bu. Şaşırmıştı Cem.

"Ben Merve'yi aramıştım beyefendi" dedi. "Siz kimsiniz?"

"Beyefendi ben trafik polisiyim. Merve Hanım'ın bindiği taksi bir kaza yaptı. Kendisi ağır yaralı şu anda..."

"Ne! Kaza mı? Nerede, nasıl?"

"Beyefendi az önce ambulansla Şişli Devlet Hastanesi'ne gönderdik. Çantası, telefonu, eşyaları kaza mahallinde kaldı. Siz şimdi..."

Gerisini dinlemedi Cem. Kulakları duymuyordu artık. Algıları birdenbire kapanmıştı dış dünyaya. Tepki vermiyordu vücudu. Sadece duruyordu. Gözleri tek bir noktaya kilitlenmişti. Bu halde ne kadar kaldığını hatırlamıyordu. Aklında kalan tek şey Şişli Devlet Hastanesi'ydi. Başını yan tarafa çevirdiğinde hastanenin tabelasını gördü. Ne zaman gelmişti ki buraya? Kim getirmişti onu? Arabada kendinden başka kimse yoktu. Yan koltukta duran gelinliği kucağına alıp kapattı gözlerini. Açtığındaysa hastane koridorlarında "Merve!" diye bağırıyordu. Yaşadığı bütün bu anlar gerçekti ama araları hep kopuk kopuktu. Ara sıra birtakım görüntüler gelip geçiyordu zihninden. Zaman kavramını yitirmişti sanki.

Merve'nin yüzü belirdi karşısında sonra. Kanlar içindeydi. Zihni ona oyunlar oynuyor gibiydi. Neyin gerçek neyin halüsinasyon olduğunu anlayamıyordu. Kafasının içinde bir sürü ses vardı. Bazıları anlaşılıyordu. Ama çoğu belirsizdi. "Nabız yok" diyordu bir ses. "Kalp masajı deneyeceğiz" diyordu başka bir ses. Etrafında bir sürü insan vardı. Koşuşan hemşireler, doktorlar... Ama hiçbirine dokunamıyordu. Hiçbiri Cem'i görmüyor gibiydi. Karmakarışıktı her şey. Bedenine dışarıdan bakıyordu. Sonra bütün sesler sustu bir anda. Cem kendini yerde Merve'nin gelinliğine sarılıp ağlarken görüyordu. Ama hiç sesi çıkmıyordu. Sadece bir cümle işitti o sessizlikte. Bir doktor yanına gelip "Başınız sağ olsun" dedi. Sonra her şey karardı zaten.

***

Cem şimdi karanlık bir boşluktaydı. Acıya dayanamayan bilinci kapanmıştı, yeniden gücünü toplayabilmek için... Sadece bir an sürecekti. Ölüm gibi sadece bir an...

On altı yıl önce Bukre'yi kaybettiğinde büyük bir pişmanlık ateşinin içinde yanıp kavrulmuştu Cem. Eline geçen mektubun ona kılavuzluk ettiğine inanmış, mektubu her okuduğunda, gerçek aşkı tadabilmeyi dilemişti Yaradan'dan. On altı yıl sonra Merve'nin gelişiyle gerçek aşkı bulmuş, dileğine kavuşmuştu. Sonra Selim çıkmıştı karşısına. Onunla dostça sohbet etmişler, birbirlerine sarılıp helalleşmişlerdi. Bu karşılaşmayı artık yalnızlığının sonuna vardığına yormuştu Cem. Muradına ermişti sonunda. Bundan sonra gerçek aşkıyla iki ayrı bedende tek bir kalp olarak yaşayacaklardı. Ne var ki, evleneceğinin müjdesini verirken Selim'in acı haberini almıştı. Bir aşk murada ererken, başka bir aşk sonsuz acılara yelken açmıştı.

Cem, başsağlığı dilemek için Bukre'nin yanına gittiğinde, yıllardır kendisi için dilediği gerçek aşkın bedelini görmüştü onda. Ne yazık ki Selim birden ölüp gitmiş, Bukre yasa boğulmuş, tarifsiz acılarla baş başa kalmıştı. Cem, aşkı tarifsiz bir mutluluk olarak bekliyordu. Oysa tarifsiz acıları da vardı aşkın. Kalp dayanmazdı buna. Neden herkesin gerçek aşkı tatmadığını, ancak bilincinin acıdan dolayı kapandığı an idrak etmişti. Merve de çekip gitmişti bu dünyadan. Kahrolmuştu Cem... Yıkılmıştı. Yıllardır görmediği Selim'in ölümüne üzülürken, can çekişen Bukre'nin yaşaması için canını dişine takarken "Sensiz dayanamam, gel ve yanımda ol" dediği biricik sevdiğini, beyaz ışığını bir kerecik daha göremeden kaybetmişti. Birbirlerini soldurmamak için verdikleri sözü tutamamıştı Merve. Anbean solup gidiyordu Cem. Şimdi anlıyordu Bukre'nin acısını, gerçekten de can dayanmazdı bu acıya.

"Sensiz dayanamam, gel ve yanımda ol" dediği Merve yoktu artık. Canından can kopuyordu şimdi. Onsuz yaşamaya nasıl katlanacaktı? Bilinci kapandığı an, bütün bunlar şimşek gibi çakıp söndü içinde. Ölümü bir an için tatmıştı. Gözleri açıldı sonra yeniden. Uyanmıştı artık... Bu gerçek uyanışıydı onun. Kolay kolay uyku tutmazdı bundan sonra. Merve'yi çağırmasaydı, olmayacaktı bu kaza. Şimdi Bukre'yi anlamakla kalmıyor, Bukre oluyordu Cem.

***

Cem gözlerini açtığında hâlâ yerde yatıyordu, oracıkta yığılıp kalmıştı. Başında bir doktor ve hemşireler vardı. Kendine gelmişti ama hayatta değildi artık. Ruhu Merve'nin ruhuna tutunmuş, bırakmıyordu.

– Lütfen gitme Merve. Beni bırakma.

– Dönemem Cem. Senin dileğindi bu.

Merve'nin sesini son kez duymuştu ama hatırlamayacaktı. Doktorlar onunla konuşuyorlardı ama kimsenin sesini işitmiyordu Cem. Ne yaşıyordu ne de ölmüştü. Hastabakıcılar Cem'i yerden kaldırıp yatağa taşıdılar. Hiç direnmiyordu Cem, bebek gibiydi ya da ceset gibi. Tümüyle bırakmıştı kendisini.

"Merve..." diyordu sürekli... "Allahım neden? Neden aldın Merve'yi benden? Ben onsuz nasıl yaşarım?"

***

Merve'nin öldüğünü öğrenen muhabirler hastaneye akın etmişlerdi. Doktorlar Cem'e sakinleştirici verip uyutmuşlar, muhabirlerle görüştürmemişlerdi. Hangi odada yattığını da gizliyorlardı. Cem'in ve Merve'nin yakınları da hastaneye gelmişlerdi hemen. Hepsi çok üzgündü. Marmaris'ten gelen annesi ve babası biricik kızlarının ölümüyle yıkılmışlar, bir köşeye sinip küçülmüşlerdi.

Cem akşam saatlerinde hastane yatağında uyandığında sonsuz bir uykudan ayılıyor gibiydi. Annesi ve babası başında bekliyorlardı. Cem ailesini görünce çok şaşırdı.

"Anne" dedi. "Siz ne zaman geldiniz?" Annesi elini tuttu sıkıca.

"İki üç saat oldu oğlum" dedi kadın. "Başın sağ olsun."

Cem gözünü açmıştı ama sakinleştiricilerin etkisindeydi hâlâ. Boş gözlerle bakıyordu etrafına.

"Kim öldü anne?" diye sordu.

Cevap vermedi annesi. Oğlunun kendinde olmadığını, olan biteni hatırlamadığını anlayıp sustu. Hiçbir şey söylemek istemedi. Cem babasına bakıyordu ama babası da suskundu. Kimse ağzını açmadı bir süre.

"Ben niye burada yatıyorum, kaza mı geçirdim?" diye sordu Cem, ama kaza olasılığı aklından geçer geçmez kalakaldı. "Merve" dedi. "Merve gelecekti? Merve nerede?"

"Merve kızımızı kaybettik oğlum. Hakk'ın rahmetine kavuştu..."

Cem susmuştu yine. Olayı metanetle karşılar gibi görünüyordu ama ilaçlar yüzünden tepkisizdi sadece. Bakışlarını tavana dikti, her şeyi hatırlıyordu şimdi, hem de her şeyi. Merve'yi ilk kez gördüğü günden bu yana yaşadığı her şey bir film şeridi gibi akıp geçti gözlerinin önünden.

Mırıldanır gibi alçak bir sesle "Anne" dedi Cem. "Ah anne, sen beni neden doğurdun?"

"Merve'yi sevmen için oğlum. Merve'nin bir seveni olsun diye doğurmuşum. Sevgiden yüce kefen yoktur evladım."

***

Annesiyle babası Cem'i hiç yalnız bırakmadılar. Cem, sakinleştirici ilaçların etkisiyle sabaha kadar yarı uykuda geçirdi zamanını. Gazeteciler sürekli arayıp mesaj attıkları için kapatmıştı telefonunu. Çift hat taşıyordu ama yakınları için taşıdığı hattı açık tutmak aklına gelmemişti o acılı ve yarı uykulu haliyle. Telefonunu kapatıp bütün sesleri kesti hayatından. Merve'nin ruhundan akacak seslere açıktı sadece. Ta cennetten gelen çok güzel bir melodi vardı kulağında. Onu sakin tutuyor ve teskin ediyordu bu melodi. Bir esin değildi bu, ilk kez böylesini duyuyordu içinde. Dikkatini verdiği sürece, bu melodi çınlıyordu sürekli. Merve artık hep böyle seslenecekti ona.

***

Şişli Camii'nde gerçekleşecekti cenaze töreni. Kuruçeşme Mezarlığı'ndaki aile kabristanına gömülecekti Merve'nin naaşı... Aylar önce birlikte dua etmeye gelmişlerdi mezarlığa. "Dünyada hiçbir şeyin garantisi yok. Kesin olan tek şey bir gün hepimizin öleceği" demişti Merve. "Bu yüzden ölümün ne zaman, ne şekilde geleceğini bilmiyor olmamız bizim hem cezamız, hem de ödülümüz aslında..."

Merve'nin bu sözlerini hatırlayınca içi ürperdi Cem'in. Annesiyle babasının kollarında güçlükle gelmişti camiye... Sanki ölüme yürüyordu ayakları, sanki mezara girmeye hazırlanıyordu. Ağzını bıçak açmıyor, kulağında çınlayan melodiyi dinliyordu yalnızca. Bitmesini istemediği bir şarkıydı bu. Acısını dindiren bir melodiydi. Evet, Merve'yle birbirlerine karşı besledikleri hislerin notlara dökülmüş haliydi bu. Cem kendini müziğe ve gerçek aşka adamıştı hep. Şarkıları insanların dertlerine derman olmuş, acılarını dindirmiş, sevinçlerini yüceltmişti. İşte bütün bunların karşılığıydı şimdi dinlediği melodi, hayatının en acı gününde, acısını dindirmeye yönelik bir karşı bildirimdi, yücelerden gelen zarif bir teselliydi. Yoksa Cem nasıl dayanabilirdi ki bu acıya?

Kıyısızlar Çay Bahçesi'nin müdavimleri de hıncahınç doldurmuşlardı cami avlusunu. Cem'in aklına bile gelmezdi bunca kalabalığın bir cami avlusunda Merve'yi uğurlamak için bir araya gelebileceği. Sevenleri başka şehirlerden bile olsa kalkıp gelmişlerdi. Cem yalnız değildi. Merve'yi hep birlikte uğurlamak için toplanmışlar, tek yürek, tek bilek olmuşlardı adeta. Annesinin sözü geliyordu Cem'in aklına. "Sevgiden yüce kefen yoktur." Cem'i sevenler, kefen olarak getirmişlerdi sevgilerini. Cem'in kulağında çınlayan melodi, bu kefenin sesiydi. Daha yüksek ve daha berrak işitiyordu şimdi onu.

Törenden sonra aile kabristanında, Merve'nin cansız bedenini kendi elleriyle mezara koydu Cem, başını kıbleye çevirdi. Sevdiğiyle konuşuyordu içinden. "Güle güle sevgilim" diyordu. "Mutluluk seninle, kalbin benimle olsun. Ben ölene dek ikinci kıblem sensin. Hatıranı yaşatmak için ömrümü vereceğim."

Merve'nin öldüğünü öğrenince kendi de ölmek istemiş, sevdiği kadının peşinden gitmek istemişti ama Merve'nin bedenini mezara koyup da yüzünü kıbleye çevirirken "Merve'm!" demişti gözleri yaşlı. İşte o an karar vermişti yaşamaya. Elbette bilemezdi nedenini, insanın kendine soracağı türden bir his değildi bu. Hayatına devam etmesi gerektiği sanki bir an için görünmez bir el tarafından konmuştu içine.

Cem çukurdan çıkıp dostlarıyla birlikte sevdiğinin üzerine toprak atarken iki çocuk gelip koluna girdi. Buse ve Emre haberi almışlar, Cem'i çok aramışlar ama ulaşamamışlardı. Telefonu hep kapalıydı. Uygar da iki yeğenini alıp cenazeye gelmişti.

"Cem Ağabeyciğim, başın sağ olsun. Çok üzüldük" dediler.

Cem çok duygulandı onları görünce. İçi allak bullak oldu birden. Babalarını yeni kaybetmiş, anneleri ölümle pençeleşen bu iki çocuk kalkıp Cem için cenazeye gelmişlerdi. Buse'nin de, Emre'nin de boyunu aşan acılarına yeni acılar katıldığını düşünen Cem'in içi burkulmuştu.

"Sağ olun çocuklarım. Sağ olun canlarım. Dostlar sağ olsun" dedi Cem. İkisine de sımsıkı sarıldı. "Bukre sağ olsun" dedi içinden. Onun için dua etti.

Uygar "Başın sağ olsun. Çocuklar yanında olmayı çok istediler. Ben de öyle. Çok üzüldüm" dedi.

Cem "Hepimiz çok üzgünüz Uygar. Geldiğiniz için teşekkür ederim. Allah razı olsun. Bukre nasıl?" dedi.

"Durumu aynı. Ama bize bir umut ışığı doğdu. Uygun bir kalp bulundu."

"Sahi mi?"

"Evet. Ablam inşallah yaşayacak."

"İnşallah Uygar. İnşallah. Kader böyleymiş. Dualarımızı birbirimizden eksik etmememiz gereken zor günlerden geçiyoruz. Kalplerimiz duayla dolsun" diyerek çocukları öptü Cem.

"Âmin" dedi Uygar. "Âmin..."

"Bukre biliyor mu? Ona söylediniz mi Merve'yi?" diye sordu Cem.

"Hayır bilmiyor. Kendinde değil."

"Sakın söylemeyin. Ben de söylemeyeceğim. Yüreği bir acıyı daha kaldıramaz. Sen çocukları götür Uygar. Ben de gelirim sonra. Telefonumu açık tutarım. Bana haber verin."

Buse "Biz çok umutluyuz Cem Ağabey. Seni çok seviyoruz" dedi. Yanağından öptü Cem'i.

Emre de Cem'i öptü. "Seni çok seviyoruz. Seninle şarkı söylemek istiyoruz. Sen de annem gibi çok üzülme lütfen. Sen üzülürsen biz daha çok üzülürüz" dedi.

"Evet Cem Ağabey" dedi Buse. "Lütfen bizim için mutlu ol..."

Cem sıkıca sarıldı çocuklara. Bir daha mutlu olabileceğine hiç inanmıyordu artık. Selim öldükten sonra Bukre'nin ne büyük bir acıyla baş etmeye çalıştığını yaşayıp görmüştü işte. Merve'nin olmadığı bir dünyada nasıl mutlu olabilirdi ki?

***

Uygar çocukları alıp hastaneye götürmüştü. Cem de cenazeden sonra evine gitti. Taziye ziyaretine gelenleri elinden geldiğince ağırladı.

Muhabirlere ikramda bulunarak birkaç cümlelik kısa demeçler de verdi. Mevlit okunurken Merve'den gelen ilahi melodiyi yeniden duydu kulaklarında, içi bir parça daha ferahladı. Sevdiğinin üzerine toprak atarken melodi susmuştu zira. O ilahi melodiyi bir daha hiç duymayacağını sanıp korkmuştu. Neyse ki içindeydi hâlâ... Kalbini melodiye açtı...

"Allahım bu melodi kalbimden eksik olmasın" dedi. "Merve'ye kavuşana kadar duyayım. Beni bundan mahrum etme."

Bu sırada Buse'den bir mesaj geldi telefonuna...

"Annemi ameliyata aldılar. Doku uyum testinin kalp nakli açısından uygun olduğu saptanmış. Doktorlar öyle dedi. Umutla bekliyoruz. Lütfen sen de dua et Cem Ağabey."

Cem ellerini açtı o an. Melodiyi dinleyerek dua etti içinden:

"Allahım büyük acıların günleri bizi kucakladı. Kalplerimizin duayla dolmasına vesile olsun. Bukre kulunu, çocuklarına bağışla. Yanına gelen Selim ve Merve kullarından rahmetini esirgeme. Acı çeken kalplere merhametinle güç ver. Bir daha âşık olamayacağım. Aşktan umudu keserek yaşamanın nasıl büyük ıstırap olduğunu biliyorum. Merve'yi tanıdığım, onunla geçirdiğim her gün için sana şükrederim. Ya beni de al yanına Rabbim ya da bana dayanma gücü ver. Âmin."

***

Cem sadece su içebiliyordu bir süredir, boğazından tek lokma geçmiyordu. Kimseyle görüşüp konuşmak istemiyordu. Sabahlara kadar gözüne uyku girmiyordu.

Güneş doğarken sevdiğinin mezarına gitmek, oracıkta ölüp kalmak istiyordu. Veda melodisi kulaklarında çalıyordu hâlâ, sanki Merve yanına çağırıyordu sevdiğini...

O sabah da evden gün ağarırken çıkıp yürüyerek gitti mezarlığa. Mezarlığın kapısına geldiğinde sabah ezanı okunmaya başlamıştı. Tam vaktinde geldiğini düşündü Cem. "Hislerim doğru söylüyor, Merve beni yanına çağırıyor" dedi içinden. Ezanı dinleyerek yürümeye başladı kabristanda. Sevdiğinin toprağına ulaştığında ezan da sona ermişti. Dizlerinin üzerine çöküp alnını toprağa yaslayan Cem "Ben sensiz nasıl yaşarım Merve?" diyerek inledi. "Ben sensiz yaşayamam. Hâlâ el ele dolaşmadığımız yerler var..."

Bu sırada kuvvetli bir rüzgâr esti. Yüksek ağaçlar eğildi, dallar sallandı, yapraklar yere döküldü, savruldu. İncecik bir kitap dönerek geldi tozun toprağın içinden. Cem'in başına çarpıp düştü yere. Cem kitabı görünce doğruldu yerinden. Rüzgârda yaprakları sayfa sayfa açılıyordu kitabın. Cem, beklenmedik bir şekilde karşısına çıkan bu haberciyi yerden alıp açık kalan sayfasına baktı ve okumaya başladı:

"Allah der ki, kimi benden çok seversen onu senden alırım. Ve ekler: Onsuz yaşayamam deme, seni onsuz da yaşatırım. Ve mevsim geçer, gölge veren ağaçların dalları kurur, sabır taşar, canından saydığın yâr bile bir gün el olur. Aklın şaşar, dostun düşmana dönüşür. Düşman kalkar dost olur. Öyle garip bir dünya! Olmaz dediğin ne varsa hepsi olur. Düşmem dersin düşersin. Şaşmam dersin şaşarsın. En garibi de budur ya, öldüm der durur yine de yaşarsın."

Cem bu satırları okurken içi ürperdi bir an. Sonra dönüp tekrar okudu. Kitabı ceketinin içcebine koydu kalkarken.

Bir fatiha okuyup kalktı mezarın başından. Aklı şaşmıştı gerçekten. Bukre'yi düşünüyordu şimdi. Selim'i çok ama çok sevmişti Bukre ve sevdiği adamı kaybedince kendi kalbi de ölüme yatmıştı peşinden. Sonra Merve de ölmüştü aniden, Cem acıyla yanıp kavrulmuş, tıpkı Bukre gibi ölmek istemişti o da. İki acıyı da yan yana düşününce aklı allak bullak oluyordu iyice. Hayata dair bildiği her şey yıkılmıştı. Hiçbir şey bilmiyordu aslında. Yaşadıklarına hiçbir anlam veremiyordu. İnsana yaşamak yetmiyor, anlamak da istiyordu. Ne diyebilirdi başına gelenlere? Rüzgârda savrulan yapraklardan hiçbir farkı yoktu. Aklı savrulup gidiyor, bambaşka bir ıstırap duyuyordu.

O sırada Cem'in telefonundan sinyal sesi yükseldi. Telefonunu aramalara kapatmış, sadece Buse ve Uygar'ın numaraları aradığında sinyal vermeye kodlamıştı. Telefonu açmıştı ama peşinden bir mesaj gelmişti hemen. Buse, telefon kapalı çıkınca mesaj yazmıştı Cem'e:

"Ameliyat bitti. Doktorlar iyi geçtiğini söylüyor. Annemin gözlerini açmasını umutla bekliyoruz. Can kucağıyla sarılıyorum sana. Seni çok seviyorum Cem Ağabey."

Buse'nin mesajını okurken Cem'in kalbi sevgiyle doldu yeniden. Aklı düğümlenmişken birden çözülüverdi. Dünyada sevgiden başka bir merhem yoktu. Hemen Buse'ye cevap yazdı:

"Ben de seni çok seviyorum Buse'm. Haber verdiğin için teşekkür ederim. Yanınıza geliyorum."

Mezarlıktan çıkıp bir taksiye atladı hemen, doğruca hastaneye gitti.

***

Hastanede Cem'i tanıyanlar başsağlığı dilediler. Bukre'nin yakınları da minnettardı ona. Evleneceği kadının ölümüyle sarsılmış bir adamın bunca derdinin arasında kalkıp Bukre'ye koşup gelmesini çok kıymetli bulduklarını söylediler ve ona teşekkür ettiler. Cem'in yarası derin, duyguları karmakarışıktı. Bir yandan Merve'nin yasını tutuyor, ölümünü kabullenmeye çalışıyor, diğer yandan Bukre için dua ediyordu. Ameliyatı gerçekleştiren doktorun odasına gidip hastanın son durumu hakkında bilgi almak istedi. Doktor Cem'i kapıda karşıladı saygıyla. Nişanlısının ölümünü basından öğrenmişti o da. Önce başsağlığı dileyerek elini sıktı Cem'in. Sonra oturması için yer gösterdi odasında. Cem, Bukre'yle ilgili her ayrıntıyı bilmek istiyordu.

"Ne olur bana tüm detayları anlatın doktor bey" dedi.

"Elbette Cem Bey. Öncelikle ameliyatın çok başarılı geçtiğini söylemek istiyorum. Herhangi bir komplikasyonla karşılaşmadık. Her şey yolunda gitti. İlk yirmi dört saat bizim için çok önemli. Çünkü hastaya yeni bir kalp takıldı. Bu tür ameliyatlardan sonra kanama riski, ritim problemleri, kalpte ani durma gibi durumlar olabiliyor. O yüzen biz ilk yirmi dört saat kalp destekleyici ilaçlar veriyoruz. Gerekirse kalp destekleyici cihazlar takıyoruz."

"Yani şu anda cihaza mı bağlı Bukre?"

"Hayır, hayır. Hastamız şu anda uyutuluyor. Kalbi için herhangi bir cihaz takılmasını gerektirecek bir durum oluşmadı. Şimdi bağlı olduğu tek cihaz, solunum cihazı. Kalp destekleyici ilaçlar vererek uyutuyoruz. Sonrasında verdiğimiz ilaçların dozlarını düşürmeye başlayacağız. Ne zaman ki solunum cihazından çıkmaya hazır olacak; o zaman kırk sekiz saat içinde uyandırmaya başlayacağız."

"Uyandırıldığında onu görebilecek miyiz hocam?"

"Hayır. Bu süreçte onu görebilmeniz imkânsız. Çünkü Bukre Hanım şu anda yoğun bakım ünitesinde yer alan özel ve tamamen steril koşullar altında bir odada tutuluyor. O odaya sadece ben ve hastayı takip eden hemşire girebiliyor. Bu evrede insan nefesinden bile enfeksiyon kapabilir. Çok hassas bir durum söz konusu."

"Peki ama neden?"

"Size şöyle açıklayayım Cem Bey. Her ne kadar doku uyumuna bakılsa da bu organ vücudun kendisine ait olmadığından dolayı vücudun savunma sistemi bu kalbi yabancı bir organ gibi algılayıp reddedebilir. Böyle olmaması için bu süreçte immunsüpresif, yani bağışıklığı baskılayıcı ilaçlarla vücudun savunma mekanizmasını güçsüzleştiririz. O yüzden bu evre enfeksiyona en müsait evredir. Özel izolasyon odasında tutulmasının sebebi de bu zaten. Tüm bakımları bu odada yapılacak ve ilaçları düzenlenecek. İlk günlerde ilaçlar çok ağır gelebiliyor hastaya. Bu yüzden kimseyle görüştürmüyoruz. Büyük risk teşkil eder bu durum."

"Peki ne kadar kalacak o odada? Yani onu ne zaman görebileceğim?"

"Kırk sekiz saat içinde solunum cihazından ayırıp hastamıza solunum egzersizleri yaptıracağız. Daha sonra, duruma göre ayağa kaldırıp yürüteceğiz. Sürekli olarak kan değerleri ölçülecek ve belli bir düzeye geldiğinde kendisini yoğun bakımdan çıkarıp servise alacağız. Yani nereden baksanız bir hafta sürer."

Cem üzgündü. Başını önüne eğip sustu. Tek istediği Bukre'yi bir an önce görebilmek, içini oyup duran acıyı bir nebze olsun hafifletebilmekti. Bukre'nin nefes aldığını görmek, yaşadığına şahitlik etmek ona iyi gelecekti. Ama doktorun anlattıklarına bakılırsa bunun için en az bir hafta daha beklemeliydi.

Ruhu zaten bir kapanın içine sıkışıp kalmışken nasıl atlatacaktı ki bu süreci?...

Doktorun yüzüne umutsuzca bakarak "Peki onu kısacık bir an da olsa görebilme şansım hiç mi yok hocam? Uzaktan da görsem yeterli" dedi. Ağlamaklı sesi ağır bir hüzün bulutu olup çökmüştü odaya. Doktor Cem'i gayet iyi anlıyordu. Üzülerek çaresizliğine tanıklık ettiği, şarkılarını severek dinlediği bu iyi yürekli adama yardım etmek istedi.

"Üzüntünüzü çok iyi anlıyorum Cem Bey. Ve size bu konuda yardımcı olmak istiyorum. Yıllardır şarkılarınızda huzur bulduk, severek dinledik, hâlâ da dinliyoruz. Şimdi bunun hakkını verme zamanı. Yarın sabah sizin ve ailesinin Bukre Hanım'ı uzaktan da olsa görebilmeniz için tüm imkânları zorlayacağım."

Cem'in gözleri parlamıştı. Heyecan içinde "Gerçekten mi?" diye sordu. O an yaşadığı mutluluğu hiçbir cümleyle tarif edemezdi. Odadan çıkarken elini minnetle sıktı doktorun. O kadar mutlu olmuştu ki tam ayrılacağı sırada dönüp sımsıkı sarıldı doktora.

***

Ertesi gün erkenden hastaneye geldiler. Doktor her şeyi ayarlamıştı. Hepsi cam kabinin arkasından Bukre'yi görmek için bir odaya geçtiler. Buse ve Emre annelerini, camın arkasından da olsa görebiliyor olmanın heyecanı içindeydiler. Bukre'nin annesi ve babası yaşlı gözlerle kızlarına bakarken, Uygar ve Cem hiç konuşmadan Bukre'yi izlediler. Tekerlekli bir yatağın üzerinde yatıyordu Bukre. Yüzünün rengi iyi görünüyordu ama hâlâ solunum cihazına bağlıydı. Sol göğsünün yan tarafından çıkan, hastanın kanaması olup olmadığının kontrol edildiği diren tüpleri Cem'in dikkatini çekmişti. "Acaba canı yanıyor mudur?" diye geçirdi içinden.

Gözleri sımsıkı kapalıydı Bukre'nin. Yarı ölü gibiydi sanki. Göğüskafesinin içinde başka birinin kalbi atıyordu şimdi. Cem, o kalbin eski sahibine şükran duyuyordu. Onun için dua etti, rahmet diledi. On dakika kadar izlediler Bukre'yi. Daha sonra içlerindeki buruk sevinçle ayrıldılar odadan.

Bukre gözlerini açacaktı inşallah, yaşayacaktı. Fakat ne kadar yaşar, ne kadar sağlıklı olur, bunu zaman gösterecekti. Bukre'nin yeni kalbini benimsemesi, acısına tutunmaya son vermesi, mutlu olmak istemesi çok önemliydi bu süreçte... Onu üzecek, strese sokacak, eski acılarını hatırlatacak her şeyden uzak durması gerekiyordu. Cem odadan çıktıktan sonra çocukları yine tembihledi, Bukre iyileşene kadar Merve'nin ölümünü gizlemeleri gerekiyordu.

***

Ameliyat, doktorun da dediği gibi çok başarılı geçmişti gerçekten. Bukre'ye yeni bir kalp nakledilmiş, kendi kalbi ölmüştü. Bukre artık başka birinin, ölüp gitmiş birinin kalbiyle yaşayacaktı. Ameliyattan sonra yoğun bakımda derin uykudayken rüya görüyordu Bukre. Selim'in yanında görüyordu kendini rüyasında. Selim, karısının ölen kalbini elinde tutuyordu. Bukre'nin elinde başka birine ait bir kalp vardı, göğüskafesinin sol yanı boş duruyordu. Selim, selam verirken, gönül verirken elimizi kalbimize götürdüğümüz gibi, karısının elinde tuttuğu kalbini kendi kalbine götürdü ve iki kalp bir oldu. Selim "Kalplerimiz sonsuza kadar bir oldu Bukre. Sen ne hissedersen ben de burada aynısını hissederim. Lütfen mutlu ol. Sen mutluysan, çocuklarımız da mutlu olur" dedi. Selim'in bu sözleri üzerine Bukre de elini kalbine götürdü ve avucunun içinde taşıdığı yabancı kalbi göğsünün sol tarafındaki boşluğa yerleştirdi.

"Kalbim senindir. Senden bana kalan iki çocuğumuz seni de yaşatacak, beni de yaşatacak. Hakkını helal et sevgilim. Seni çocuklarımızda yaşatmak için yaşayacağım" dedi.

Bukre sonunda yaşamayı kabul etmişti. Kalbi Selim'den başkası için çarpsın istememiş, ona geri vermişti. Bundan sonra başka birinin kalbiyle yaşayacaktı. Ölürken kalbini ona bırakan kişiyi de hatırasıyla yaşatmış olacaktı böylece.

***

Yoğun bakım süreci bir hafta sürmüştü. Her şey planlandığı gibi gidiyordu. Bukre uyandırılmış, solunum egzersizlerini eksiksiz şekilde yerine getirmiş, yürütülmüş, artık normal servise alınma zamanı gelmişti. Tek kişilik bir odaya yerleştirilecek, tedavisinin kalan kısmı bir ay boyunca yeni odasında devam edecekti. Yoğun bakım dönemindeki o en tehlikeli kritik eşik sorunsuz şekilde aşılmıştı ama bundan sonrası daha önemliydi. Sürekli kan değerleri ölçülecek, rutin tetkikleri ve kontrolleri yapılacak, her gün akciğer filmi çekilecek, günde iki kez kalp ritimlerini gözlemlemek için EKG'sine bakılacaktı. Ayrıca uzman psikologlardan haftada iki kez terapi görecek, kendi ihtiyaçlarını bir başkasının yardımı olmadan karşılayabilmeyi öğrenecekti. Bir ayın sonunda eğer uygun görülürse evine gönderilecekti.

Servisteki tek kişilik odasına alındığı gün, sevdiklerini görecek olmanın sevinciyle aşırı heyecanlanmıştı Bukre. Sağlığı açısından sakıncalı bir heyecandı bu. O yüzden ilk gün kimsenin ziyaretine izin verilmemişti. Cem ve diğerleri çaresizce eve dönmek zorunda kalmışlardı. Ertesi sabah tekrar gelmişlerdi hastaneye. Doktorlar bu kez tedbirli davranmışlar ve risk almamak için ziyaret öncesinde Bukre'ye hafif dozda bir sakinleştirici iğne yapılmasını istemişlerdi hemşireden.

İğne anında tesir etmiş, hastanın heyecanını minimum seviyeye düşürmüştü. İğne az da olsa Bukre'nin yorgun bedenine ağır gelmiş, onu derin bir uykunun kollarına bırakmıştı. Hemşire son kontrollerini yaptıktan sonra odadan çıktı ve kapıda bekleyen ziyaretçileri içeride yapmaları ve yapmamaları gerekenler hakkında bilgilendirdi. Öncelikle hastayı yormamaları, heyecanlandırmamaları gerekiyordu. Yatağının etrafında kalabalık halde durmayacaklar ve maskeleri olmadan odaya girmeyeceklerdi. En önemlisi ise ziyareti kısa tutacaklardı. Hemşire uyarılarının ardından birazdan herkesi çağıracağını söyleyerek Bukre'nin yanına döndü yine. Beş dakika sonra dışarı çıkıp hastanın enjekte edilen ilaçların etkisiyle derin bir uykuda olduğunu, şimdi ziyarete girecek olanların maskelerini takarak içeri girmelerini ve odadaki dezenfektanla ellerini yıkayıp sessizce hastanın uyanmasını beklemelerini söyledi.

İşte bekledikleri o an gelmişti. Seri hareketlerle maskelerini taktılar hemen. Cem, kendi maskesini taktıktan sonra Emre'ninkini takmasına yardım etti. O sırada Emre, "Annemizin hastalığı bize bulaşmasın diye mi bunları takıyoruz Cem Ağabey?" diye sordu. Cem gülümsedi. "Hayır. Annenden bize değil, bizden annene hastalık bulaşmasın diye takıyoruz bunları Emreciğim" dedi. Emre, Cem'in açıklamasını tam olarak anlamasa da başka bir soru sormadı. Çünkü o da bir an önce annesinin odasına girip onu görmek istiyordu.

Sessizce odaya girdiler. Bukre henüz gözlerini açmamıştı. Ellerini dezenfektanla sterilize edip beklemeye başladılar. Bukre her an gözlerini açabilirdi. Herkes heyecan içinde o anı bekliyordu. Durup durup birbirlerine sarılıyorlar, sürekli dua ediyorlardı.

Odadaki sessiz bekleyiş sürerken, hemşire gelmişti yine. Cem saatine bakmıştı bu sırada. Odaya gireli yirmi dakika olmuştu.

"Tansiyon alacağım" dedi hemşire ve hastanın tansiyonunu ölçtü. Cem, belki o sırada uyanır diye umut etti ama hemşire işini bitirdiğinde Bukre hâlâ uyuyordu. Cem, tansiyonunun nasıl olduğunu sordu hemşireye. "Normal" dedi hemşire. "İçeride ne kadar az insan beklerse, hastanız açısından o kadar iyi olur..."

Odada nöbetleşe beklemeye başladılar bunun üzerine. Cem çok üzgündü ve üzüntüsünü gizleyemiyordu bir türlü. Merve'nin hayali hiç gitmiyordu gözünün önünden. Kollarının arasına alıp bağrına basmak için dört gözle beklediği Merve, birden hayal olmuştu. Selim'in ölümünden sonra, çocuklara neşe vermek için çabalayan Cem, şimdi çocukların ilgisiyle moral bulur olmuştu. Cem'in iki yanına oturmuştu Buse'yle Emre... İkisi de başlarını Cem'in göğsüne yaslamışlar, bekliyorlardı. "Annemiz gözlerini açacak, hepimiz çok mutlu olacağız" diyorlardı. Cem, babalık duygusunun ne olduğunu hiç tatmamıştı ama Buse ve Emre'nin saçlarını okşarken onları kendi çocuklarıymış gibi görüyordu. Cenazeye geldiklerinde de "Çocuklarım" diye hitap etmişti onlara zaten. İçinden böyle demek gelmişti çünkü. Bunu hatırlayınca daha da sıkı sarıldı çocuklara.

Bukre'nin başında sırayla nöbet tutuyorlardı. Bukre'nin annesi ve babası yanındaydı önce. Sonra onlar çıkınca çocukları çağırdılar. Cem'e de çocuklara eşlik etmesini söylediler. Böylece üçü birlikte girdiler odaya. Cem çok güçlü bir sevgi hissetti. Çocuklarla el ele tutuştu. Uzun bir süre hiç konuşmadan oturdular, Bukre hâlâ uyuyordu. Cem'in kulağında çınlayan melodi yükselmişti. Sessiz oturdukları için kendini tümüyle melodiye verebiliyordu. Zaten bunu dinlemek ve çocukların elini tutmaktan başka hiçbir şey yapmak istemiyordu.

Cem, sessizliğin hüküm sürdüğü bu odada otururken gözünü Bukre'den ayırmıyordu hiç. Tekrar saatine baktı.

Bir buçuk saattir uyanmasını bekliyorlardı Bukre'nin. Odadaki sessizliği Emre'nin hapşırığı bozdu. Ağzında maske vardı ama Buse hemen kolunu tuttu kardeşinin. "Çok yaşa. Gel biz çıkalım biraz" dedi. Emre bir kez hapşırmaya başladığında üst üste defalarca hapşırırdı çünkü. Buse bunu bildiği için hemen çıkarmak istemişti onu. İki kardeş birlikte terk ettiler odayı. Emre koridora çıkar çıkmaz hapşırdı yine. Buse hemen kapıyı kapadı arkasından.

Cem, Bukre'yle yalnız kalmıştı şimdi. Oturduğu yerden kalkıp yatağa doğru yürüdü. Ona biraz daha yakından bakmak istiyordu. Bu sırada Bukre elini kıpırdatıp kalbine götürdü. "Cem" diye sayıkladı. Gözleri hâlâ kapalıydı. Cem, Bukre'nin elini kalbine götürüşünü izlerken heyecanlanmış, "Cem" dediğini işitince içi ürpermişti. Olduğu yerde öylece kalakalmıştı. Bukre'nin sesi, işittiği melodiyle aynı tınıdan çalmaya başlamıştı içinde. Sanki yoğun bakım odasında da çalıyordu o ilahi melodi. Bir an yanlış duyduğunu düşünüp kendini yokladı Cem. Bukre gerçekten uyanır uyanmaz "Cem" mi diye mi sayıklamıştı yoksa içinde dolaşıp duran melodinin oynadığı bir oyun muydu bu?

Çok heyecanlanmıştı Cem. Şaşkınlık içindeydi. Az önce duyduğu şeyin gerçek olup olmadığını anlamaya çalışıyordu. Bukre'nin eli hâlâ kalbinin üzerinde duruyordu. Gözleri kapalıydı ama gözkapaklarına dikkatli bakıldığında gözlerini içeriden sağa sola hareket ettirdiği seçilebiliyordu. Cem yatağın kenarına gelmiş, bir elini Bukre'nin başucuna koymuştu.

Tam o sırada gözleri açıldı Bukre'nin. "Cem" diye sayıkladı yine. Bu kez Cem'in içi sessizdi Bukre adını söylerken. Bukre gözünü açtığında içindeki melodi susmuştu birden. Berrak ve dingin bir sessizliğe bırakmıştı yerini.

Cem'in adını sayıklarken tavana bakıyordu Bukre. Yanı başında beklediğini fark etmemişti henüz.

Gözlerinde bir perde vardı sanki. "Buradayım Bukre. Yanındayım" dedi Cem. Bukre, Cem'in sesini işitince başını yavaşça çevirdi. Dudağının kenarına mutlu bir gülümseme oturmuştu şimdi. Göz göze geldiklerinde irkilmişti Cem. Kalp atışları hızlandı. Çünkü baktığı bu gözlerde Merve'nin ışığı vardı.

Bukre'nin gözlerinden Cem'in gözlerine sihirli bir köprü olmuştu o ışık. Öylesine gerçekti ki, Merve'nin ölümünü bile unutturmuştu Cem'e... Zamanın o ana takılıp kaldığını sandı Cem. Mucizevi bir an yaşanmıştı ve o an Bukre'nin gözlerinde duruyordu hâlâ... An durdu ve Cem o anın içinden geçti. Severken elinden kayıp giden biri geri gelmiş ve giderken bıraktığı boşluğu yine yokluğuyla doldurmuştu. Bu mucizeyi ancak bir ışık başarabilirdi. Merve'nin ışığı...

Bukre, bakışlarını Cem'den çekerek etrafta gezdirdi. "Çocuklarım... Çocuklarım nerede?" diye sordu. İşte o an, içinde takılıp kaldığı eşsiz anın dışına çıkmıştı Cem.

"Çocuklar burada. Herkes burada Bukre. Hepimiz senin uyanmanı bekliyorduk. Aynı anda giremiyoruz içeri. O yüzden bazıları dışarıda bekliyor. Ben çıkayım da onlar gelsinler yanına."

Cem, bir an önce dışarıdakilere müjdeli haberi vermek istiyordu. Ama Bukre kalbinin üzerinde tuttuğu elini havaya kaldırdı o an. "Ben iyiyim. Oturabiliyorum. Çocuklarım gelsin ne olur. Onları görmek istiyorum" diyerek yatağında doğrulmaya çalıştı. Havada duran elini Cem'e doğru uzatarak yardım istedi. Cem, Bukre'nin elini tutarak, doğrulmasına yardımcı oldu. Bacaklarını aşağı sarkıtarak yatağın kenarına oturdu Bukre. Cem, tuttuğu eli tam bırakmak üzereydi ki "Cem" dedi Bukre ve tüm güçsüzlüğüne rağmen Cem'i kendine doğru çekip göğsüne bastırdı. Kesik kesik tuhaf sesler çıkarıyordu.

Cem, ne olduğunu anlamamıştı. Bukre dudaklarını sıkarak öksürdü sonra, yüzünü Cem'in omzuna bastırdı. Kesik kesik öksürüyor, öksürürken Cem'i de göğsüne bastırıyordu.

Telaş ve panik içinde "Bukre neler oluyor?" diye sordu Cem. Bukre'nin öleceğini sandı o an. Korkudan nefesi kesildi. Ne yapacağını bilmiyordu. Böylesi bir sona hazırlıklı değildi. Gözleri karardı. İçinden "Gitme Bukre. Lütfen kal, sen de gitme" dedi. Tir tir titriyordu. Neyse ki Bukre'nin öksürükleri kesildi sonra. Cem'i ayırdı göğsünden. Sözler ağzından güçlükle çıkıyordu. "İyiyim Cem, telaşlanma" dedi. "Öksürük geldi bir anda. Yoğun bakımda öksürüğüm gelirse göğsüme yastık bastırarak öksürmem gerektiği öğretilmişti bana. Böyle yatağın kenarına oturunca yastık arkamda kaldı. O an uzanamazdım. Yanımda sen vardın. Seni bastırmak zorunda kaldım göğsüme."

Bukre'nin açıklaması Cem'i rahatlatmıştı. Gözyaşlarını saklamaya çalışarak "Sana bir şey olduğunu sanıp kendimi kaybettim özür dilerim" dedi.

"Asıl ben özür dilerim senden."

Bukre tekrar yatağına uzanırken Uygar, Buse ve Emre girdiler içeri. Bukre'yi uyanık görünce sevinçten ne yapacaklarını şaşırdılar. Buse ve Emre, elini öptüler annelerinin. "Anne. Anneciğim..." dediler. Uygar çıkıp annesiyle babasına haber vermeye gitti. Bukre çocuklarının başlarını okşuyor, "Buradayım çocuklar" diyordu sayıklar gibi. "Buradayım... Sizinleyim..."

Çocuklarını şefkatle okşuyordu ama yarı uykuda gibiydi hâlâ. Az önce yaşadığı öksürük krizi, halsiz düşürmüştü Bukre'yi. Yine de çocuklarının yanında olması kendine getiriyordu onu, güç veriyordu. Bir eli hâlâ kalbindeydi yine. Çocukların o anki sevinci, Cem'e de her şeyi unutturmuştu.

Cem bir mucize yaşadığını anladı. Gerçeğin içinde sadece bir ışığın hayalini görüyor olsa bile, bu bir mucizeydi.

Merve'nin "Ben bir ışığım. Sadece bir ışık" dediğini hatırladı. Bunun ne büyük bir hakikat olduğunu sadece Cem biliyordu. Merve ölmüştü ama ışığı sönmemişti. Sonsuza kadar parlayacak, Cem'in ruhunu aydınlatmaya devam edecekti.

***

Ertesi gün, hastane ziyareti için apartmanın kapısında hazır bekliyordu Cem. Öğleden önceki ziyaret saatinde çocukları, öğleden sonrakindeyse Bukre'nin annesini ve babasını götürecekti hastaneye. Uygar, daha geç bir saatte ziyaret edecekti ablasını... Buse ve Emre kapıdan çıkar çıkmaz Cem'e koşturdular heyecan içinde. Cem, ikisine de sarılıp öptü. Sonra küçük bir hatırlatma yaptı çocuklara.

"Bakın çocuklar" dedi. "Biliyorsunuz hepimiz annenizin bir an önce iyileşip eve dönmesini istiyoruz. Bu yüzden hepimiz üzerimize düşen sorumlulukları yerine getirmeliyiz. Birincisi, annenizin sağlığı açısından yanında çok uzun süre kalmayacağız. Enfeksiyon kapmasını istemeyiz değil mi? Bu konuda ısrar etmeyeceğinizi biliyorum ama yine de hatırlatmak istedim. İkincisi asla onun moralini bozacak şeyler konuşmuyoruz. Neden bahsettiğimi anladınız sanırım?"

"Evet anladık Cem Ağabey" dedi Buse. Cem, "E hadi o zaman binin arabaya da bir an önce gidelim annenize" deyince Buse duraksadı bir an.

"Şey... Cem Ağabey bir şey söyleyeceğim."

"Söyle Buseciğim."

"Anneme kendi yastığını götürelim mi?"

"Elbette götürelim. Çok güzel düşünmüşsün. Hadi git al gel. Biz seni bekliyoruz."

Buse, sevinçle geri döndü. Apartmana doğru ilerlerken Cem arkasından tebessümle baktı. O sırada Bukre'nin kazadan sonra Selim'in yastığıyla ilgili söylediği sözler geldi aklına. "*Yastığının yerini hiç değiştirmedim biliyor musun? Yastığında ondan kalan çukuru öpüp okşuyorum. O çukuru sabaha kadar kokluyorum. O kokuyu burnumda değil, ruhumda saklıyorum*" demişti Bukre. O güne geri dönmüştü Cem. Gözleri bir hayali izliyor gibiydi uzaktan. Sonra "Buse!" diye seslendi. Apartmanın kapısından girerken durup Cem'e baktı Buse.

"Bence babanın yastığını getir. Daha güzel bir sürpriz olur annene" dedi Cem.

"Tamam Cem Ağabey. Bence de daha güzel olur."

Birkaç dakika sonra kucağında babasının yastığıyla geldi Buse. Küçüklüğünden beri bilirdi bu yastığı. Kenarında annesinin işlediği mavi bir kuzu figürü vardı. Annesininkindeyse aynı renkte işlenmiş bir yavru kuş...

***

Buse, maskesini taktıktan sonra elinde babasının yastığıyla girdi annesinin odasına. Arkasından Emre ve Cem de girdiler içeri. Bukre'nin gözleri kapıdaydı zaten. Gelenleri görür görmez yatağında doğruldu. "Hoş geldiniz" dedi. Kızının kucağındaki yastığı görünce acı dolu bir tebessüm belirdi yüzünde. Buse yastığı uzatıp verdi annesine. Bukre burnuna bastırıp derin derin kokladı.

"Bundan sonra öksürürken babamın yastığını kullanacaksın anne."

"Ah benim canım kızım. Teşekkür ederim. Ne iyi düşünmüşsün."

"Aslında ben senin yavru kuşlu yastığını getirecektim ama Cem Ağabey babamın yastığını getirirsem daha güzel olacağını söyledi. Ben de öyle yaptım."

"İkinize de teşekkür ederim o zaman. Bu gece kendimi hiç yalnız hissetmeyeceğim."

Cem rahatlamıştı. Yolda gelirken bu sürprizin Bukre'yi heyecanlandıracağı ya da üzebileceği ihtimalini hatırlayıp kaygıya kapılmıştı. Ama sonra Selim'in insana huzur veren bir adam olduğunu düşünmüştü. Ondan geriye kalan her hatıra Bukre'ye huzur verirdi ancak... Neyse ki Cem'in korktuğu başına gelmemiş, Bukre yastığı koklayarak ihtiyacı olan huzura bir nebze de olsun kavuşabilmişti.

Bukre, yastığı derin derin koklarken aklına Merve gelmişti Cem'in. İçi sızlamıştı yine. Sevdiği kadınla aynı yastığa baş koyamamışlardı ne yazık ki. Merve'nin kokusu da kalmamıştı geriye. Keşke bir kerecik o gelinliği giymiş olsaydı...

***

Cem, ziyaretten sonra hastaneden çocuklarla birlikte çıkıp eve bıraktı onları. Nereye gideceğini düşündü bir an. Merve'yle gittiği yerler geliyordu aklına ama birlikte gezdikleri yerlere giderse üzülecekti yine. Kuruçeşme'deki sahafa uğramayı düşündü bir an ama vazgeçti bu fikrinden de. Mahzun bir çocuk gibi evinin yolunu tuttu sonra. Kapıyı açarken ziline baktı, kendi adı yazıyordu üzerinde. Yalnızca kendi adı... Merve yaşasaydı, ikisinin de adı yazıyor olacaktı. Merve hayatta olsaydı, Cem eve geldiğinde kapıyı anahtarla açmayacak, zili çalacaktı ve heyecanla Merve'nin kapıyı açmasını bekleyecekti.

Eve girdiğinde ne kadar yalnız olduğunu hissetti. Her zamankinden daha yalnız ve daha ıssızdı. Yine kıyısızdı.

Uçsuz bucaksız gökyüzünde tek başına kalmıştı. Bu ev hiçbir zaman dolmayacaktı. Merve'nin yokluğu her odanın bir köşesinde durup bekleyecek, Cem'in gözleri hep o köşelere bakıp dolacaktı. Merve'yi beklediği eviydi bu ev. Merve'nin gelemediği, hiç gelmeyeceği bu evde tek başına yaşayacaktı bundan sonra.

Merve'ye bir sürprizi vardı Cem'in. Evinin bir odasını Merve için dayayıp döşemişti. Orada kendine ait küçük bir dünya kursun istemişti. Kapısını tıklatacaktı, girmek için izin almadan içeriye adımını bile atmayacaktı. Onu ne kadar severse sevsin, birbirleriyle el ele diz dize göz göze yaşarlarken bile ona duyduğu saygıyı hep parmağının ucuyla kapısını tıklatarak duyuracaktı. Neler neler hayal etmişti Cem. En küçük ayrıntısına kadar özenli bir yaşam kurmuştu, Merve gelince başlayacaktı yeni hayatları, ama hiç başlayamadı... Ne olurdu Merve bir kez olsun gelseydi, odasını görseydi, eşyalarına elini sürseydi. Kendisinden minicik de olsa bir parça bıraksaydı. Şimdi Cem bu boş odaya hiç giremeyecekti. Bu kapıyı hiç tıklatamayacaktı.

Yatağa uzanıp tavanı seyretti. Nereye baksa, Merve hep gözünün önündeydi. Hayali o kadar canlıydı ki, sanki hep yanındaydı, her an karşısına çıkacak gibiydi. Cem anladı ki, yalnızca Merve'yi anmak, hayal etmek istiyordu. Bukre hastanede ölüm kalım mücadelesi vermese, uçsuz bucaksız gökyüzünde kanatlarını açarak süzülen bir kuş gibi bırakacaktı kendini boşluğa, uçmaktan yorgun düşene kadar süzülecekti havada ve düştüğü yerde artık her şey bitecekti onun için.

Merve karşısına çıkana kadar bir limanda durmuş onu alıp götürecek gemiyi bekler gibiydi Cem. Merve'nin gelmesiyle içindeki boşluk tümüyle dolmuştu. Gökyüzündeki bütün yıldızlar ait oldukları yeri bulmuşlardı.

Şimdi doldurulmaz bir boşlukta, yakıp kavuran bir eksiklikle doluydu içi. Sanki yanmaya hazır bir çıraydı ve sadece bir kibrit eksikti.

Sanki kozasından çıkıp kelebek olarak kanat çırpmaya hazır bir tırtıldı ve sadece kozasının yırtılacağı minicik bir delik, içeriye sızacak bir damla ışık eksikti. Ne var ki, kavuşmaya ramak kala her şey yok olmuştu. Sanki kış uykusu son bulmuş, bilinci açılmış, yeni mevsime başlamak yalnızca gözünü açmasına kalmışken, karakış geri gelmişti. Hayatı boyunca unutamayacağı bir rüya görürken, rüyanın en güzel anını yaşarken, uykusu ansızın bölünüvermişti. Yeniden uyusa bile, aynı rüyayı görmeye devam etmeyecekti. Ne yeniden uyumak ne de gözlerini açmak istiyordu. Rüyanın etkisindeydi hâlâ ve çıkmak istemiyordu. Ne kadar acı da olsa bu rüyanın etkisinde kalmayı, hayatın ona vereceği bütün güzelliklere tercih ederdi. Ruhu acıdan yorgundu ve uyuyakaldı.

Cem uykunun en derin katmanlarına doğru düşerken, ruhu nefes alıyordu. Sonunda rüyaların döşeğine kadar indi, yorgun ruhu rüya âlemine serildi. Merve'nin ruhundan akıp gelen melodiyi şimdi çok daha canlı işitiyordu. Bir el arkadan omzuna dokundu, ruhu ürperdi ve sevinçle arkasına baktı. Merve'nin yüzü karşısındaydı. Gözlerinden saçılan ışık ruhuna işledi. Merve'nin yüzü açılıp aydınlandı, öyle güzel bakıyordu ki, Cem cennetteydi sanki.

Öyle bir andı ki, rüyanın zamansızlığında sonsuza kadar uzayıp gidiyordu. Mesafelerin ancak duyguyla ölçülebileceği rüyalar âleminde ne kadar yakın olurlarsa olsunlar, yakıp kavuran bir hasretle bakıyordu Merve'ye. Sonra Merve gülümsedi ona. Öylesine içten gülümsüyordu ki, mutluluk saçıyordu her yana. Cem anladı ki Merve mutluydu ve mutluluk vermek için gelmişti ona.

"Üzülme sevgilim. Benden yana hiçbir dileğin karşılıksız kalmadı. Sen beni karşılıksız sevdin. Ben bir ışığım ve aslıma döndüm. Kendimi sana bıraktım, kalbim sana emanet. Biz ışığız ve parlamak için yaratılmışız. Kalplerimiz bize sevmek için verildi, bunu unutma."

Merve bunları söyleyince Cem'in kalbi sevgiye açıldı ve kederi uzaklaşmaya başladı. Merve geriye doğru akıyor, süzülüyor, Cem'den uzaklaşıyordu artık. Cem, Merve ona yakın dururken sadece yüzünü görebiliyordu ama uzaklaşınca bütün bedenini görebildi. Kalbinin yerinde bir boşluk ve o boşlukta minik bir kuş vardı. Ve Merve'nin arkasında onu bekleyen bir kuzu... Merve kuzunun yanına geldiği an, orada durup kaldı.

"Ben bir yıldız oldum ve senin için bir dilek tuttum. Gerçekleşince gökyüzünden kayıp gidecek ve seni bekleyeceğim. Hoşça kal sevgilim. Kalbinin sevgiyle her çarpışında benden yankılanacak ses, sana geri dönecek. Sen ne hissediyorsan, ben de onu hissedeceğim. Aşkımız daim, devrimiz baki. Yine buluşacağız. O güne kadar bir kuş cıvıldayacak şarkımızı. Hoşça kal."

Merve, Cem'e el salladı. Kalbinin yerindeki boşlukta duran kuş havalanıp uçtu ve gelip Cem'in omzuna kondu. Merve ve yanındaki kuzu göz kamaştıran bir ışığın içinde kayboldular. Rüya o kadar güzeldi ki, Cem gözünü açıp uyanmak istemedi. Fakat kapı ısrarla çalınıyordu. Uyanmak zorunda kaldı mecburen. Aklına Bukre gelmişti yine, acaba bir şey mi olmuştu? Fakat bu olumsuz düşünce hemen siliniverdi aklından. Bukre'ye bir şey olsa evine gelmezler, telefonla ararlardı.

Cem istemeyerek de olsa kapıyı açmak için yürüdü antreye. Kapının deliğinden baktı sonra. Kurye gelmişti. Kapıyı açtı Cem.

"Merhaba Cem Bey. Başınız sağ olsun."

"Teşekkür ederim. Dostlar sağ olsun."

"Rahatsız ettiğim için kusura bakmayın. Size birkaç gün önce kargo getirmiştim, fakat evde yoktunuz. Notu kapıya yapıştırdım ama sizden haber çıkmayınca, tekrar kapınızı çalayım dedim. Kargoyu geri göndermek istemedim. Şey... Üstünde Merve Hanım'ın ismi var. O göndermiş, Fransa'dan geliyor."

Cem çok şaşırmıştı. İçi sızladı. Kargo dağıtıcısı açıkça söylediği halde inanamamıştı. Adamın yüzüne bakıp kaldı bir an. Adam paketi uzatınca aldı ama gönderenin ismine bakıp bakmamakta tereddüt ediyordu. "Teşekkür ederim, çok naziksiniz" dedi. Kapıyı yavaşça kapadı. Elinde paketle kaldı kapının ağzında. Üstündeki isme baktı sonra. Gerçekten Merve'den geliyordu paket. Kalbi hızla çarpmaya başladı, gözleri doldu. Hemen açmak istemedi paketi, Merve'nin adını bir daha okumak için gözlerindeki yaşları sildi. Evet, gönderen Merve'ydi. Paketi yavaşça açtı gözyaşı dökerek. Oyuncak pandasını, Zuzi'yi göndermişti Merve. Cem tanıyordu bu oyuncağı. Merve'yle geceleri görüntülü konuşurken hep yanında duruyordu Zuzi... Ona sarılıp uyuduğundan söz etmişti Merve. Zuzi'yle tanıştırmış hatta konuşturmuştu bile Cem'i.

Pandanın üzerinde, nazar boncuklu bir çengelliiğneyle tutuşturulmuş küçük de bir not vardı. Merve'den gelen notu hemen okumadı Cem. Paketi, portmantonun üzerine koydu. Kargo dağıtıcısının bahsettiği kâğıdı da gördü orada. Belki taziye için gelip gidenlerden biri, belki de evi temizlemeye gelen kadın kapıdan alıp portmantoya bırakmıştı kâğıdı. Cem'in dikkatini hiç çekmemişti şimdiye kadar, yeni görüyordu.

Cem pandaya sıkıca sarılıp öptü, kokladı. Merve'nin kokusu vardı üstünde. Hemen almıştı kokuyu, buram buram içine çekti. Cem pandayı önce Merve'nin odasına götürdü. Kapıyı tıklatmak isterdi ama biliyordu ki içeride kimse yoktu ve hiç olmayacaktı.

"Hoş geldin Zuzi. Bak burası annenin odası. Sen gelmesen, ben belki giremezdim bu odaya. Gel seni bizim odamıza götüreyim."

Cem bir kez daha öptü Zuzi'yi, bağrına basarak yatak odasına götürdü. Yatağa oturdu, katlanarak çengelliiğneyle oyuncağa tutturulmuş olan notu açıp okudu:

"Canım sevgilim... Seni çok özledim. Kavuşacağımız günü iple çekiyorum. Zuzi de seni çok özledi. Bana hep babasını soruyordu. Ne zaman babamın kucağında olacağım diyordu. Bu yüzden onu sana gönderiyorum. Bir süre babasında kalsın istedim. İkiniz birlikte beni bekleyin. Sana kucak kucak sevgimi gönderiyorum Zuzi'yle. Her gece ona sımsıkı sarıldım. Sevgimi, uykumu, kokumu Zuzi'yle gönderiyorum sana. Eminim, çocuğumuza çok iyi bakacaksın. Seni o kadar özledim ki, keşke yanında olsam. Hemen gelsem sana... İçimde öyle bir sabırsızlık var ki, 'Boş ver şu tezi yanıma gel' desen ışık hızıyla gelirim. Kalbim hep seninle ve daima seninle kalacak sevgilim."

Cem, ağlayarak okudu Merve'nin notunu. Yanağından süzülerek dökülen gözyaşları ateş gibi yakıyordu ellerini. Su, böylesine yakar mıydı insanı? Yanıyordu işte, hiç sönmemecesine... Her yeri yanıyordu hem de... Yakıyordu Merve'nin ateşi içini dışını her yerini... Su da söndürememişse, daha da hiçbir şey sonlandıramazdı bu yangını. Bedenini bir ölü gibi bırakırken yatağa, sonsuz bir akışa gönüllü kapılır gibiydi. Savaş meydanlarında ölümü menzil belleyen doru atlar gibi koşuyordu Merve'nin bıraktığı ateşe... Yanarak kurtulmak istiyordu belki de... Öyle ya, yıldızlar da hep kendini yakarak yaşamaz mıydı gökyüzünde?...

***

Bukre günden güne daha da iyiye gidiyordu. Buse ve Emre her gün hastanede ziyaret ediyorlardı annelerini. Artık daha uzun süre kalabiliyorlardı yanında. Bukre'nin kardeşi, annesi ve babası hep hastanedeydi zaten. Bukre konuşuyor, günü uyanık geçiriyor, fakat bedeni yorgun olduğu için sıklıkla uykuya dalıyordu. Ama sıradan uykular değildi bunlar. Bukre iki dünya arasında bir uyum süreci yaşıyordu.

Bukre'nin kalbi ölmüştü ve yerine başka bir kalp takılmıştı. Hem bedeni hem de zihni bu yeni kalbi benimsemeli, alışmalıydı. Doktorlar bunun uzun zaman alacağını söylüyorlardı. Beden bir şekilde uyum sağlayacaktı elbette bu yeni organa fakat zihnin de desteklemesi gerekirdi. Zihnin adaptasyonu çok daha uzun bir süreç gerektiriyordu. Kalp nakli yapılan insanların davranış ve alışkanlıklarında değişiklikler gözlemlendiği tıp dünyasının kabul ettiği bir gerçekti. Nitekim Bukre de şimdiden kendindeki değişikliklerin farkındaydı ve bunların normal olduğunu biliyordu. Yine de kendisini yeniden tanımaktan ve kabullenmekten geçen uzunca bir yolu kat etmesi gerekecekti.

Bukre servise alındığı ilk günlerde kalp ritmini gösteren cihaza bağlı olduğundan nabzındaki küçük değişimler bile hemen gözlemleniyor, takip ediliyordu. Buse ve Emre geldiğinde kalp atışı hızlanıyordu. Selim'i düşündüğündeyse ritim bozuluyordu. Bukre bunu kimseye söylememişti, yalnızca kendisi biliyordu. Cem geldiğinde de nabzı yükseliyor, kalbi daha hızlı atmaya başlıyordu. Bu yüzden Cem daha az kalıyordu Bukre'nin yanında. İki günde bir geliyordu ama Bukre'nin nasıl olduğuyla ilgili haberleri anbean düzenli takip ediyor, ya Uygar'a ya da doktorlarına soruyordu onu. Buse'yi de Emre'yi de onlara moral vermek için arıyor, kendisi de moral buluyordu çocuklarla konuştuğunda.

Cem, Bukre'nin gözlerinde hâlâ Merve'nin pırıltısını görüyordu. Bunun bir hayal olduğunu düşünüyordu fakat Bukre'ye baktığında gerçekle yüzleşiyordu. Hem aklı karışmıştı, hem de duyguları. Merve'yi görmek ister gibi görmek istiyordu Bukre'yi ve bundan utanıyordu. Kimseye söyleyemezdi bunu. Bukre'nin yanına giderken heyecanlanıyor, aynı zamanda çekiniyordu. Hem bakışlarını özellikle Bukre'nin gözlerinden kaçırıyor hem de o pırıltıya bakmaktan alıkoyamıyordu kendini.

Bu hep böyle mi devam edecekti? Bukre'nin gözlerindeki pırıltıda Merve'nin ışığını mı görecekti? Eğer gelip geçici bir şey değilse bu, Cem onu görmeden nasıl yaşayacak, gözlerini Bukre'den nasıl alacaktı? İki günde bir ziyaretine gidiyordu ama konuşmaya çekiniyor, halini hatırını soruyor, moral verecek birkaç söz söylüyor, gözlerini sürekli kaçırıyor, sonra susup kalıyor, hastayı yormamak gerektiğini bahane ederek yanından ayrılıyordu. Oysa Bukre'nin elini sımsıkı tutmak, hep yanında kalmak istiyordu.

***

Bir ay sonra Bukre taburcu edilmişti ama hastanedeki özenli bakım, psikolojik destek de dahil olmak üzere hiç değişmeden evde devam edecekti bundan sonra. Her hafta düzenli şekilde hastaneye giderek rutin tetkiklerini yaptıracaktı.

Bukre evine adım attığı an yeni bir hayata başladığını anladı. Bambaşka bir gözle bakıyordu etrafına. Selim'in odasına girdi önce. Kapının arkasında asılı duran mektuplara baktı, parmaklarıyla okşadı kâğıtları, gözleri satırlarda gezindi. Kitaplığa baktığında kalbi acımadı, kitapların hepsini okumak istedi. Bukre kitap okurdu ama Selim gibi gerçek bir kitap kurdu değildi. Kitaplıkta devasa bir hazine yatıyordu oysa. Hepsini okuyacaktı. Selim'in gözlerinin değdiği bu kitapları okurken Selim'i bambaşka bir gözle yeniden tanıyacak, belki başka bir Selim daha keşfedecekti. Kalp naklinden önce yaşamak istemezken, şimdi Selim'in ardında sadece iki çocuk değil, çok değerli bir kültür mirası bıraktığını da düşünüyordu.

Eline bir kitap alıp okumaya başladı. Okurken hoşuna giden yerleri işaretleyip çocuklarına okuyordu. Çocukların da çok hoşuna gitmişti annelerinin bu tavrı. Babaları evde hep kitap okurdu.

Selim bazen birkaç kitap birden okur, okuduğu kitaplar da ortalıkta dururdu. Şimdi evde yine kitap okuyan biri vardı ve sağda solda okunmakta olan kitaplar duruyordu. Selim okuduğu kitapları anlatırdı hep, Bukre bir şey anlatmıyordu ama beğendiği bölümleri okuyarak paylaşıyordu çocuklarla. Selim'den kalan kitaplar tekrar hayatlarının parçası olmuştu.

Bukre zaten televizyon düşkünü değildi, çocuklar uyuduktan sonra film seyrederdi eskiden. Ama her ihtimale karşı evdeki kumandalar kaldırılmıştı. Televizyonun açılmamasına ve Bukre'nin karşısına birtakım kötü haberlerin çıkmamasına büyük özen gösteriliyordu. İnternete girmesi istenmiyordu. Merve'nin ölümüyle ilgili bir haberin aniden karşısına çıkmasından korkuluyordu. Kendini çok yormaması gerektiği için günü ya kitap okuyarak ya da Netflix dizileri izleyerek sakince geçiriyor, ev işleriyle annesi ilgileniyordu.

Buse ve Emre her gün Cem'le konuşuyorlar ve her seferinde eve çağırıyorlardı onu. Cem de "Şimdi annenizi yormayayım, gücünü toplasın, ayaklansın, ondan sonra gelirim" diyordu. Bukre'yi evinde ziyaret etmekten çok çekiniyordu Cem. Bukre'nin gözlerinde Merve'nin pırıltısını görmeye devam ederse, bu hakikatin çekiminden kurtulamayacağı korkusuna kapılıyordu. Böylesi bir mucizeyi kimseye anlatamazdı, hayatı boyunca sır olarak taşımak zorundaydı. Merve ölmüştü ama Bukre ameliyata alınınca Cem, yasını bir yana bırakmış, çocukların yanında olmayı seçmişti. Şimdiyse kabuğuna çekilmek ve yasına kaldığı yerden devam etmek istiyordu. Çocuklar, Cem'in kendini yasa mahkûm etmek istediğinin farkında oldukları için, onu o yalnızlık ortamından kurtarmak için sürekli arayıp çağırıyorlardı. Buse ve Emre çok seviyorlardı Cem'i ve onu sürekli görmek istiyorlardı. Cem de çocukları çok seviyor, onları hep görmek istiyordu ama Bukre'nin gözlerinde Merve'nin ışığıyla karşılaşmak Cem'i allak bullak ediyordu.

Olmadık bir şey söylemekten kaçınıyordu. Çok sevdiği birini kaybetmenin acısının ne demek olduğunu Bukre'nin yaşadıklarından öğrenmişti zaten ve şimdi aynı şeyi kendi de yaşıyordu. İnsan, aşkının ölümünü kabullenemiyordu, nereye gitse karşısına çıkacak sanıyordu, herkesi ona benzetiyordu. Merve'nin pırıltısı da tıpkı böyle bir yanılsama olabilirdi.

Bukre artık acısıyla yaşamayı öğrenmişti. Yas tutan kalbi zaten ölmüş, Selim'in yanına gitmişti. Bukre bunun bilincinde değildi ama derinlerinde saklı duruyordu. Selim ona çocuklarımıza iyi bak ve mutlu ol demişti, sen ne hissedersen ben de öyle hissederim demişti. Bukre kocasının dediğini yapıyordu işte. Çocuklarla birlikte olmak ona mutluluk veriyordu. Evde oturup kitap okumak, dizi seyretmek hoşuna gidiyordu, yüzü gülüyordu artık. Bazen aklından geçen şeylere şaştığı oluyordu. Doktorlar davranışlarında değişiklik olacağını söylemişlerdi ama aklından geçenlerin de değişebileceğini düşünmemişti hiç. Kitap okuma alışkanlığını Selim'le ilişkilendirebilirdi ama dizi izleme alışkanlığı nereden çıkmıştı ki? Selim hiç dizi izlemezdi. "Bu herhalde, yaşattığım kalbin sahibine ait bir alışkanlık olabilir" diye düşünüyordu Bukre. Acaba nasıl biriydi taşıdığı kalbin sahibi? Mutlu muydu? Çilekeş miydi? Organlarını bağışladığına göre merhametli biriydi. Dedikodu yapar mıydı peki? Bukre hiç sevmezdi dedikodu yapanları, çok da rahatsız olurdu yapılmasından. Acaba kötü alışkanlıklar çıkar mıydı içinden? Bunların hepsini Cem'e anlatmak istiyordu aslında ama Cem eskisi gibi gelmiyordu artık. Bir gün Buse telefonda Cem'le konuşurken Bukre telefonu aldı. "İyiyim, gücümü topladım. Ne zaman istersen gel. Seni bekliyorum" dedi.

"Tabii ki gelirim Bukre. Yarın müsait misin? Öğlen geleyim."

"Sen yabancı değilsin. Vakit önemli değil. Ne zaman kendine gelirsen, ondan sonra bana gel."

Cem duraksadı bir an. "Peki o zaman" dedi. "Öyle yaparım..." Cem, derin düşüncelere dalmıştı bir anda. Bukre'nin söyledikleri Merve'yi hatırlatmıştı ona. "Benim günüm kendime gelince başlar. Uykum ağır değil, yaprak hışırdasa gözlerimi açarım. Fakat kendime gelmem uzun sürüyor. Galiba uykumda çok uzaklara gidiyorum. Herkesten daha uzakta bir yerlerde yaşıyorum rüyalarımı" demişti. Hatta bir gece telefonda konuşurlarken Cem "Sabah kalkar kalkmaz gelirim" dediğinde, Merve "Önce kendine gel ondan sonra bana gel ki karşımda seni bulayım, boş birini değil" demişti.

Cem, bunları düşünürken telefon da kapanıvermişti. Merve çoğunlukla veda etmezdi. "Sen benim canımsın. Senden hiç ayrılamam ki veda edeyim" derdi. Bukre de veda etmeden kapatıyordu artık telefonu ki Cem bunu düşünürken yine çalmaya başlamıştı telefonu. Ekranda Buse yazıyordu.

"Efendim Buse!" dedi telefonu açar açmaz ama karşısında Buse değil, Bukre vardı.

"Cem affedersin canım. Telefonu pat diye kapadım. Kusura bakma, dalgınlığıma geldi. Hemen arayıp söylemesem içime dert olurdu."

"Önemli değil Bukre."

"Yarın bekliyorum. Görüşmek üzere. Hoşça kal."

Bukre telefonu kapadı ama Cem yine şaşırıp kalmıştı. Çünkü Bukre "canım" demişti ona. Hiç böyle konuşmazdı ki. Sadece Merve "canım" derdi ona.

Birden Cem'i bir ateş bastı. Telefon elinden düştü. Eyüp Sultan Camii'nde "Canımdan can kopar, Bukre'ye ver. Yalvarırım, onu çocuklarına bağışla" diyerek dua ettiğini hatırladı. Peşinden Merve ölmüş, Bukre'ye beklenmedik bir anda kalp bulunmuş ve hayata geri dönmüştü. Gözlerinden yaşlar süzülüyordu Cem'in.

Merve'nin öldüğünü öğrenince bayılmış, bilinci kapanmışken yaşadığı derin uyku halinde, Merve seslenmişti ona.

– *Lütfen gitme Merve. Beni bırakma.*

– *Dönemem Cem. Senin dileğindi bu.*

Cem bu sözleri hatırlamıyordu ama derinlerinde bir yerde saklı duruyordu. Bukre "canım" dediğinde sesi ta derinlerine kadar inmişti. Cem hatırlamasa da, gerçeği hissetmişti o an. Cem'in duası kabul olmuştu. Ve şimdi çok mutsuzdu, kor ateşler yanıyordu içinde. Dünya durdu birden. Zaman dondu. Merve öldükten sonra bundan büyük bir acı yoktur demişti, şimdi yıkılmıştı. Bir cam gibi kırılıp parçalanmış, tuzla buz olmuştu.

***

Cem kendine gelemiyordu, dünyası altüst olmuştu. Ertesi gün Bukre aradığında telefonu açarken eli titriyordu Cem'in.

"Alo."

"Merhaba Cem. Seni bekliyorum. Unutmadın değil mi?"

"Hayır unutmadım Merve. Kendime gelemedim."

"Merve mi?"

"..."

"Cem orada mısın? Beni duyuyor musun?"

"Evet duyuyorum."

"Birden ses gitti sandım. Sonra gel istersen. Başka zaman."

"Tabii... Olur... Yarın... Ya da daha sonra..."

"Cem iyi misin? Sesin iyi gelmiyor. Bir şey mi oldu?"

"Yok Bukre... Yok bir şey. İyiyim ben. Kendime gelemedim sadece. Bazen olur böyle. Beni boş ver şimdi. Sen nasılsın? İyi misin?"

"Evet iyiyim. Ayaklandım artık. Mutfağı annemden devraldım. Yemek yaptım. Canım ıslak kek çekti, annem bilmiyor, sen de geleceksin diye ıslak kek yapmıştım. Ama olsun, yine yaparım senin için."

Cem büyük bir şok yaşıyordu Bukre'yi dinlerken. Merve çok severdi ıslak keki, Cem'e yapardı sıklıkla. Bukre de ıslak kek yaptığını söyleyince, ne diyeceğini bilemedi.

"Ben yarın geleyim. Olur mu?"

"Sen bilirsin Cem. Ne zaman istersen... Şimdi senin düğün telaşın vardır, ben unuttum. Kusura bakma. Merve nasıl, iyi mi?"

Aradan epey zaman geçmiş olmasına rağmen Cem yine de söylemek istemedi Merve'nin öldüğünü.

"Evet, iyi" dedi.

"Birlikte gelsenize."

"..."

"Cem... Cem... Cem orada mısın?"

Cem ağlıyordu. Konuşursa Bukre anlayacaktı hemen ağladığını. Telefonu uzaklaştırdı ağzından. Bukre'nin sesini duyuyor ama yanıt veremiyordu.

"Beni duyuyor musun?"

Cem telefonu kapatıp bağıra bağıra ağladı. Bu halde Bukre'yi görmeye gidemezdi. Hele çocukların onu üzgün görmesini hiç istemezdi. Yalandan bir bahane uyduracak, düğün hazırlıkları filan diyecek, bir süre daha gitmeyecekti Bukre'nin yanına. Cem, kendini toparlayana kadar uzak durmalıydı ondan. Yasını tutmaya devam etmeliydi.

Askıdaki ceketini giyip çıktı evden. Asansörle kapalı garaja indi. Arabasına bindi. Doğruca Merve'nin mezarına gidecekti. Gözlerinden yaşlar dökülüyordu arabayı sürerken. Yolu görmüyordu. Gözyaşı denizinde kulaç atarak yüzüyordu sanki. Sığınacak limanı yoktu artık.

Fırtınaya yelken açıyordu. Merve'nin mezarına gidiyorum derken Bukre'nin evine gidiyordu aslında. Sokağa girince farkına vardı. Evin önüne gelince yavaşladı. Dönüp yoluna devam edecekti ama marketten dönen Buse görmüştü onu. "Cem Ağabey!" diye bağırdı.

Cem mecburen motoru stop etti. Arabanın camını indirdi. Buse yanına geldi ve "Cem Ağabey" dedi. "Gelmeyeceksin sanıyordum ama hoş geldin."

Cem arabadan inerken "Hoş bulduk Buseciğim. Nasılsın?" dedi.

"İyiyim Cem Ağabey. Hepimiz çok iyiyiz. Sen nasılsın?"

"Ben biraz üzgünüm Buse. O yüzden gelemedim."

"Anlıyorum Cem Ağabey. Ben tahmin ettim zaten. Anneme söylemedik biz. Merve Abla'yı hayatta sanıyor."

"İyi yapmışsınız. Anneniz öyle bilsin."

"Bizim için öyle zaten. Biz Emre'yle konuştuk. Dedik ki, Merve Abla ölmedi, o hayatta. Biz böyle kabul ettik. Yani annem sorarsa, ona yalan söylemiş olmayacağız."

Cem diz çöküp kollarını açtı ve "Melek misiniz siz?" deyip sevgiyle sarıldı Buse'ye.

"Biz sadece çocuğuz. Annemiz melek" dedi Buse. Sonra Cem'in elini tuttu. "Haydi gel, gözlerinle gör. Ameliyattan sonra annem melek oldu. Hiç ağlamıyor, öyle telaşla ev işleri yapmıyor. Babam gibi pencere kenarında kitap okuyor. Yemek yapacaktı, kitap okurken dalıp yaktı yemeği. Sonra da güldü. Ben babanızın neden yemek yapmadığını şimdi anladım dedi. Babamı anarken gülüyordu Cem Ağabey, inanabiliyor musun?"

Cem "Bak buna çok sevindim işte" dedi. Fakat duyguları yine de bulanıktı. Bu sözler sanki Merve'nin dudaklarından dökülüyor gibiydi. Merve çok güzel kekler, kurabiyeler yapar ama yemeklerini yakar, çorbayı taşırırdı dalgınlığından.

Buse "Haydi, ne duruyorsun, eve gidelim" dedi.

Cem "Sen git. Beni gördüğünü söyleme. Ben şimdi anneni ararım, geliyorum derim, ondan sonra gelirim olur mu?" dedi.

"Neden ki?"

"Yolda dalmışım. Çiçek almayı unutmuşum."

"Ha tamam anladım. Annem menekşe sever."

"Öyleyse menekşe alırım."

Buse eve gidince Cem, Bukre'yi arayıp geleceğini haber verdi. Bukre çok sevinmişti. Cem en yakın çiçekçinin yerini öğrenmek için akıllı telefondan tarama yaptı ve yola koyuldu ama çiçekçi kapalıydı. O sırada çiçek satan bir kadın geçiyordu sokaktan. Cem'i görünce "Aradığın çiçek bende. Gel mor sümbülleri vereyim sana. Senin kısmetinmiş" dedi.

"Menekşe yok mu? Ben menekşe alacağım."

"Menekşeyi de sonra alırsın. Bak mor sümbüller ayağına geldi. Hepsini vereyim sana."

Cem kararsız kalmıştı. Kadın "Bak ben eve dönüyordum. Dolaşarak gideyim dedim, bakarsın satarım yolda birine dedim, ondan sonra girdim bu sokağa, yoksa doğru gidecektim. Kısmet sana diyorum. Olanda hayır var diyeceksin, olmayanın peşine gitmeyeceksin" dedi.

Kadın güler yüzüyle, neşesiyle ve çenesiyle Cem'i duygularının girdabından çıkarmış, kendine getirmişti adeta. Cem gülümseyerek "Tamam" dedi. "Ver bakalım mor sümbülleri..."

Çiçekleri satın alıp gitti.

***

Buse ve Emre heyecanla bekliyorlardı Cem'i. Bukre'nin annesiyle babası da evdeydiler. Onlar da Bukre'den gizliyorlardı Merve'nin öldüğünü.

Kapı çalınca iki çocuk yarışırcasına koşturdular.

Bukre çocuklarının böylesine heyecanlanmalarına gülümsedi. Hızlı hareket edemediği için ağır ağır kapıya gitti, ayakta karşılamak istemişti Cem'i. Hatta ayakta alkışlamak istiyordu çocuklarına böylesine içtenlikle destek olan bir adamı. Teşekkür etmek istiyordu hastanedeyken ailesine verdiği emeğe. Derin bir minnet duyuyordu Cem'e karşı.

Buse yeni görüyormuş gibi, kardeşiyle birlikte boynuna atıldı Cem'in. Öpücük yağmuruna tutmuşlardı Cem'i yine. Bukre bir elini duvara yaslamış bekliyordu ayakta. Üzerinde uzun bir sabahlık vardı. Hastaların iyileşme evresinde üniforma gibi üzerinde taşıdığı cinstendi. Gülümseyerek karşıladı misafirini.

"Hoş geldin Cem. Kendine gelmene sevindim. Tabii ki bana misafir gelmene daha çok sevindim" dedi. Cem yüzüne bakar bakmaz Bukre'nin gözlerindeki pırıltıyı gördü önce. Merve'nin ışığıyla yanıyordu yine gözleri. Ona hayranlıkla ve özlemle bakmaktan kendini alamadı. Bukre elindeki çiçekleri görmüştü. "Ah!" dedi. "Mor sümbüller..."

Cem "Sever misin?" diye sordu.

"Severim tabii. Kokusuna bayılırım. Okuduğum kitapta da mor sümbüllerle ilgili bölümde kaldım. Asil bir kadın çiftliğinde işe başlayan bahçıvanla dostluk kuruyor. Ondan çiçekler hakkında bilgi alıyor. Mor sümbül derin bağlılık, sonsuz sevgi ve bağışlanma dileğini temsil edermiş biliyor muydun?"

"Bilmiyordum."

"Ben de bilmiyordum. Tam bunu okumuştum ki sen elinde mor sümbüllerle çıkıp geldin. Tevafuk mu, yoksa tesadüf mü acaba?"

Cem "O kadarını bilemem. Sen mor sümbülleri kabul et, bana yeter" diyerek çiçekleri uzattı Bukre'ye. "Geçmiş olsun. İyileşmene çok sevindim."

"Teşekkür ederim Cem. Sefa geldin."

Buse ve Emre salona geçtiler. Cem de ayakkabılarını çıkarıp çocukların peşinden gidiyordu ki Bukre "Ceketini alayım mı?" diye sordu.

"Sen zahmet etme lütfen. Ben çıkarırım."

Cem ceketini çıkarırken, mezarlıkta savrularak ayağına gelen o ince kitap düştü yere cebinden. Cem fark etmemişti ama Bukre ceketi asarken, "Aa!" dedi. "Sen cebinde kitap mı taşıyorsun?"

Eğilip kitabı yerden aldı Cem'den önce. Aynı sayfa açık kalacak halde katlanmıştı kitap. Bukre bakar bakmaz "*Allah der ki*" yazısını görünce gerisini okumak istedi:

> *"Kimi benden çok seversen onu senden alırım. Ve ekler: Onsuz yaşayamam deme, seni onsuz da yaşatırım. Ve mevsim geçer, gölge veren ağaçların dalları kurur, sabır taşar, canından saydığın yâr bile bir gün el olur. Aklın şaşar, dostun düşmana dönüşür. Düşman kalkar dost olur. Öyle garip bir dünya! Olmaz dediğin ne varsa hepsi olur. Düşmem dersin düşersin. Şaşmam dersin şaşarsın. En garibi de budur ya, öldüm der durur yine de yaşarsın."*

Cem bu satırları okurken nasıl ürperdiyse, Bukre de aynı şekilde ürpermişti şimdi. Cem açık sayfada hangi bölümü okuduğunu tahmin ediyordu. Sessizce durup bekledi olduğu yerde. Bukre başını kitaptan kaldırıp Cem'e baktığında, ikisinin de ruhu aynı şiddetle kamaşıyordu güneşe bakar gibi. Cem, Bukre'nin gözlerindeki pırıltının gerçekliğinden emin oldu. Fakat bütün bunların anlamı neydi, bilemiyordu. Hislerini Bukre'ye anlatmayı çok isterdi, fakat yapamazdı.

Cem'i böylesine sarsan, yaşadıklarının öyle kolayca anlatılmaz şeyler oluşuydu zaten. Yalnızca kendi içinde yaşıyordu bütün bunları, hiç kimseyle paylaşamazdı. Öte yandan, bir faninin taşıyabileceği yükü aşıyordu içinde olan bitenler. Bukre bir şey söylesin diye bekliyordu.

"Mor sümbüller tesadüf olsa bile, bu kitabın elime geçmesi bir tevafuk" dedi. "Selim derdi ki, sen bana kitap kurdu diyorsun ama bazı kitaplar da insan kurdudur. Onlar da beni arayıp bulurlar. Ben o kitabı okurken, aslında o kitabın içimi okuduğunu anlarım. Kelam odur işte. Yazanın değil, yazan aradan çekildiğinde ortaya çıkanın sanatıdır."

"Ne güzel söylemiş. Keşke burada olsaydı."

"Eski bir kitap bu. Sahaftan mı aldın?"

"Ben almadım. O beni buldu. Cebimde kalmış."

"Demek ki bu kitabın benim elime geçeceği, içimi okuyacağı varmış."

"Sende kalabilir Bukre."

"Mor sümbüller bana yeter. Ben okuyacağımı okudum. Kitap sende kalsın. Ama rasgele bir sayfasını açıp bana okumak istersen buna hayır demem..."

"Şimdi mi?"

"Evet şimdi."

"Peki."

Cem kitabı alıp rasgele bir sayfa açtı ve okumaya başladı:

"Elinle verdiğin seninle gelir.
Gönlünle derdiğin kalbinde açar.
Duanla gönderdiğin karşında belirir.
Gecenle örttüğün sana ışık saçar.
Kendine sakladığın yâre yönelir.
Söylenmez olan gözünden kaçar."

Bukre, içi titreyerek dinlemişti bu satırları. Çok etkilenmişti. Derinlere dalıp gitmişti bir anda. Cem de Bukre'den farksızdı keza. Kader ikisine sesleniyordu adeta. İkisi de sessizce bakıyorlardı birbirlerine. Sözün, içeride olup biteni anlatmaya yetmediği yerdeydiler. "Ayakta kaldın, istersen içeri geçelim" dedi Cem. Bukre de kendine gelmişti o sırada. "Bunu ev sahibi olarak benim söylemem gerekiyordu ama kusuruma bakma ne olur. Satırlar aklımı başımdan aldı" dedi.

Salona geçtiler birlikte. Cem, içeridekilerle selamlaşıp hepsine hal hatır sordu. Herkes Cem'in gelişine çok sevinmişti. En çok da Buse'yle Emre... Cem Ağabey'leriyle şakalaşıp oynamaya başlamışlardı hemen. Cem, sadece çocuklarla bir aradayken dünyanın tüm dertlerinden uzaklaşıyordu sanki. Ama yine de içindeki tarifi imkânsız sızıyı saklayamıyordu kimseden. Bukre'nin fark etmesinden endişe ettiği için elinden geldiğince neşeli görünmeye çalışıyordu. Bukre salondaki uzun koltuğa uzanmış, Cem'le oynayan çocuklarının neşesini izliyordu dingin bir iç huzuruyla. Yüzünde mutlu bir gülümseme vardı. Uygar'la babasının gözleri çocukların üzerindeydi. Belli ki onların da gönülleri huzura kavuşmuştu onca şeyden sonra. Bukre'nin annesi bir şeyler hazırlamak için mutfağa geçmişti. Az sonra Cem'e seslenerek "Oğlum çay mı içmek istersin kahve mi?" diye sordu. "Açsan yemek de var."

"Teşekkür ederim. Aç değilim. Herkes ne içiyorsa ben de onu içerim."

Bukre "Anneme yardım edeyim ben" diyerek yerinden kalktı. "Kızım annen halleder, sen dinlen" diye uyardı babası ama Bukre babasını dinlemedi. "Bu beni yormaz baba" dedi. Mutfağa doğru giderken Uygar da yerinden kalkarak ablasına eşlik etti.

On dakika sonra servis tabaklarıyla ve tepsilerle salona geri döndüler. Uygar'la annesi çay servisi yaparken, Bukre de kendi elleriyle yaptığı ıslak keki ikram etti Cem'e.

"Bak bakalım beğenecek misin? Bugün bu keki yaparken çok özendim."

"Hasta halinle kendini bu kadar yormasaydın keşke."

"Bana kendimi iyi hissettiriyor ama..."

"Peki. Sen memnunsan bize de tadına bakmak düşüyor."

Cem daha ilk ısırıkta hayrete düşmüştü. Yüzü allak bullak oldu birden. Kekin iyi ya da kötü olduğuyla ilgili hiçbir şey söylemedi, söyleyemedi... Lokmasını ağır ağır çiğnerken, gözleri halının desenlerine sabitlenip kalmıştı. Nereye baktığını bilmiyordu aslında. Başka bir boyuta geçmişti sanki. Bedeni oradaydı ama ruhu Merve'nin yanına gitmişti o an. Çünkü yediği kekin tadıyla Merve'nin Cem için yaptığı keklerin tadı neredeyse birbirinden farksızdı. Çok özel bir lezzetti bu. Merve'nin kendinden çok şey kattığı spesiyali...

Cem, bu keki Merve'nin elinden ilk kez yediğinde tadına doyamamış, içinde kendine has ama öne çıkan çok özel bir lezzet bulmuş ve Merve'ye keki nasıl yaptığını bile sormuştu. Merve ise gülümseyerek karşılık vermişti Cem'e. "İçinde aşk var sevgilim" demişti. Sonra kekin içindeki özel malzemelerin tüyosunu sıralamıştı ona. "Ama en önemlisi tarçın" demişti. "Tarçın olmazsa olmaz..." Şimdi aynı incelikli lezzetler Bukre'nin yaptığı kekte de çıkıyordu karşısına. Sanki Merve'nin eli değmiş gibiydi bu keke.

Cem, kekin lezzetinde Merve'nin elinin izini ararken bulunduğu ortamdan kopup gitmişti. Bukre, Cem'in gözlerinin içine bakarak ikramıyla ilgili bir yorum bekliyordu. "Beğenmedin mi yoksa?" dedi suratını asarak. Cem, o an geri döndü dünyaya. Afallamıştı. "Beğenmez olur muyum?" dedi ifadesiz, donuk bir yüzle. "Çok beğendim hem de..."

Bukre ikna olmadığını belli eden kinayeli bir ses tonuyla "Yüzün öyle söylemiyor da o yüzden sordum. İstersen başka bir şey getirelim. Annemin yaptığı böreklerden de var daha..." dedi. Cem, yaşadığı duygu sarmalından çıkamamıştı bir türlü. Bukre'ye boş gözlerle bakarak "Merve de tıpkı bu lezzette yapardı ıslak keki" dedi. Cem'in bu sözlerini evdeki herkes işitmiş, bir anda soğuk rüzgârlar esmeye başlamıştı salonda. Hepsinin üzerinde bir tedirginlik vardı şimdi. Merve'den bahsederken geçmiş zamandan söz eder gibi konuşması, "O da tıpkı bu lezzette yapardı keki" demesi, içini ürpertmişti evdekilerin. Ölmüş birinden söz ettiğini gizleyemiyor gibi konuşuyordu Cem. Herkes, Cem'den büyük bir itiraf geleceğini beklemeye başlamıştı ister istemez. Merve'nin öldüğü gerçeğini açıklayacaktı sanki...

"Ne yani artık sana kek yapmıyor mu Merve?" diye sordu Bukre. Cem o anda nasıl da boş bulunarak bu cümleyi sarf ettiğini anladı ama ne diyeceğini bilemedi. Bakışlarına aniden tüneyen bir panikle evdekilere baktı. Onlardan yardım istiyor, "Beni bu durumdan kurtarın" der gibi bakıyordu yüzlerine. Hepsi durumun farkındaydı ama kimse ne yapması gerektiğini bilemiyordu. Uygar araya girerek yetişti Cem'in imdadına. "E şimdi nasıl yapsın abla? Yurtdışında ya Merve. Hem sen söyle bakayım bu tarifi nereden aldın? Daha önce hiç kek yapmazdın!" diye sordu çok merak ediyormuş gibi... Bukre, salondaki tedirginliğin farkında değildi neyse ki. Tarifi evdeki yemek kitaplarının birinde bulduğunu ama içine kendinden çok şeyler katarak özel bir lezzet yakaladığını anlattı. "İşin sırrı tarçın" dedi. "Tarçın olmazsa olmaz..." Bu tam da Merve'nin tarifiydi işte. Cem, Bukre'yi dinlerken büyük şaşkınlık yaşıyordu. Bunun nasıl olabildiğine anlam veremiyordu bir türlü. Kalbindeki sızı daha da derinleşti.

Bukre keyifle verdiği kek tarifinden sonra derin bir "Ah!" çekti. "Keşke müstakbel gelinimiz Merve de burada olsaydı..." Cem, başını öne eğmiş, ağlamamak için kendini zor tutuyordu. Herkes Bukre'yi konudan uzaklaştırmak için ne yapması gerektiğini düşünürken Cem birden "Akademik kurulun görüşü doğrultusunda tezini yeniden düzenlemek zorunda kaldığını, bu yüzden bir süre daha Paris'te kalması gerektiğini söyledi. Maalesef düğünü biraz erteledik" dedi. Herkes derin bir nefes alırken Cem, ölmüş birinden sanki yaşıyor gibi bahsetmek zorunda kalmanın kelimelerle izah edilemeyecek kadar derinden duyulan kederini yaşıyordu içinde. Ölüme, gerçeğe, Merve'ye, Bukre'ye ve kendine ihanet gibiydi bu. Mecbur kaldığı, geçici bir ihanet...

Cem, karmaşık duygularının altında ezilirken, Bukre "Hem çok üzüldüm hem de çok sevindim bu habere" dedi. "Üzüldüm, çünkü bunca hazırlık yapılmışken ve en mutlu olacağınız gün yaklaşırken, elinizde olmayan sebepler yüzünden düğünü ertelemek zorunda kalmışsınız. Öte yandan sevindim; çünkü düğün gününe kadar kendimi daha da toparlayıp karşınıza daha sağlıklı bir Bukre olarak çıkacağım..."

O gün Cem için oldukça zor geçmişti. Sonrası belki daha da zor olacaktı ama Bukre'nin günden güne iyileşiyor olması çok önemliydi.

***

Ameliyatın üzerinden bir aydan fazla zaman geçmişti. Bukre sağlığına doktorların tahmininden daha kısa sürede kavuştu. Artık hayat dolu bir kadındı ve yaşama eskisinden çok daha sıkı tutunuyordu. Cem, Bukre'nin evine daha sık gidip geliyordu. Bukre'ye de çocuklara da daha fazla zaman ayırıyordu artık.

Ama daha da sık ziyaret ettiği yer, Merve'nin kabriydi tabii ki. Mezarlığa her gittiğinde mezar taşını Merve'yi okşar gibi okşuyor, öpüyor, konuşuyordu. İçini döküp duasını ettikten sonra huzur buluyor, kendini daha iyi hissediyordu. Bazı günler elinde gitarıyla geliyor, etrafta kimsecikler yokken Merve'ye şarkılar söylüyordu. İki farklı hayat yaşıyordu adeta. Bukre'nin yanındayken başka biriydi, Merve'nin mezarı başındayken bambaşka biri oluyordu. İki dünya arasında gidip geliyordu. Yorgundu. Ama bilmediği bir güç onu ayakta tutmaya devam ediyordu.

Merve'nin gelinliğini özel olarak Merve için düzenlediği odada duran ahşap sandığa kaldırmıştı Cem. O sandık Cem'e annesinin hediyesiydi... Merve'nin o gelinliği giyebilmeyi ne çok istediğini bildiği için, gelinliği askıda her an hazır halde öylece görmek Cem'e büyük acı veriyordu. "En azından gözümün önünde durmasın, sandıkta olduğunu bileyim yeter" diye düşünüyordu. Elbet bazı geceler dayanamayıp sandıktan çıkardığı, göğsüne bastırarak ağladığı oluyordu.

Böylesi zor geçen gecelerin sabahında ya Bukre'yi telefonla arıyor ya da evine gidip teselli buluyordu. Bazen hep birlikte gezmeye çıkıyorlardı. Cem, Bukre'ye "Nereye gidelim?" diye sorduğunda Bukre'nin verdiği cevaplar Cem'in daha önce Merve'yle birlikte gittiği özel yerler oluyordu. Bu tesadüfler Cem'in içini daha çok acıtıyordu. Ve ne zaman Bukre'ye neden oraya gitmek istediğini sorsa aldığı cevap hep aynı oluyordu. "Ben değil, kalbim istedi..."

Bukre'nin Cem'in çektiği acılardan haberi yoktu. Uzun bir süre sosyal medyayla ilişkisi kesilmiş, ne dergi ne de gazete okutulmuştu Bukre'ye. Ailesi onu özellikle bu tür şeylerden uzak tutmaya özen göstermişti. Merve'nin ölümüne gazetelerde ve sosyal medyada fazla yer verildiği için Bukre'nin görüp de şok yaşamasından endişe etmişlerdi.

Evde ne televizyon ne radyo açılıyordu. Elbette bu acı gerçek bir gün Bukre'nin karşısına çıkacaktı ya da Cem zamanı geldiğinde her şeyi anlatacaktı ama bunun için henüz çok erkendi. Öncelikle Bukre'nin sağlığına tam olarak kavuşması gerekiyordu.

Cem, Bukre'deki değişimin farkındaydı. Hemen hemen her gün yeni alışkanlıklar ediniyordu. Doktorların daha önceden de hatırlattığı gibi davranışlarında ve alışkanlıklarında birtakım gözle görülür değişiklikler yaşıyordu Bukre. Kendi de eski alışkanlıklarıyla sonradan edindiği alışkanlıkları birbirinden ayırt edebiliyordu. Rüyaları değişmişti mesela. Hayallerinin bile eskiden kurduğu hayallere pek de benzemediğine şaşkınlıkla tanıklık ediyordu kendi de.

Yaşadığı değişimleri sadece Cem'le paylaşabiliyor, hislerini sadece ona anlatabiliyor, korkusuzca ve hiç çekinmeden içini dökebiliyordu ona. Ama asıl merak ettiği konuyu, çocuklarla birlikte pikniğe gittikleri gün sormuştu Cem'e...

"En çok neyi merak ediyorum biliyor musun Cem?"

"Neyi Bukre?"

"Taşıdığım kalbin sahibini..."

"Neden peki?"

"Bilmiyorum. Ama onu tanımayı çok isterdim. Şu göğsümde taşıdığım kalbin bir zamanlar başka birinin göğüskafesinde attığını bilmekten kaynaklanıyor sanırım bu merak. Sen de fark etmişsindir. Bazı huylarım çok değişti. Düşüncelerim, hayallerim... Zaman zaman kendimle bile çelişebiliyorum. Sonradan edindiğim huyların, kalbini taşıdığım kişiye ait olduğunu düşünüyorum. Bu yüzden onun kim olduğunu bilmeyi çok isterdim."

"Haklısın. Aynı şey benim başıma gelmiş olsaydı, ben de senin gibi hissederdim muhakkak."

"Bazen bir dizi izliyorum. Mesela Netflix'te bir dizi izliyordum geçenlerde. Paris'te geçiyor hikâye... Sanki daha önce gezip gördüğüm, üstelik çok da iyi bildiğim yerleri görmüş gibi hissettim kendimi. Biliyorum çok saçma, değil mi? Ama öyle işte... Garip bir his... Dejavu gibi... Mesela şu okuduğum kitap da..."

Bukre, bahsettiği kitabı çantasından çıkarmaya çalışırken Cem de Merve'nin Paris'teki son günlerini düşünüyordu.

Bukre kitabı Cem'e göstererek "Al işte" dedi. "Ben hayatımda hiç polisiye roman okumazdım mesela ama şimdi kendimi alamıyorum. Hem de bitmek bilmeyen bir iştahla okuyorum bunu."

Cem inanamıyordu olanlara... Şaşkınlıktan aklını yitirmek üzereydi artık. Bukre'nin okuduğu bu polisiye roman, Merve'nin Paris'e gitmeden önce okuduğu son kitaptı... Bütün bunlar tesadüf olamazdı.

Cem'in uzun zamandır aklını kurcalayan o soru artık iyice su yüzüne çıkmıştı...

Acaba Bukre, Merve'nin kalbini mi taşıyor?

***

Cem, ertesi gün Merve'nin annesini aradı. Sormakta zorlanacaktı ama alacağı cevap çok önemliydi. İşin kötüsü soruyu nasıl sorması gerektiğini bilemiyordu. Kadının sesi hiç iyi gelmiyordu. Kızının ardından tükenmişti iyice belli ki. Cem halini hatırını sordu, bir şeye ihtiyacı olup olmadığını öğrenmek istedi ama kadının iyi olmaya çalıştığı da yoktu zaten artık. Cem, çekinerek de olsa Merve'nin organ bağışında bulunup bulunmadığını sordu annesine. Kadıncağız çok şaşırmıştı bunu işitince.

Cevap vermek istemedi önce ama Cem üstelemeye devam ediyordu. Merak ve kuşku kapısı aralanmıştı bir kere, geri dönüşü yoktu bu işin. Gerekirse yalvaracaktı. Yaşlı kadın Cem'in ısrarlarına dayanamayınca sonunda açıkladı o büyük sırrı... Merve ölmeden önce organlarının bağışlanmasını vasiyet etmişti.

Cem, gerçeği öğrenince kısa süreli bir şok daha yaşadı. Vücudu büyük bir sarsıntıyla titremeye başlamıştı. Ağlamaklı bir sesle bu gerçeği neden kendisinden sakladıklarını sordu. Yaşlı kadın, buna kendilerinin karar vermediğini söyledi. Her şey Merve'nin istediği şekilde, onun vasiyetine göre olmuştu. Cem, öğrendiği her yeni bilgiyle kahroluyor, sessizce gözyaşı dökmeye devam ediyordu.

Merve Paris'te okuduğu yıllarda organ bağışında bulunmuş, bunu annesiyle babası dışında kimsenin bilmesini istememişti. Belki yakın akrabaların da haberi olabilirdi ama aileden olmayan kimseye verilmeyecekti bu bilgi... Cem'le henüz evli olmadıkları için o dönem Cem'in de bilmemesi gereken konulardan biriydi Merve'nin organ bağışı... Yaşlı kadın bu hakikati itiraf ederken o kara günü yeniden yaşıyor gibiydi adeta.

Cem'in kafasındaki dağınık parçalar da yavaş yavaş yerine oturmuş oldu. Daha da emin olabilmek için hangi organlarını bağışladığını sordu. Merve, böbreklerinin ve kalbinin bağışlanmasını istemişti.

"Kızımın beyin ölümü gerçekleşince prosedür gereği vasiyet hemen işleme kondu. İmzalarımızı attık ve nakil için gerekli operasyon yapıldı" diyerek durumu açıkladı Merve'nin annesi.

"Peki tüm bunlar yaşanırken ben neredeydim?" diye sordu Cem.

"Sen de aynı hastanedeydin o sıralarda ama kendinde değildin. Sana çok ağır sakinleştiriciler verildi. Bu yüzen olan biten hiçbir şeyin farkında olmadın oğlum. Kendine geldikten sonra da bu konu senin yanında hiç konuşulmadı."

Duyguları altüst olmuştu Cem'in. İçi dalgalanıp duruyordu yine. Olayın kendinden gizlenmiş olmasına hem öfkeliydi hem de Merve'nin kararına saygı duyuyordu. Telefonu kapatırken "Kimlere gittiyse yavrumun organları inşallah hayat olmuştur onlara" dedi yaşlı kadın. Gözünden sicim gibi yaşlar akıyordu...

Merve'nin böbreklerinin kimi ya da kimleri hayata bağladığını bilmiyordu Cem ama kalbinin kimde attığından emin olmasına az kalmıştı artık. Ne var ki biricik nişanlısının büyük bir gizlilik içinde kalmasını istediği vasiyetinin güvende olmadığını bilmiyordu henüz. Muhabirlerin konuyu irdelemek için gösterecekleri çabadan habersizdi Cem. Nişanlısının kendisinden bile gizlediği organ nakli vasiyetinin yakında gazetelerin ilk sayfalarında ifşa edileceğini tahmin dahi edemezdi. Mecburen yapmak zorunda kalacağı basın açıklamasını kalbi sızlayarak yazacaktı. Ancak şimdi yapması gereken son bir şey daha vardı. Merve'nin kalbinin kimde attığından emin olmak...

***

Cem doğruca hastaneye gitti. Kendisini tanıyan ve her karşılaştıklarında ona yakınlık gösteren doktorun kapısını çaldı. Doktor, Cem'i yine güler yüzle ve saygıyla karşıladı. Halini hatırını sordu. Cem iyi olmaya çalıştığını söyledi ama huzursuz görünüyordu. Duyguları karmakarışıktı, tarifsiz bir boşluğun içindeydi. Bu yüzden o doktordan çok özel bir ricası vardı Cem'in.

"Doktor bey, Bukre'ye kimin kalbinin nakledildiğini öğrenmem mümkün mü?" diye sordu.

"Hayır, değil. Kurallarımıza aykırı" dedi doktor.

"Öyle olduğunu biliyorum doktor bey fakat size bunu sormamın çok özel bir nedeni var. Ben nişanlımı çok yakın zamanda kaybettim. Zaten siz de biliyorsunuz, başsağlığı dilemiştiniz bana. Merve öldüğü gün uygun bir kalp bulundu, bir gün sonra da operasyon yapıldı. Bukre'ye nakledilen kalp nişanlım Merve'nin kalbi değilse, lütfen bana hayır deyin."

Doktor bir süre sessiz kaldı. O kısacık süre Cem için asırlar kadar uzun sürmüştü. Doktorun da gerildiğini seziyordu Cem. Sonunda ağzını bile açmadan eliyle kapıyı gösterdi Cem'e. "Hayır" demediğine göre, "evet" demekti bu...

Her şey beyaz bir perdede oynayan film gibiydi sanki. Cem koltukta oturmuş, hayretler içinde izliyordu filmi. Hayat ona inanamayacağı, hatta kabullenemeyeceği gerçekler sunuyordu bıkmadan, yorulmadan... "Bir an önce filmin sonu gelsin, ne olacaksa olsun artık" dedikçe film uzuyor, her dakikaya yeni bir sahne daha ekleniyordu. Şaka gibiydi sanki bütün bu olanlar... Hem de en pisinden! Çok kötü bir şaka... Zalim bir şaka...

Merve, hayatını kaybetmişti ama Bukre onun kalbiyle hayat bulmuştu. Sevdiği kadının kalbi yine çok sevdiği ve değer verdiği başka bir kadında atıyordu şimdi. İki kadın tek beden olmuştu. Demek ki kaderde, Merve'yi Bukre'de, Bukre'yi Merve'de görmek de varmış... Etrafındaki tüm insanlar görünmeyen ilahi bir silgiyle silinivermişlerdi sanki. Tuhaf bir tek başınalığa sürüklendi saniyeler içinde. "Bu dünyada tek başına kalmak" ifadesi bile yaşadığı yalnızlığın derinliğini anlatmaya yetmiyordu. Cem, Cem değil, bir hiçti artık. Hiçliğin sırrına ermişti. Kimden akıl alacak, kimden yardım isteyecek, kime danışacaktı şimdi? Kim duyacaktı sesini? Böylesine trajik bir tecrübeyi yeryüzünde başka kim yaşamış olabilirdi? Ve bu film ne zaman bitecekti?...

Doktorun odasından çıkarken şakakları uyuşmuştu iyice. Beyni zonkluyordu. Arabasına doğru dalgın adımlarla yürüdü. Eve giderken Bukre'yi düşündü yol boyunca. İşin bir de bu yanı vardı tabii. Merve'nin kalbini taşıdığını bilseydi, acaba Bukre ne yapardı, bu durumu nasıl karşılardı, ne hissederdi ki bir gün mutlaka öğrenecekti. Hiçbir örtü hakikatin üzerini sonsuza dek örtemezdi, eninde sonunda ya yırtılır ya açılırdı.

***

Bukre'nin sağlığı iyiye gidiyordu ama üzülmemesi, heyecanlanmaması ve kalbini yormaması gerekiyordu hâlâ. Yakınları oldukça dikkatliydiler bu konuda. Onu üzecek mevzuları konuşmaktan özenle kaçınıyorlardı. Sürekli dinlenmesi çok önemliydi Bukre'nin. Zaten kimse elini sıcak sudan soğuk suya sokturmuyordu. Bukre de hareketsiz kaldıkça ister istemez, hep kalbini dinliyordu. Göğsünde başka birinin kalbi vardı artık. Özellikle yalnızken, aklından hiç alışkın olmadığı, bambaşka şeyler geçiyordu. Bukre, kimin kalbini taşıdığını çok merak ediyor, onu anlamak istiyordu. Kalbin asıl sahibine borçlu hissediyordu kendini. Kalbin hikâyesini bilse, onu nereye götürmek istediğini de anlayabilirdi. Bu kalbi mutlu etmek Bukre için bir gönül borcuydu.

Çocuklar okuldaydı o gün. Evde yalnızdı Bukre. Kalbiyle baş başaydı yine. Elindeki kitabı yeni bitirmişti. Dizi mi izlese, yeni bir kitaba mı başlasa, bilemiyordu. Selim'in kitaplarını okuyordu sürekli. Onun dünyasına giriyor, Selim'i anıyordu her fırsatta. Sonunda dizi izlemeye karar verdi. Heyecanlı bir yerde kalmıştı zaten, tam tadında bırakmıştı diziyi, gerisini çok merak ediyordu.

Bitirdiği kitabı yerine koyacaktı Bukre. Selim'in kitaplığını olduğu gibi korumaya karar vermişti çünkü. Aldığı hiçbir kitabın yerini değiştirmeyecek, yenilerini de başka bir kütüphaneye yerleştirecekti. Bu yüzden Selim'in kitaplığından aldığı kitabın yerine müzik kutusunu koyarak işaretliyor, böylece yerini unutmuyordu. Bitirdiği kitabı yerine koymak için kalkmış, raftaki müzik kutusunu almıştı ki raftaki kitaplardan biri kayıp düştü yere. Bukre elindekini ait olduğu yere koyup yere düşeni almak için eğildi yavaşça. Kaldırırken kitabın sayfaları arasından bir fotoğraf uçuverdi.

Selim, kaldığı yeri işaretlemek için kitapların arasına bir şeyler koyardı hep. Sayfaların kenarlarını bükme alışkanlığı yoktu hiç. Aynı anda birkaç kitap okuduğundan ayraçları da tükenirdi çoğu zaman. Belli ki bu kitabı yarım bırakmıştı. Bukre, merakla baktı fotoğrafa... Eski ve solgun bir kareydi... Gençlik yıllarında Selim'in platonik bir aşkı vardı. Kitap okurken ayraç yerine kızın fotoğrafını kullanır, Bukre de bilirdi bunu. Selim kıza açılamaz, Bukre'ye gelir anlatırdı hislerini. Zor da olsa, Selim'in, başı sonu olmayan bu sevdadan kurtulmasında büyük payı vardı Bukre'nin.

Ancak Bukre çoktan unutmuştu o kızı. Fotoğrafını görünce, o yıllara gitti aklı, çok duygulandı. Bahçelievler, Çamlık Caddesi, Sümbül Sokak, UEFA Kupası heykeli... Eski oturdukları evin adresi... Her şey gözünün önünden geçiyordu bir bir. Nasıl da güzel bir kızdı Merve. Şimdi ne yapıyordur kim bilir... Hatırlıyor muydu Selim'i? Ona âşık olduğunu hiç mi sezmemişti acaba?

Bukre, bütün bu soruların cevaplarını düşünürken Merve'nin fotoğrafının yerleştirildiği sayfadaki yazıya takıldı gözü.

"Allah der ki, kimi benden çok seversen onu senden alırım. Ve ekler: Onsuz yaşayamam deme, seni onsuz da yaşatırım. Ve mevsim geçer, gölge veren ağaçların dalları kurur, sabır taşar, canından saydığın yâr bile bir gün el olur. Aklın şaşar, dostun düşmana dönüşür. Düşman kalkar dost olur. Öyle garip bir dünya! Olmaz dediğin ne varsa hepsi olur. Düşmem dersin düşersin. Şaşmam dersin şaşarsın. En garibi de budur ya, öldüm der durur yine de yaşarsın."

Bukre'nin kalbi heyecanla atmaya başlamıştı şimdi. Elinde kitap ve fotoğrafla yatağa gidip uzandı yavaşça. Kalbinin sakinleşmesini bekledi bir süre. Sonra dizüstü bilgisayarını açtı ve arama motoruna Merve'nin adını soyadını yazdı. Görseller penceresine tıkladı hemen. Kitaptaki eski fotoğrafa bile rastladı ilk bakışta. Kızın Cem'le birlikte çekilmiş birkaç fotoğrafı vardı internette. Nişan ve düğün haberleri de yapılmış üst üste... Haberler penceresine tıkladığındaysa Merve'nin öldüğünü öğrendi. Eli ayağı buz kesti bir an...

Trafik kazasında hayatını kaybetmiş meğer. İçi titreyerek devam etti okumaya. Sonra bir haber daha gördü. Donup kaldı ekranın karşısında. "Merve organlarını mı bağışlamış?" diye mırıldandı kendi kendine. İnanamıyordu buna. Hastaneden sızdırılan bilgi yüzünden Cem'in yayımlamak zorunda kaldığı basın açıklamasını da görünce, iyice heyecanlandı Bukre. Merve'nin ölüm tarihini kontrol etti hemen. Aynı gün aradığı kalbin bulunduğu müjdesini almıştı Bukre. Hemen ertesi gün de kalp nakli gerçekleştirilmişti. Merve'nin kalbini taşıdığını anlamıştı artık. Gözleri kalbini taşıdığı kıza bakıyordu şimdi. Ne garip... Bir zamanlar Selim de çok sevmişti o kızı... Sonrasında Cem de. Ve o kalp şu anda Bukre'nin göğüskafesinin içinde atıyordu. Belki de Cem'e bırakılmış bir emaneti taşıyordu.

Bu gerçeği kabullenmek hiç de kolay değildi. İçindeki dağların doruklarından kayalar dökülüyordu sanki. Şiddetli bir sarsıntı yaşıyordu Bukre. Başı dönmeye başlamıştı. Kendini iyi hissetmiyordu. Şuuru kapanıyor gibiydi. Neyse ki, o sırada annesiyle babası alışverişten dönmüşlerdi. Bukre'yi derhal hastaneye kaldırdılar yine.

Neyse ki korkulan olmadı. Bukre aşırı heyecanlandığı için kalp ritmi bozulmuştu ama şükür ki hastanede yapılan ilk müdahalenin ardından kendine gelmişti hemen. Sakinleştirici iğne de yapılınca kendini daha iyi hissetmişti.

Bukre neden bu kadar heyecanlandığını kimseye söylemedi. Gerçeği doktorlardan da, ailesinden de gizledi. Söylemek istemiyordu. Zaten karmakarışık duygular içindeydi. Neyi nasıl anlatabilirdi ki?

Hastane odasında ailesiyle birlikteydi yine. Çocuklar, anneleri için çok kaygılanmışlardı. Bir an bile yalnız bırakmak istemiyorlardı onu şimdi. Bukre çocuklarını yatıştıracak güzel şeylerden söz ediyordu. Kendini iyi ve güçlü hissettiğini anlatıyordu. Sonra Cem'i sordu. Buse Cem'i aramıştı ama telefonu kapalıydı, bu yüzden not bırakmıştı ona. Bukre, çok da önemli değilmiş gibi başını salladı sadece.

"Çocuklar size bir şey sormak istiyorum" dedi Bukre. "Cem Ağabey'inizin nişanlısının başına geleni biliyor musunuz?"

Buse ve Emre birbirlerine şaşkınlıkla bakarak sessiz kalmayı tercih ettiler. Merve'nin öldüğünü annelerine söylemek istemiyorlardı ama çekinerek de olsa başlarını sallamak zorunda hissettiler. Sonra Buse, "Biliyoruz anne" dedi. "Seni üzmemek için söylemedik."

"Cem Ağabey'iniz çok üzgündür."

"Belli etmek istemiyor anne. Onun yanında hiç konuşmuyoruz. Senden gizlememizi o istedi. Çok üzülür dedi."

"Evet, çok üzüldüm. Cem Ağabey'iniz için de, nişanlısı için de çok üzüldüm. Mademki Cem böyle istemiş, biz yine bunu hiç konuşmayalım. Olur mu?"

"Peki anneciğim."

***

Öğrendikleri karşısında çok sarsılmıştı Cem. Ne yapsa kendine gelemiyordu. Benliğini bir girdaba kaptırmıştı sanki ve bu girdaptan kurtulabilmenin tek yolu dibe kadar inmekti, başka çıkış yolu yoktu.

Başına gelenleri aklı almıyordu. Bundan sonra ne yapacağını, nasıl yaşayacağını bilemiyordu. Beklenmedik bir anda kaybettiği nişanlısının kalbi Bukre'de atıyordu şimdi. Merve'nin ışığı Bukre'de parlıyordu bu kez. Hayalini aşan bir mucizenin içindeydi Cem. Olmayacak şey olmuştu işte... Ama bu mucize bir teselli değildi ki Cem için. Çözmesi imkânsız bir bulmacaydı. Aklından çıkaramıyordu ama ne düşünürse düşünsün bir yere de varamıyordu. Duası kabul olmuş, fakat dünyası başına yıkılmıştı. Bukre'ye ne diyecekti şimdi? Belki de en iyisi uzaklaşmaktı... Belki de çekip gitmeliydi buralardan...

Telefonunu açınca Buse'nin mesajını gördü Cem. O an bir şok daha yaşadı. Tam da bir çıkış yolu olarak kaçıp gitmeyi, buralardan uzaklaşmayı planlarken, Bukre'nin hastaneye kaldırıldığını öğrenmişti. Belki de çok yaşamayacaktı Bukre. Belki de Merve'nin ışığı Bukre'nin gözlerinde sönecekti. Bu ihtimali düşünmek Cem'i daha da yaralıyordu. Merve'nin kalbinden uzaklaştığında o kalp atmaya devam eder miydi acaba? Bukre'den kaçtıktan sonra peşinden bir de ölüm haberi gelirse bir daha hiç toparlanamazdı ki.

Cem doğruca hastaneye gitti. Yolda, Bukre'nin iyileşmesi için dua ediyordu. Hastaneye girerken, Bukre'nin doktoruyla karşılaştı. Telaşla durumunu sordu. Doktor, sakin olduğunu söyledi. Durumu iyiydi, ara sıra fenalaşabilirdi böyle. Üzüntü ve heyecandan sakınmalıydı kendini. İkisi de Bukre'nin göğsünde artık Merve'nin kalbinin attığını biliyordu. İkisi de bu konuda kurallar ve etik değerler gereği sessiz kalıyordu.

Cem, "Sizce ne kadar yaşar?" diye sordu.

Doktor "Kalp nakli yapılan hastalar en fazla on on iki sene yaşıyor. Bazen ikinci kez kalp nakli yaptıranlar da oluyor, onlar biraz daha uzun yaşıyorlar" dedi.

"En iyi ihtimal bu mu?"

"Evet."

Bukre çocuklarının büyüdüğünü görecek, Selim'in iki yadigârını büyütecekti inşallah. Fakat yaşlanmayacaktı, yaşlanamadan ölecekti. Bunu düşünmek Cem'in içini yakmıştı. Ettiği duayı hatırladı yine. "Canımdan can kopar ona ver, Bukre'yi çocuklarına bağışla" demişti ama sonrasında olanlar aklının ucundan bile geçmezdi. Her fani gibi o da hayatın daimi acemisiydi.

Bukre'nin odasına girince Merve'nin ışığı karşıladı yine Cem'i. İlk kez kuşku duymadan ve aklı karışmadan baktı Bukre'nin gözlerine. Bu kez gerçeği biliyordu, mucizeye teslim olmuştu sonunda, bir de böyle baktı. Bukre'nin gözlerindeki ışık şimdi bir yıldız kadar parlak, su gibi berraktı. Merve ona başka bir dünyadan bakıyordu. Ayrılmışlardı belki ama kopmamışlardı. Cem hasretten yanıyordu Bukre'nin gözlerine bakarken. Cenneti görüyordu yaşarken. Ruhunun kamaştığını hissediyordu.

"Geçmiş olsun Bukre. Nasılsın? İyi misin?"

"İyiyim Cem, seni gördüm daha iyi oldum. Hoş geldin. Merak ettim seni. Gözüm yolda kaldı."

"Beni mi bekliyordun?"

"Evet, bütün kalbimle..."

Bukre'nin bu sözleri sarsmıştı Cem'i. Bukre böyle şeyler söylemezdi. Ona ait sözler değildi bunlar.

"Otursana" dedi Bukre. "Gel yanıma otur lütfen..."

Cem, çocuklara merhaba deyip ikisini de yanaklarından öptü. Sonra Bukre'nin yakınına oturdu. "Telefonum kapalıydı. Yeni haber aldım, hemen geldim" dedi.

"Evde fenalaştım birden ama şimdi iyiyim. Kaygılanma sakın. Buralardayım, görüyorsun işte. Yeni kalbime alışıyorum. Hayata açılıyorum yavaş yavaş."

"Ne güzel. Bunları duymak beni mutlu etti."

"Biliyor musun, rüyalarım değişti Cem. Bazen başka birinin rüyalarını görüyorum. Ayırt edebiliyorum her şeyi. Yani insan bazen zihniyle bazen kalbiyle rüya görüyor. Derin rüyalarımızı kalp görüyormuş. Bu kalp nakli sayesinde onu da öğrendim. Acaba bu hep böyle mi gider?"

"Kim bilir..."

"Sen hiç başkasının rüyasını gördün mü?"

"Hayır, görmedim."

"Belki görmüşsündür de, fark etmemişsindir Cem. Bu kalp başka birinin hayatını yaşıyor ama yalnız kaldığımda ben bu kalbi yaşıyorum."

"Bence hepimiz biraz böyle yaşıyoruz Bukre. Başkalarının yanındayken, kalbimiz başka birinin hayatını yaşar gibi, yalnız kaldığımızda kalbimizle baş başa kalıyoruz."

"Yalnızlığı sen benden iyi bilirsin. Yılların yalnız geçti. Benimki tam tersine. Çocuklarım ve Selim'le birlikte hayat su gibi aktı."

"Sağlığına tamamen kavuştuğunda, yine öyle akıp gider Bukre."

"Öyle mi dersin Cem? Ben emin değilim, Allah ömür verirse yaşayıp göreceğim. Çünkü zaman benim için akmaya devam ediyor ama zamanı durmuş bir insanın kalbini taşıyorum ben. İki ayrı zaman var benim için. Biri su gibi akıp gidiyor ama yalnızken dünyayı gökyüzünden seyreder gibiyim. Bir yıldız gibi binlerce ışık yılı uzaktan... Acaba, bana bunları hissettiren yeni kalbim mi?"

"Yalnızlık tam da bu söylediğin şey Bukre. Tek sebebi yeni kalbin olmayabilir. Yalnızlık kimi özlediğini bilmeden beklemektir. Kimi beklediğini bildiğinde sadece özleme dönüşüyor. Çıkıp gelse yokluktan, dünyalar senin. Bir gün kaybolup gidince de, yalnızlığın esirisin. Eğer müziği bırakırsam, bil ki sebebi bu."

"Bırakmayacaksın değil mi? Bizi şarkılarından mahrum etme. Bak biz hayranız sana."

Buse ve Emre sarıldılar Cem'e. "Evet Cem Ağabey, biz sana hayranız. Sakın müziği bırakma" dedi Buse.

Cem "Eğer müziği bırakırsam" demişti ama çoktan bırakmıştı aslında. Bukre'ye söylemek istememişti sadece. Merve'nin ölümünden haberi olmadığını düşünüyordu hâlâ. Oysa Bukre artık gerçekleri biliyor ve bilerek konuşuyordu Cem'le. Merve'yi dillendiriyordu adeta. Cem de sanki Bukre'yle değil de, Merve'yle konuşuyor gibi hissediyordu zaten.

***

Merve öldükten sonra sosyal medyayla olan bağını da tamamen koparmıştı Cem, hesaplarını kapatmıştı. Artık basına röportaj da vermiyor, basın açıklaması da yapmıyordu. Çalıştığı müzik şirketinin menajerlerine söylemişti müziği bıraktığını.

Konuyla ilgili kararını yapımcısına da bildirmişti sonra. Şimdilik, bu haberin basına duyurulmasını istemiyordu Cem. Başka bir ülkeye yerleşecekti önce, arkasından müzik hayatına son verdiğini açıklayacaktı kamuoyuna. İyice içine kapanmış, yalnızlığına gömülmüş, her şeyden elini ayağını çekmişti. Bir süredir Bukre'yi de aramamıştı hiç. Halini hatırını soran birkaç mesaj yolluyordu ara sıra, o kadar. Ancak Bukre aralarındaki mesafenin açılmasına izin vermedi ve birkaç hafta sonra Cem'i arayıp buluşmayı teklif etti.

"Olur" dedi Cem de. "Gelip seni alayım evden..."

Bukre'yi almaya gittiğinde çok şaşkındı Cem. Bukre gayet neşeli ve coşku dolu karşıladı misafirini. Deniz kıyısında piknik yapmak istiyordu canı. Piknik sepetini bile hazırlamıştı çoktan. Birlikte arabaya bindiler.

"Nereye gitmek istersin?" diye sordu Cem. "Seni nereye götüreyim?"

"Fenerbahçe Parkı'na gidelim. Orada Baraka var, biliyor musun? Kıyıda, çok sessiz sakin bir yerdir" dedi Bukre.

"Bilmez olur muyum hiç?"

Merve'nin en sevdiği yerdi Baraka. Fenerbahçe Parkı'nda el ele yürürler, tahta masalarda piknik yaparlar, kedilere mama verirler, martılara ekmek atarlar, sonra da birer kahve içerlerdi Baraka'da. Merve öldüğünden beri Cem onu anmak için Fenerbahçe Parkı'na gidiyor, Baraka'da oturuyordu her fırsat bulduğunda.

Arabayı park ettikten sonra Cem piknik sepetini de aldı yanına. Bukre yürüyüş yapmak istediğini söyledi. Zaten doktoru da doğayla temas halinde olmasını, sakin yerlere çıkmasını, ağır ağır yürümesini tavsiye ediyordu. Hiç konuşmadan yan yana yürüdüler bir süre. Bukre çiçekleri kokluyor, eğilip kedileri seviyordu.

Hareketleri, konuşmaları Merve'ye benziyordu hep. Cem, Bukre'yi kendi halinde bırakmak için bir iki adım arkasından geliyor, davranışlarını izliyordu ister istemez. Bukre eliyle bir masayı işaret etti ve "Şuraya oturalım" dedi. Merve'yle hep oturdukları masaydı o. İnanılır gibi değildi...

Karşılıklı oturdular masaya. Bukre sepetini açtı. İçinden bir örtü çıkarıp serdi. Sonra hazırladığı yiyecekleri çıkarmaya başladı. Cem yardım etmek için hareketlenince "Bana bırak lütfen" dedi Bukre. Saklama kaplarını çıkarıp dizmeye başladı tek tek... Bardaklara çay koydu termostan. El hareketleri bile Merve'ninki gibiydi. Islak kek yapmıştı yine, Boşnak böreği de... Cem ikisini de çok severdi.

Kediler sarmıştı etraflarını. Martılar yakınlarına konuyordu. Hep birlikte yaptılar yine pikniği. Havadan sudan konuştular. Cem mutluydu, zaman durmuştu, Bukre ve Merve ikilemi yaşamıyordu. Her şey çok olağandı artık. Ne zaman ki Cem "Buraya sık gelir miydin sen?" diye sordu, günün akışı değişti...

"Buraya ilk kez geliyorum" dedi Bukre.

Cem donup kalmıştı. Bukre'nin gözünden kaçmıyordu tabii. Zaten açık vermesini bekliyordu Cem'in. Çünkü konuşmak istiyordu onunla.

"Sen müziği bıraktın mı yoksa Cem? Hiç söz etmiyorsun."

"Evet bıraktım."

"Neden?"

"Daha önce söylemiştim. Tekrar edeyim mi?"

"Hayır, çok iyi hatırlıyorum. Sen daha söylerken bile, çoktan bıraktığını anlamıştım zaten. Ama orada sormak istemedim."

"Sorma zaten. Yanıtını biliyorsun."

"Başka bir şey sormak istiyorum sana. Sorabilir miyim?"

"Tabii. Sor."

"Müzik senin hayatındı, müzikten hiç söz etmiyorsun. Merve'yle evlenecektin, onun da adını hiç anmıyorsun. Ne oldu? Ayrıldınız mı?"

"Ne olduğunu sorma bana Bukre. Biz evlenmeyeceğiz."

Cem bu konuda konuşmak istemiyordu. Bukre de başka soru sormadı zaten. Sessizce pikniğe devam ettiler. Konu kapandığı için rahatlamıştı Cem ama bu sessizlik de tuhafına gidiyordu. Bukre'nin bir şeyler anlatmasını bekliyordu aslında.

Sonra Bukre "Cem..." dedi kendinden emin bir sesle. "Neden Merve'nin öldüğünü bana söylemedin?"

Cem, susmaya devam ediyordu. Ağzını açsa içinin yangını taşacaktı dışarı.

"Merve'nin adını hiç yanımda anmadın" diye devam etti Bukre. "Az önce de sordum, yine söylemedin öldüğünü. Neden söylemiyorsun?"

"Senden sakladığım için beni bağışla Bukre. Üzülmeni istemedim. Kalbin dayanmaz diye çekindim" dedi Cem.

"Cem... Merve ölmedi. Bende yaşıyor. O yüzden öldü demedin. Yalan olurdu."

Cem konuşup konuşmamakta tereddüt ediyordu hâlâ. Fakat Bukre biliyordu gerçeği, öyleyse bu konuyu onunla konuşmaması için bir sebep olamazdı ki.

"Söyleyemezdim Bukre. Ben de bilmiyordum. Emin değildim. Duygularım altüst oldu. Aklım karmakarışıktı. Hâlâ öyle."

"Anlıyorum. Çok iyi anlıyorum. Sen sonradan mı öğrendin?"

"Evet. Organlarını bağışladığını bilmiyordum. Yalnızca ailesine söylemiş, annesine ve babasına. Ben de o gün dünyada yok gibiydim zaten."

"Peki nasıl fark ettin?"

"Gözlerinde parlayan ışık Merve'ye ait Bukre. Tanıyorum o ışığı... Bunu belki Merve'nin annesi babası bile ayırt edemez. Önceleri hayal görüyorum sandım. Merve'nin öldüğü gün sana uygun kalp bulunmuştu. O yüzden annesine sordum. Organlarını bağışladığını öğrenince, tahmin etmek zor olmadı. Ya sen nasıl anladın?"

"Kalbim bana söylüyordu zaten ama emin olamıyordum. Kalp naklinden önce Selim'i çok özlüyordum. Kalbim acıyordu, ölüyordu, bunu biliyordum. Ameliyattan sonra yalnızken hep seni özlüyordum ve bunu açıklayamıyordum kendime. Merve'nin öldüğünü bilmediğim için aklıma gelmiyordu. Utanıyordum ayrıca. Ailemin yanındayken Bukre'yim ve Selim'i çok özlüyorum ama yalnız kalınca seni özlüyorum. Neler hissettiğini anlayabiliyorum, kalbimde seni seven bir kadının ruhu gizli. Seninle konuşmam gerekiyordu, Merve'yi sen tanıyorsun, sana söyleyecekleri varsa, eğer bu mümkünse, ben aradan çekilebilirim. Merve'ye borcum var. Ona bir hayat borcum var. Onun sayesinde çocuklarımın yanındayım, hayattayım. Ben Merve için ne yapabilirim Cem? Bir şey yapmalıyım. Merve başkalarına göre bir ölü ama o benim içimde yaşıyor, benim için ölmedi. Bir de senin için ölmüş değil Cem, öldüğünü söylemedin hiç. Dilin varmıyor, öyle değil mi?"

"Aynen öyle Bukre. Sana anlatmak, içimi dökmek isterdim ama yapamıyorum, kusura bakma lütfen. Hayatta olduğun için şükran doluyum Bukre, sevgilimin kalbini yaşattığın için sana minnettarım ama bunlar benim acımı dindiremez. Merve beni mutlu etmek isterdi, ne yazık ki bu imkânsız."

"Neden?"

"Bunu sana söyleyemem Bukre. Hiç kimseye söyleyemem."

"Bukre'yi unut o zaman. Merve'ye söyle. İşte karşındayım."

"Merve zaten biliyor bunu, biliyor olmalı."

"Senin söylemen başka Cem... Bukre olarak söyleyeceğin sözleri hiç duymamış, hiç bilmemiş olacağıma dair sana yemin ederim. Mademki Merve seni mutlu etmek, mutlu görmek isterdi, bana izin ver, sana yardım edeyim. Merve'nin dileği buysa, senin mutluluğun benim vicdan borcumdur."

"Bu imkânsız Bukre. Ben bundan sonra ne mutlu olabilirim ne de sitem edebilirim. Bana yanmak düşüyor. Ecel gelene kadar yanarım ben."

"Benim de kocam öldü. Selim'im, kuzum öldü. Kalbim ayrılığına dayanmadı, onunla öldü. Ama bak hayattayım. Kendimi mutsuzluğa mahkûm etmeyeceğim. Çocuklarımla birlikte neşeli bir ömür geçirmek istiyorum. Buna hakkım var. Senin niye yok?"

"Bunu sana söyleyemem Bukre. Kimseye söyleyemem dedim."

"Selim'in ölümü benim suçum değildi. Ama yine de azap çektim. Çocuklara hediye almayı unutma demeseydim, mola vermeyecekti, sana rastlamayacaktı, kamyonla çarpışmayacaktı. İnsan acı çekerken böyle düşünüyor ama ecel bu, Selim öleceğini hissetmişti zaten. İnan ki Merve de hissetmiştir. Kaçmamıştır ecelinden, belki o da Selim gibi koşa koşa gitmiştir. Sen de benim gibi yapma, kalbini ölüme mahkûm etme Cem. Neden kendine azap çektiriyorsun?"

Cem bu sorulara karşılık vermek yerine durup dururken "Ben gideceğim" dedi. "Ben uzaklara gideceğim Bukre. Lütfen bana gönül koyma. Olur mu?"

"Sen bilirsin Cem. Nereye istersen git. Nerede olursan ol, son nefesime kadar seni seveceğim, bunu biliyorsun. Her şey için sana teşekkür ederim. Hayatımın en zor günlerinde bana destek oldun, çocuklarıma moral verdin. Sevgilin de bana kalbini verdi giderken, hayat verdi yeniden.

İkinize de minnettarım. Dünyada ve ahirette minnettar kalacağım. Gitmeden önce bana söyle Cem, sana bu acıyı çektiren ne?"

"Sorma dedim Bukre. Neden ısrar ediyorsun?"

"Sen ne hissedersen ben de onu hissediyorum Cem. Bu kalp böyle, bunu değiştiremem ki. O yüzden soruyorum, belki içini dökmek sana iyi gelir, belki yardımım dokunur, Merve'nin yüzüne söyler gibi bana söylemek belki yaranı sarar, ne bileyim işte. Beni anla lütfen, kalpten gelen bir şey bu. Bilmek istiyorum. Senden duymak istiyorum."

"Seni de üzer Bukre. O yüzden söylemiyorum. Lütfen bu konuyu kapatalım."

"Peki Cem. Nasıl istersen... Ne zaman gideceksin?"

"Yarın."

"Peki... Güle güle git o halde."

"Nereye gideceğimi bilmek istiyor musun?"

"Hayır. Gerek yok. Nereye gidersen git bu kalbin içinde olacaksın. Zamanı durmuş bir kalp bu. Ölene kadar seni sevecek."

"Benim için de zaman durdu Bukre. Ecelim yakın ya da uzak, hiç fark etmez. Çocukların yanında, senin yanında mutlu görünmeye çalıştım. Ama bundan sonra rol yapamam. Her şey ortada artık... Sana çocuklarınla ve sevdiklerinle birlikte güzel bir ömür dilerim."

"Teşekkür ederim Cem. Sen de sevdiklerimin başında geliyorsun. Madem dileğin bu, hiç gitme. Yakınımda ol."

Cem ağlamaya başladı birden. Gözlerinden yaşlar boşalıyor, hıçkırıklarıyla sarsılıyordu bedeni. "Belki sen bile anlayamazsın beni. Merve'nin ölümü benim suçum değil, benim günahım değil ama benim duam, benim dileğim. Sen hastanede yatarken, kalbin ölürken, senin için ve çocukların için dua ettim.

Allahım canımdan can kopar Bukre'ye ver, onu çocuklarına bağışla dedim. Sonra Merve'yi yanıma çağırdım. Ve kaza oldu. Öldü. Ben yanmayayım da kim yansın Bukre? Kâinatın düzeni, hayatın kanunu bu... Bazıları sevinçliyse, bazıları kederli olacak. Bazılarının mutlu olması için bazılarımızın acı çekmesi gerekiyorsa, ben acıyı kendime yazdım bilmeden. Sitem etmeye de hakkım yok. Ama hamt olsun da diyemiyorum."

***

Cem arabayla evine bıraktı Bukre'yi. Birlikte indiler aşağı. Piknik sepetini Bukre'ye verirken teşekkür etti Cem.

"Çocuklara veda etmek istemiyorum. Hakkını helal et Bukre."

Bukre boynuna sarıldı Cem'in. "Helal olsun" dedi. "Sen de hakkını helal et..."

Cem iki anahtar verdi Bukre'ye. "Bu arabamın anahtarı, bu da evimin yedek anahtarı... Belki hiç dönmem. Evimde Merve için hazırladığım oda boş duruyor. İstersen gidersin, kalbine iyi gelir belki. Kendine iyi bak, sevgilimin kalbine de, çocuklara da iyi bak" dedi ve ağlayarak uzaklaştı.

Bütün gece perişan hissetti kendini. Gözyaşları dinmek bilmedi. Zuzi'ye sarılarak ağlamaya devam etti. Sonunda acıdan bitap düşerek uyuyakaldı. Sabah saatlerinde Zuzi'yle birlikte çıktı evden. Taksiye binip havalimanına gitti. Uçağın kalkış saatini beklerken telefonu çalmaya başladı. Yanıt vermeyecekti ama Bukre arıyordu.

"Günaydın Bukre."

"Günaydın Cem. Neredesin?"

"Havalimanındayım. Uçağı bekliyorum."

"Biletini arabada unutmuşsun."

"Biliyorum, önemli değil. Burada çıkardılar yeniden."

"Ben yoldayım, havalimanına geliyorum. Torpidoda da bir şey unutmuşsun. Getiriyorum sana."

"Ne unutmuşum?"

"Bekle de gör. On beş dakika sonra oradayım."

Cem'in aklına hayatını altüst eden o iki büyük trafik kazası geldi o an. Birinde Selim, diğerinde Merve ölmüştü. Düşününce buz kesti bedeni.

"Acele etme sakın" dedi. "Yavaş gel lütfen, dikkatli ol."

Cem kaygılanmıştı bir kere. Sürekli saatine bakıyordu. Uçak apronda hazırdı, yolcular çağrılıyordu ama Bukre yoktu hâlâ. On beş dakika demişti ama yirmi dakikayı geçmişti bile. Bukre'yi arayıp nerede kaldığını sormak istediyse de telefonunu başkasının açıp ölüm haberini vermesinden korktu, vazgeçti. Çağrıya yanıt vermek isterken de kaza yapabilirdi Bukre. Yirmi beş dakikayı da geçince dayanamadı Cem. Neyse ki korktuğu olmadı. "Geldim, geldim" dedi Bukre. "Kusura bakma, trafik vardı..."

Yolcular için son çağrı yapılıyordu bu sırada. Bukre de görünmüştü nihayet. Koşar adımlarla geldi Cem'in yanına.

"Koşma, koşma lütfen" dedi Cem.

"Beklettiğim için özür dilerim" dedi Bukre. "Beklediğin için sağ ol. Seni son bir kez daha gördüm şükür. Bunu arabada unutmuşsun, yanında götür..."

Cem'e bir mücevher kutusu uzattı Bukre. Cem kutuyu görür görmez tanıdı. Merve'yi havalimanında karşılamaya gittiğinde içine alyanslarını koyduğu kutuydu bu... Cem'in gözleri dolmuştu yine. Geçip giden mutlu günlerine gitti aklı...

Cem'in kucağında pandayı görünce "Ah! Zuzi" dedi Bukre. Oyuncağı aldı hemen.

Cem çok şaşırmıştı Bukre'nin Zuzi ismini biliyor olmasına. "Nereden bildin ismini?" diye sordu.

"Dilimin ucuna geliverdi. Öylesine söyledim. İsmi Zuzi mi gerçekten?"

"Evet, ismi Zuzi. Merve'nindi bu, onun çocuğuydu."

Yolcular için son çağrı tekrarlanmıştı bu sırada. Cem "Benim uçağım" dedi. "Gitmem gerek. İyi ki getirdin bu kutuyu. Çok naziksin. Lütfen dikkatli git olur mu?"

Mücevher kutusunu cebine koyup hızlı adımlarla perona doğru gitti Cem. Pasaportunu ve biletini göstererek kapıdan geçti. Sonra mücevher kutusunu açıp içindeki alyanslara baktı. Cem'inkinde Merve, Merve'ninkinde Cem yazıyordu. Merve'nin alyansını alıp öptü ve kutuya geri koydu. Uçağa yetişmek için koştu.

Son kapıda üst araması yapılırken telefonu çalmaya başladı. Bukre arıyordu yine. Cem telefona yanıt verdi aceleyle.

"Efendim Bukre?"

"Sana fotoğraf gönderdim. Yolda bakarsın. Zuzi sana güle güle diyor babası."

Cem alyansları yanına almıştı ama uçağa yetişme telaşıyla Zuzi'yi unutmuştu. Bukre'de kalmıştı Merve'nin kokusu. "Tüh!" dedi Cem. "Olamaz!"

"Birlikte bir kahve içmek ister misin? Zuzi'yi burada bırakma bence."

Cem ne yapacağını bilemedi bir an. İçeri girmesi gerekiyordu ama adımları gitmedi bir türlü. "Bekleyin geliyorum" dedi sonra.

***

Uçağa binmemişti. Doğruca Bukre'nin yanına gidip Zuzi'yi aldı. Unuttuğu için üzgündü. Bir sonraki Roma uçağı dört saat sonra kalkacaktı. Bukre, Cem'i uğurlamak istiyordu, bu yüzden Florya sahiline gitmeyi teklif etti. Kalabalık, gürültülü yerler Bukre'ye iyi gelmiyordu zaten. Üçü birlikte çıktılar havalimanından. Arabayı Cem sürüyordu ve Zuzi kucağındaydı.

"Kaza yapacaksın diye çok korktum Bukre" dedi Cem.

"Dediğin gibi yaptım, yavaş ve dikkatli kullandım."

Çay bahçesine oturdular. Veda çaylarını içeceklerdi.

"Yıllardır görüşmedik" dedi Bukre. "Sonra pat diye çıkıverdin ortaya. Ben sana Selim'i anlatayım, sen de bana Merve'yi anlat, onları analım olmaz mı?"

"Peki" dedi Cem. Sırayla anlatacaklardı. Bir Cem anlatacaktı, bir Bukre... Bir Merve'yi konuşacaklardı, bir Selim'i...

İki buçuk saat nasıl geçti anlamadılar. Sohbetleri çok güzeldi. Bukre, Merve'nin bir zamanlar Selim'in platonik olarak âşık olduğu kız olduğunu anlatmadı Cem'e. Bunu bir sır olarak taşıyacaktı kalbinde. Sadece Merve'ye ait olan kalp bilecekti hakikati. Ve belki de öte dünyada ikisinin ruhları buluşup konuşacaklardı bu konuyu.

Cem "Son birer çay daha içip kalkalım artık. Bu uçağı da kaçırmayayım" dedi ve iki çay daha söyledi garsona. Son çaylarını içerlerken Bukre "Belki de vaktimiz vardır. Rötar var mı, öğrensene kalkmadan" dedi.

Cem telefonundan havayollarının sitesine girmek için arama motorunu açtı. Havayolu şirketinin adını yazıp yanına da Roma diye ekledi ve arattı. Arama motorunda, ilk sırada bir uçak kazası haberi çıktı. Cem'in birkaç saat önce binmediği uçak denize düşmüştü.

Bukre alyansları teslim etmek için aramasaydı, Cem onu beklemeseydi, Zuzi'yi unutmasaydı ve Zuzi'yi geri almak için uçağa binmekten vazgeçmeseydi, uçak kazasında ölen yolcuların arasında Cem'in ismi de olacaktı. Belki de Merve'nin yanında olacaktı şimdiye kadar. Ölesiye özlediği sevgilisinin yanında olmak hiç de zor bir şey değildi ki Cem için. Yaşarken aldığı her karar, attığı her adım, yaptığı her seçim bile Cem'i hayattan koparıp Merve'nin yanına götürebilirdi. Sevdiğine kavuşmak için koca bir ömür tüketmek gerekmiyordu ki, bir an bile yeterdi... Merve bu dünyadan ayrılmadan evvel, aslında ikisine de son iyiliğini yapmıştı bilmeden. Kalbiyle Bukre'yi, Zuzi'yle Cem'i kurtarmıştı ölümden.

Cem donup kalmıştı uçak kazası haberini okurken. Bukre bilmiyordu henüz ve bir şey söylemesini bekliyordu Cem'den.

"Kalkıyor muyuz?" diye sordu Bukre. "Rötar var mı yok mu?"

"Oturalım. Birer çay daha içelim" dedi Cem derin bir iç geçirerek. "Binmediğim uçak kaza yapmış, denize düşmüş. O yüzden şaşkınım. Uzayıp giden bir cümlenin sonuna düşen bir nokta gibi tesir etti bana bu olay..."

Yüreği ağzına gelmişti Bukre'nin. Cem'in de aslında o uçakta olacağı düşüncesi gelip geçti içinden. Büyük bir üzüntü ve korku duydu. "İyi ki binmedin o uçağa" dedi. "Senin de son yolculuğun olacaktı. Kalbim dayanmazdı buna Cem, dayanamazdım."

Ölüm sessizliği çökmüştü masaya. Cem Zuzi'yi alıp öptü. Yaşadığı için şükran duyuyordu. Cem'i sağlıklı ve hayatta görmek Bukre'nin içini rahatlatıyordu. Selim'in kaza yaparak ölmesinden dolayı hep kendini suçlamış, ölesiye acı çekmişti. Şimdiyse Cem'i ölüme gitmekten alıkoymuştu, yeni kalbinin sesini dinlediği için mutluydu.

"Merve seni çok seviyor. Yaşamanı istiyor" dedi Bukre. "Arabanı kapalı otoparka çekmek için aşağı inmiştim. Hiç dokunmayacaktım. O yüzden baktım torpidoya, emanet bir şey varsa yanıma alıp evde saklayacaktım. Mücevher kutusundan sizin alyanslarınız çıkınca seni aramak istedim. Uçak biletini de arabada görünce saate baktım, yetişebileceğimi düşünüp hemen yola çıktım. Seni aradım. Ama hemen arayamadım aslında, tereddüt ettim önce. Havalimanına getirmeye gerek yoktu ki. İstiyorsan alyansları kargoyla gönderebilirdim sana ama yine de devam ettim yoluma. Evden uzaklaştıkça daha da yalnız kaldım, Merve'nin sesi daha da yükseldi. İyi ki de öyle oldu. Kalbimin sesini dinlemeseydim seni aramayacaktım, geri dönecektim. Sen de o uçağa binecektin. Sizden geriye Merve'nin kalbi ve hiç takılmamış iki alyans kalacaktı. Çok üzülürdüm buna."

"Kaderi anlamak imkânsız" dedi Cem.

"Olduğu gibi kabul etmek için anlamak şart değil."

"Haklısın Bukre. Ben de anlamaya çalışmayacağım artık. Bana yüzmeyi babam öğretti biliyor musun? İyi yüzüyordum ama boyumu aşan yere gitmezdim hiç, korkardım. Arkadaşlarım açılırdı ama ben kıyıda kalırdım. İlkokula gidiyordum o zaman, yedi sekiz yaşlarındaydım. Yaz aylarında hemen her gün plaja giderdim. Yalnız gittiğim bir gün, benden küçük çocuklar deniz topuyla oynuyordu. Hava çok rüzgârlıydı. Çocuklar topu kaçırdılar, rüzgâr açığa götürdü topu. Ben de kıyıda yüzüyordum o sırada. Çocuklar ağabey topu getirsene dediler. Korkuyorum diyemedim. Topu almak için peşinden yüzdüm. Rüzgâr o kadar güçlüydü ki, topu daha da uzaklaştırıyordu. Ben de korka korka yüzmeye devam ediyordum. Eğer topu yakalayabilirsem ona tutunarak dönerdim kıyıya, beni taşırdı denizde. Eğer topu tutamazsam, boğulurdum herhalde. Neyse ki yakaladım.

Topu tutarak kıyıya yüzdüm. Bir daha hiç korkmadım açılmaktan. Neden yüzeriz? Ayaklarımızı yerden kesip boyumuzu aşan yerlere de gitmek için aslında, öyle değil mi? Birdenbire o güne geri döndüm Bukre. Hayat da böyle işte... Ufku görüyoruz ama birkaç adım ötesi boyumuzu aşıyor. Ayaklarımızı bastığımız yere kadar biliyoruz, gerisini bilmiyoruz. Korkularımız yüzerek açılmaya engel değil. Şimdi anlıyorum bunu. Ben hayatım boyunca Merve'yi bekledim bir kıyıda, açılmadım hiç, sadece bekledim. Fakat kader Merve'yi beklediğim kıyıya getirdiği gibi, tekrar açığa attı. Ne yapacağımı bilemedim. Senin yaşaman için dua ederken, kader Merve'yi aldı benden, yas tutmaya bile utandım. Sanki ben istemiştim, sanki Merve benim duamı yerine getirmek için ölmüştü. Acı çekmeye, yas tutmaya hakkım var mı, onu bile bilemedim hiç. Nasıl yaşarım bundan sonra ben?"

"Bunu da bilmen gerekiyor mu Cem? Bak benim kalbim öldü, hâlâ yaşıyorum. Merve öldü ama kalbi hâlâ çarpıyor. Biz ölümden sonrasını merak ediyoruz ama yaşadığımız hayat bile aklımızın ve hayallerimizin sınırlarını aşıyor. Bilmediklerimizden, beklemediklerimizden korkarak kıyıda kalsak bile sular yükselip boyumuzu aşıyor. O zaman bizim açığa değil daha da kıyıya doğru yüzmemiz gerekiyor. Yalnızca ufka yönelmek için değil, hayatta kalmak için de bazen yüzmek gerek, hayat yüzmeyi öğretiyor insana. Gerisi sana kalmış."

"Bak ben açılacaktım. Uzağa gidecektim ama uçağa binemedim ve o uçak düştü. Eğer açılsam denize düşüp boğulacaktım. Yine kıyıya vurdu beni kader."

"Bence sen açılmak değil, kaçmak istiyorsun Cem. Yanlış yöne gidiyorsun. O denize kaçan topla Merve'nin geriye kalan kalbi aynı şey aslında."

Bukre'nin sözleri Cem'in aklını karıştırmıştı yine. Gözlerini kaçırmak için denize döndü yüzünü. Bir top yüzüyordu denizde.

Açığa doğru gidiyordu. Cem deniz topuna bakakaldı bir süre. Bukre de onu izliyordu. Ne kadar masum ve ne kadar mahzun bakıyordu Cem. Hem çocuktu hâlâ hem de hayatın silleleriyle büyümüş, koskoca bir adam. Vurgun yemiş dalgıçlar gibi bakıyordu denize.

Bukre, "Gidecek misin Cem?" diye sordu ama yanıt vermedi Cem, duymamıştı, dalıp gitmişti uzaklara. Bukre sesini biraz yükselterek "Cem" dedi. "Sonraki uçağın kalkış saatine bakıyordun, unuttun. Gidecek misin diyorum?"

"Bilmiyorum" dedi Cem. "Konuşmaya daldık. Saat kaç oldu bilmiyorum." Saatine bakacaktı ki Bukre eliyle kapattı Cem'in saatini.

"Saatine değil, kalbine bak. Sorunun yanıtı saatte değil, kalbinde."

"Kalbim acının zirvesinde durmuş bir saat gibi Bukre. Gidersem, uzaklaşırsam belki yine çalışır. Zaman yine akar ve acıları da götürür her şeyi götürdüğü gibi. Ama kalırsam bu kalp hep böyle duracak. Yeniden atmayacak."

"Sen onu gel de bana sor Cem. Selim ölünce, yokluğuna dayanamadım. Kalbim de onunla birlikte öldü. Şimdi Merve'nin kalbiyle yaşıyorum ve bu kalp seni çok seviyor, senin sevginle atıyor. Eğer uzaklaşıp gidersen, seni bir daha göremezsem, bu emanet kalp senin yokluğuna dayanamaz, ölür gider. Kadın kalbi böyledir."

"Sana bakarken gözlerinde sevgilimin ışığını görüyorum Bukre. Bundan vazgeçmek kolay mı sanıyorsun? Ama bir de sen varsın Bukre. Sen ne hissediyorsun benim yanımda?"

"Senin yanında kendimi hiç özlemiyorum."

Bir yıl sonra

Ağustos
Kıyısızlar Çay Bahçesi

Bazı hikâyeler, bittiği yerden başlar... Bugün de yine sonuna gelinmiş bir hikâyenin satırları, yepyeni bir hikâyenin ilk sözlerine dönüşüyordu.

Kıyısızlar Çay Bahçesi, hıncahınç doluydu... Mutlu bir kalabalık coşkuyla ve neşeyle bekliyordu onları...

Herkes gelmişti ne güzel... Buse, Emre, Uygar... Hatta Zuzi bile... Buse'nin kucağında oturuyordu halinden memnun... Merve'nin, Cem'in, Bukre'nin ve Selim'in aileleri de gelmişlerdi. Kıyısızlar Çay Bahçesi'nin müdavimleri durur mu? Onlar da yerlerini almışlardı çoktan.

Biraz önce başlamıştı düğün... Birbirlerine kenetlenmiş halde aşkla dönüp dans eden çiftin nikâhları kıyılmıştı nihayet...

Merve'nin hayali gerçekleşmişti sonunda. Kıyısızlar Çay Bahçesi'nde, o çok sevdiği gelinliği giyip sade bir törenle evlenmeyi istemişti hep. Hayali, hakikate dönüşmüştü şükür. Gelinliği Bukre'nin üzerindeydi şimdi, kalbi Bukre'nin göğsünde, iç kısmında "Cem" yazan alyansı Bukre'nin parmağında... Cem'in alyansında da Merve yazıyordu hâlâ... Her şey değişmiş gibi görünse de aslında aynıydı...

Cem'in sevdiği kadın için gerçekleştirmek istediği hayal, hayal bile edemeyeceği şekilde hakikate dönüşmüştü.

Bukre, Merve'ye olan borcunu, kalbini yine Cem'e emanet ederek ödemişti. İkisi de çok mutluydular şimdi. Merve'nin onları gökyüzünden izleyip mutluluklar temenni ettiğini hissediyorlardı. Dilekler gerçekleşmişti.

Çiftin ilk dansları sona erdiğinde, gökyüzünde yan yana bekleyen iki yıldız ansızın kayıp gitmişti, ardında bir dilek bırakmadan...

SON